IRÈNE MÜRNER

Mord im Tropenhaus

TOD IM STÖRBECKEN Ein vermisster Teenager im Kandertal und eine Leiche im Tropenhaus Frutigen. Hängen die beiden Fälle zusammen? Ida und Megan Jäger, Tante und Nichte – die eine pensionierte Konsulin und passionierte Besucherführende, die andere Halbkenianerin und Detektivin bei der Kapo Bern – geben sich alle Mühe, um die sprichwörtliche Idylle des Berner Oberlandes wiederherzustellen. Während Ida ihre internen Beziehungen spielen lässt, hetzt Megan von der Gstaader High Society über den Schweizer Mittelstand bis in die gute Stube einer Einwandererfamilie aus Sri Lanka. Als schließlich auch noch die Ukrainerin Jelena spurlos verschwindet, spitzt sich die Lage dramatisch zu. Der Wettlauf um Leben und Tod beginnt. Können ihn Ida und Megan gewinnen?

© privat

Irène Mürner ist begeisterte Weltenbummlerin, ausgebildete Lehrerin, Flugbegleiterin und Schulbibliothekarin. Acht Jahre als Polizistin waren zudem so inspirierend, dass sie mittlerweile am liebsten Kriminalromane schreibt. Nebenbei ist sie – genau wie ihre Protagonistin – passionierte Besucherführende im Tropenhaus Frutigen. Nach fünf Jahren in Kenia sowie Aufenthalten in Australien und Kanada lebt die gebürtige St. Gallerin heute mit ihrer Familie im Berner Oberland am Thunersee.

IRÈNE MÜRNER

Mord im Tropenhaus

KRIMINALROMAN

GMEINER

MIX
Papier | Fördert gute Waldnutzung
FSC® C083411

Besuchen Sie uns im Internet:
www.gmeiner-verlag.de

Im Ehnried 5, 88605 Meßkirch
Telefon 07575/2095-0
info@gmeiner-verlag.de

1. Auflage 2024

Lektorat: Claudia Senghaas, Kirchardt
Herstellung: Mirjam Hecht
Umschlaggestaltung: U.O.R.G. Lutz Eberle, Stuttgart
unter Verwendung eines Fotos von: © Irène Mürner
Druck: CPI books GmbH, Leck
Printed in Germany
ISBN 978-3-8392-0631-7

Personen und Handlung sind frei erfunden.
Ähnlichkeiten mit lebenden oder toten Personen
sind rein zufällig und nicht beabsichtigt.

DONNERSTAG

1.

Er trägt Handschuhe. Das Messer ist scharf. Weich dringt es durch die Haut ein, als er es am unteren Bauch ansetzt. Ohne Anstrengung zieht er es in Richtung Brust. Sofort klafft die Haut hässlich auseinander. Ida beobachtet, wie die Männer fasziniert zuschauen.

Eine der Frauen fragt entsetzt: »Ist er tot?«

»Ja, er ist tot«, bestätigt Ida.

»Aber warum? Gibt es nicht andere Möglichkeiten?«

Ida seufzt innerlich. Gleichzeitig macht sie sich darauf gefasst, ihre Erklärung abzugeben, warum man im *Tropenhaus Frutigen* darauf verzichtet, die Störe mit Hormonen zu behandeln, sie qualvoll zu streifen und danach dem Rogen Zusätze beizumischen, um ihn genießbar zu machen. Allerdings scheint es ihr diesmal erspart zu bleiben. Die zweite Frau hat inzwischen etwas Aufregenderes entdeckt und macht die Freundin darauf aufmerksam: »Sieh nur, Chloe! Lederschmuck!« Die Angesprochene bewegt sich in Richtung Schaukasten, und Ida überlässt die Frauen ihren Interessen. Währenddessen erkundigen sich die Männer nach Reifegrad, Geschmack und vor allem Preis des Schwarzen Goldes. Ida gibt gern Auskunft. Die Männer sind keine Anfänger, sie hat es schon zu Beginn festgestellt. Ihre Fragen sind weder naiv noch dumm, sondern deuten auf Erfahrung hin. Zudem riechen sie nach Geld, viel Geld.

Es ist klar, dass sich Ida auch ihre Ausführungen über die richtige Degustation beziehungsweise das Essen der Fischeier sparen kann. Die Anwesenden haben alle schon oft Kaviar konsumiert und wissen, dass man kein Silberbesteck verwendet und es sich lohnt, den Kaviar direkt ab dem Handrücken zu genießen. Sie belässt es dabei, auf die Menükarte der *Titanic* zu deuten und die Geschichte vom letzten Abendmahl mit der Consommé Olga zum Besten zu geben. Ja, natürlich hat die Gruppe auch schon Störfleisch gegessen. Weiß es als Delikatesse zu schätzen und fragt gleich nach der Abendkarte des hauseigenen Restaurants. Ida zählt das Wild auf und erwähnt: »Außerdem gibt es immer eine Störterrine mit Kaviar. Als Hauptmahlzeit kann ich Ihnen den confierten Stör mit saisonalem Gemüse und Kokos-Limettenschaum empfehlen. Schmeckt ausgezeichnet.« Was sie nicht erwähnt, dass der Koch auch Stör- und Egli-Knusperli anbietet. So wie sie die Gäste einschätzt, ist das nichts für sie. Jemand sagt etwas, die anderen lachen laut. Einer der Männer macht sich die Mühe, für Ida zu wiederholen: »Wir freuen uns alle auf das Essen im Anschluss.«

»Heute?«

»Ja, wir haben Hunger wie die Wölfe.« Wieder lachen die Männer. Wegen der Wölfe? Wie auch immer. Ida weiß, dass heute nichts aus einem Essen werden kann. Jedenfalls nicht im *Tropenhaus*. »Haben Sie reserviert?«

»Reserviert? Nein. Als wir letztes Mal hier waren, war das Restaurant halb leer.«

»Das tut mir leid. Heute nicht. Ich weiß zufällig, dass ein Bankett stattfindet, eine geschlossene Gesellschaft. Sie werden zum Essen irgendwo anders hingehen müssen.«

»Was? No way.« Bruce, wie der Mann von den anderen genannt wird, schaut Ida ungläubig an. »Das kann doch nicht sein.«

»Ich fürchte doch.«

»Das ganze Restaurant besetzt?«

»Ja, wir haben zuweilen diese Großanlässe im Haus.«

»Wir bezahlen extra.«

»Das wird Ihnen kaum helfen.«

»Bullshit. Das glaube ich jetzt nicht.«

»Ganz ruhig Bruce, wir finden eine Lösung.« Bruce flucht weiter vor sich hin, und Ida erkennt rasch, dass er sich für die Führung nicht mehr interessiert. Stattdessen zieht er sein Handy aus der Tasche und sucht offensichtlich einen Kontakt. Als sich bei der entsprechenden Nummer niemand meldet, flucht er erneut und lässt sich etwas zurückfallen. Ida geht derweil weiter. Einen Weltuntergang kann sie darin nicht erkennen, wenn die Gruppe einmal nicht hier essen, sondern sich ein anderes Restaurant suchen muss. Natürlich ist es schade, aber so ein Besuch kann jederzeit nachgeholt werden. Allerdings hält sie es nicht für ihre Aufgabe, ihnen das beizubringen.

*

Es ist dunkel. Die Stimmungslichter beleuchten nur gerade die Pflanzen in unmittelbarer Nähe. Ravichandra liebt es. Fast könnte sie irgendwo in einem echten Dschungel sein.

»Ravi!« Der Ruf klingt gedämpft durch die Glastüren. Trotzdem holt er sie unliebsam aus ihren Träumen. Pasquale kommt durch den Abendeingang und strahlt sie an. »Da bist du ja!«

»Ja.« Warum hat sie sich nur breitschlagen lassen? Sie will diesen Pasquale doch gar nicht. Trotzdem schenkt sie dem jungen Mann ein freundliches Lächeln.

»Wie geht's dir? Hattest du einen guten Tag?«

»Ach, anstrengend und wenig lustig.«

»Ärger mit den Lehrern?«

»Nein, eigentlich nicht. Wir haben diese Woche Wirtschaftswoche. Interessiert mich *überhaupt* nicht. Das einzig Gute daran, dass wir keine Tests während dieser Tage haben. Hätten wir normal Schule, würde mich mein Vater niemals unter der Woche arbeiten lassen.«

»Dann bin ich ja direkt froh, dass ihr Wirtschaftswoche habt, sonst könnte ich dich gar nicht sehen.« Pasquales verliebter Blick macht Ravi verlegen. Nun wird er noch deutlicher: »Und das wäre furchtbar für mich. Den ganzen Tag habe ich mich nur auf heute Abend gefreut!«

»Hör auf, du redest Blödsinn.«

»Kein Blödsinn, ich meine es ernst. Ravi. Wirklich. Ich möchte dich als Freundin.«

»Was sagst du denn da.«

»Nein, echt. Mit jedem Mal, wenn ich dich sehe, wird mir klarer, wie viel du mir bedeutest und …«

Rasch unterbricht ihn Ravichandra: »Pasquale, du weißt, dass daraus nichts wird. Mein Vater …«

Diesmal lässt Pasquale Ravi nicht ausreden: »Dein Vater. Dein Vater. Wenn du willst, rede ich mit deinem Vater. Ihr lebt hier, und in der Schweiz ist es ganz normal, dass ein 17-jähriges Mädchen einen Freund hat!«

»Ja, natürlich. Trotzdem.« Ravi beißt sich auf die Lippe. Sie weiß nicht, wie lange sie noch alles auf ihren Vater schieben kann. »Meine Eltern sind anders.«

»Wie viele Jahre sind sie jetzt schon hier? Du bist in der Schweiz geboren.« Pasquale klingt genervt. »Und dein Vater arbeitet seit einer Ewigkeit hier im *Tropenhaus*. Selbst er muss mitbekommen haben, in was für einer Welt er lebt.«

»Das hat doch damit nichts zu tun. Auch wenn er hier lebt, hat er seine Überzeugungen und lebt er nach seinen Traditionen.«

»Aber das ist so ungerecht.« Jetzt klingt Pasquale deprimiert. »Findest du das richtig?«

»Ich weiß nicht.«

»Du weißt nicht?« Pasquales Blick ist ungläubig. Und Ravi kann es ihm nicht verübeln. Sie ist nicht ehrlich. Natürlich weiß sie, was sie richtig findet und auch, was sie will. Und ihr Vater ist nicht das Problem. Aber jetzt kann sie Pasquale unmöglich alles erklären. Rasch sagt sie: »Ich habe keine Zeit, du weißt, es geht gleich los.«

»Schon?« Die Enttäuschung steht Pasquale ins Gesicht geschrieben. Ravi wirft einen Blick auf ihre Armbanduhr, obwohl sie genau weiß, wie spät es ist. Sie macht ein erschrockenes Gesicht und ruft: »Oh nein, schon fast halb! Ich muss!«

»Aber du bist doch gerade erst gekommen.«

»Es tut mir leid, die Pflicht ruft.« Sie hebt ihre Hand zum Gruß, dreht sich auf dem Absatz um und eilt den dunklen Weg in Richtung Restaurant davon. Pasquale ruft ihr hinterher: »Halt! Nicht so schnell! Wann sehen wir uns wieder?«

Ravi hebt noch einmal die Hand, dreht sich aber nicht mehr um. »Irgendwann. Ich bin wieder hier.«

»Aber wann?« Jetzt klingt er verzweifelt. Hoffentlich rennt er ihr nicht hinterher. Jetzt dreht sie sich doch um, wirft Pasquale eine Kusshand zu. »Du weißt, wo du mich findest.«

Zu ihrem Glück kommt Pablo zur Tür herein und schlägt Pasquale auf die Schulter. Die beiden begrüßen sich, und Ravi nutzt die Ablenkung, um aus Pasquales Sichtfeld zu verschwinden. Glück gehabt.

Ob es für einen kurzen Gang durch den Garten reicht? Oder muss sie sich in der Küche melden? Eine Lampe beleuchtet die Orchideen. Mystisch. Bevor jemand Ravichandra aufhalten kann, schleicht sie in Richtung Störbecken. Die Fische schwimmen unter dem schützenden Dach der Geigenfeige. Langsam jetzt, und Ravi versucht vergeblich, einen der russischen Störe nach oben zu locken. »Recht habt ihr, es ist Zeit zum Schlafen«, flüstert sie. Rasch geht sie weiter. Unter den Pfeifenblumen durch, vorbei an einer blühenden Strelitzie. Wunderschön! Immer muss sie an einen Paradiesvogel denken, der Schnabel, der Kopfschmuck. Das Patschuli sendet einen betörenden Duft aus, fast wie das Mittel, das ihre Mutter zwischen die Kleider im Schrank hängt. Kein Wunder fühlt sie sich hier wie daheim. Rasch weiter, der Kakao. Sie nimmt eine Handvoll Bohnen in die Hand. Riecht mit geschlossenen Augen daran. Himmlisch. In der Tee-Ecke kann sie nicht widerstehen und reißt ein Stück Zitronengras ab. Sie wird es ihrer Mutter nach Hause bringen. Es ist nicht das Gleiche, ob sie das getrocknete Pulver zum Kochen verwendet oder das frische Kraut. Sie muss weiter.

Ganz kurz ins letzte Haus. Als sich die Tür öffnet, schaudert sie. Es ist kühl. Ravichandra zieht ihr Jäckchen über der Brust zusammen. Helfen tut das nicht viel. Aber es ist auch hier hinten bezaubernd! Die Schildkröten sind ruhig. Und selbst der Hahn der Seidenhühner hat mit seinem Krähen aufgehört. Aber es raschelt irgendwo. Scharrt da noch ein Vogel? Schlafen die Zwergwachteln nicht? Oder ist es eine der Amseln, die sich unerlaubterweise ein warmes Zuhause über den Winter eingerichtet hat? Neugierig geht sie näher. Nein, da ist nichts. Außer Papaya, Kurkuma, Guave, Chilis. Alles da. Natürlich. Aber sie war so lange nicht hier. Dabei tut es ihr jedes Mal in der Seele wohl, wenn sie durch den Garten gehen kann. Mit zwei Fingern zerreibt sie ein Curry-Blatt. Auf der anderen Seite der Zimt-Kardamom, auch da knickt sie eines der Blätter und riecht daran. Tief erfüllt sie der Duft und macht sie glücklich. Als wäre sie in Sri Lanka. Ob die Lodge heute besetzt ist? Sie ist dunkel. Lautlos schleicht Ravichandra daran vorbei. Vielleicht sind die Gäste beim Nachtessen. Sie muss noch schnell durch den Kaffeepfad. Vorher kann sie nicht arbeiten gehen. Aber dann ist Schluss! Sicher fragt man sich schon, wo sie bleibt. Hier hinten ist es stockfinster. Aber sie weiß, wo welche Pflanze wächst. Arabica. Robusta. Hier ein paar Kirschen an den Ästen. Aber noch nicht reif. Die Bananenstauden. Diese trägt richtig viele Früchte. Bald Erntezeit. Obwohl sie noch grasgrün sind. Jetzt ist sie am Hinterausgang angekommen. Ein Blick in die dunkle Nacht. Wie gut, dass sie an der Wärme ist! Aber halt, bewegt sich da draußen etwas? Wer kann das sein? Und was macht die Person da? Um diese Zeit? Seltsam. Sehr seltsam. Ravis Uhr zeigt 20:30 Uhr. Hoppla, schon, das Bankett beginnt, und sie hätte sich ein paar Minuten früher beim Chef de Service melden müssen!

Aber da ist ein Mann! Das ist wichtiger, oder? Wenn es nun ein Einbrecher ist?

*

Ida erklärt anhand des Reliefs vom Berner Oberland, woher das Sickerwasser stammt, von dem die Fischzucht profitiert. Aber es ist unschwer zu erkennen, dass sie das Interesse der Gruppe verloren hat. Sie wollen Auskunft über den Kaviar, und fesseln kann sie sie weder mit der Thuner Seeforelle noch mit den Fossilien aus dem NEAT-Basistunnel. Kurz horchen sie noch einmal auf, als Ida über den Namen Oona erzählt, warum man dieses keltische Wort für das Einzige, das Wahre gewählt hat. Nämlich, weil hier vor langer Zeit einmal Kelten lebten, und weil der Stör des *Tropenhauses* eben tatsächlich der Einzige ist, der im Bergwasser aufwachsen darf. Als sie die Frage, ob man zu den On-Schuhen gehöre, verneint, erlischt auch dieser Interessensfunke wieder.

Ida nimmt das nicht persönlich. Es ist Abend. Der Tag hat die Gäste gefordert. Auch für sie selbst ist es die dritte und letzte Führung für heute. Sie wird nicht traurig sein, wenn sie fertig ist. Es war ein langer Tag, und obwohl die Gruppen nett und mehrheitlich aufmerksam waren, ist sie jetzt müde.

Draußen ist es kalt. Wenn für November auch mild. Die Bergspitzen heben sich weiß vom schwarzen Himmel ab. Ein plötzlicher heftiger Windstoß wirbelt ein paar Blätter auf und die Frisuren der Frauen durcheinander. Eine der beiden kreischt und ruft etwas. Damit provoziert sie einige Bemerkungen. Die Gruppe kennt sich wohl gut und mag sich, Ida hat für diese Dinge ein untrügliches Gespür.

In der Fischhalle spricht sie über die Reinigung der Becken, hält sich aber auch hier kurz, als sie hört, wie die Männer sich leise unterhalten und die Frauen die Nase ob des Geruchs hier drinnen rümpfen.

»Gut, dann lassen Sie uns endlich zu den Fischen gehen.« Das Aquarium ist immer ein Highlight, und richtig, auch diesmal gibt es ein paar anerkennende Bemerkungen. Die Belugas haben eine beeindruckende Größe, die Albinos sind etwas Außergewöhnliches, und die Sternhausen erinnern mit ihrer Musterung tatsächlich an einen Sternenhimmel.

Nach zehn Minuten schlägt Ida vor, dass man zurück an die Wärme geht und die Fische verlässt. Erst jetzt sieht sie, dass dieser Bruce bereits vorausging und schon im Garten steht. Diesmal war er offensichtlich erfolgreich mit dem Anruf. Aufgeregt spricht er in sein Telefon. Vermutlich ist er dabei, ein neues Abendessen für die Gruppe zu organisieren. Allzu schwierig dürfte das nicht sein. Es gibt genug Restaurants auf dem Weg von Frutigen nach Gstaad, woher die illustre Gruppe offenbar gekommen ist. Trotzdem scheint er nicht zufrieden, er wirkt wütend. Sobald Ida mit dem Rest der Gäste ins Haus tritt, spricht Bruce leiser und entfernt sich erneut von der Gruppe. Ida ärgert sich ein bisschen darüber und hält ihn für unhöflich. Aber sie hat zu oft im Ausland und in anderen Kulturen gelebt, um sich noch darüber zu wundern. Zudem ist sie lange genug Besucherführende, um zu wissen, dass es jegliche Art von Gästen gibt.

Ihre Liebe zum tropischen Garten versöhnt sie jedes Mal mit dem Verhalten ungehobelter Besucher und schafft es auch diesmal, dass sie sich sofort gut fühlt, sobald sie die Wärme spürt und Pflanzen und Erde riechen kann.

Abgesehen von vereinzelten, gezielt eingesetzten Lichtquellen ist es dunkel. Ida mag das. Die Umgebung hat etwas Magisches. Sie hat den Gärtner absichtlich nicht gebeten, das Assimilationslicht anzulassen. Viel lieber geht sie, bewaffnet mit einer starken Stablampe, zu ausgewählten Spots, um sie den Gästen zu zeigen. Ohne die Anwesenden lange mit Zahlen und Fakten zu langweilen, wählt sie als Erstes die Passionsfrüchte, die hier in beachtlicher Menge von den gespannten Drähten hängen. Als sie dann im Vorbeigehen das Chili als Aphrodisiakum erwähnt, hat sie die ganze Schar erneut in der Tasche. Gebannt hängen sie an ihren Lippen, und irgendwann ist selbst Bruce zurück und gesellt sich offenbar zufrieden zu seinen Bekannten und Freunden.

Der Lärmpegel im zweiten Haus ist höher. Im Vorbeigehen wirft Ida einen Blick ins Restaurant. Das dezente Licht zaubert eine behagliche Stimmung. Trotzdem geht es hoch zu und her. Ida sieht, wie der Service alle Hände voll zu tun hat. Offenbar haben sie Unterstützung, jedenfalls erkennt sie Balachandrans Tochter Ravichandra sowie ein weiteres Mädchen, das ab und zu aushilft. Wer genau alles in den Genuss des Essens kommt, weiß Ida nicht. Es sind Leute von *Coop* dabei, das Kader der *BLS*, sogar von *Schweiz Tourismus* und selbstverständlich die Geschäftsleitung des *Tropenhauses*. Ida kennt ähnliche Repräsentanten-Anlässe und die damit verbundenen Pflichten aus ihrer Zeit als Konsulin und ist jetzt dankbar, dass sie mit ihrer Gruppe am Restaurant vorbeiziehen kann. Zu oft hat sie sich gelangweilt überlegt, mit wem sie Small Talk zu welchen Themen machen könnte, und zu selten gab es geistreiche Gespräche, die sie genossen hat. Zufrieden mit ihrer jetzigen Aufgabe freut sie sich auf einen friedlichen Abend daheim. Auch Bruce entgeht nicht, dass das Restaurant voll besetzt ist, und ohne ein Wort darüber zu verlieren, gehen sie daran vorbei.

Im dritten Haus ist es wieder bedeutend ruhiger. Viel erzählt Ida nicht mehr. Ein paar Informationen zu den Bananen. Lieber sollen die Gäste noch den Zauber des nächtlichen Gartens aufnehmen.

Schließlich ist die eineinhalbstündige Führung zu Ende. Sie erreichen den Abendausgang. Ida verabschiedet sich und entlässt die Gruppe befriedigt, wie sie glaubt.

Sie sieht ihnen nach, wie sie zum Parkplatz und ihren teuren Autos gehen. Die Frauen in ihren langen Mänteln. Die Männer mit ihren breiten Rücken. Bruce hat bereits wieder sein Telefon in der Hand.

Amerikaner. Was sie wohl hier machen?

2.

Manchmal wird Sybille dieses Speichellecken zu viel. Aber dann denkt sie daran, warum sie es tut und für wen. Sie liebt ihren Job und sie liebt ihre Leute. Und heute fällt es ihr eigentlich leicht. Der Tag mit all den Meetings lief rund. Ihre Ideen sind gut angekommen und wohlwollend aufgenommen worden. Das lässt sie hoffen. Es ist nämlich wichtig, dass sie ihre Strategie durchziehen kann. Will sie das längerfristige Überleben des Hauses und der Angestellten sichern, müssen sie investieren, ausbauen, vorwärtsschauen. Die Produktion steigern, noch mehr erneuerbare Energien nützen.

Das Essen schmeckt ausgezeichnet, der Wein ist gut und die Leute im November noch nicht übersättigt mit sozialen Anlässen. Sie schaut in lauter zufriedene Gesichter, wenn sie in die Runde blickt. Sehr gut. Während ihre Augen noch über die Anwesenden schweifen, flüstert ihr Daniel ins Ohr: »Du siehst scharf aus heute Abend. Ich freue mich auf später.« Sybille zuckt nicht mit der Wimper und lächelt dem Chef der *Bern Lötschberg Simplon Bahn* freundlich zu, während sie ihrem Mann gleichzeitig einen tadelnden Klaps aufs Bein gibt. Er aber lässt sich nicht entmutigen, sondern doppelt nach: »Doch. Ich kann es kaum erwarten. Lass dich nur überraschen.«

Durch die Zähne und erneut ohne, dass ihr Lächeln an Strahlkraft verliert, raunt Sybille: »Hör auf. Wir sind hier an einem wichtigen sozialen Event, reiß dich zusammen.«

»Das tu ich doch. Aber wie Sie befehlen, gnädige Frau.« Auch Daniel sieht dabei lächelnd in die Runde.

»Quatschkopf.« Aber Sybille sagt es liebevoll. Daniel ist ihr eine große Stütze und, ohne ihn könnte sie sich nicht vorstellen, diese Position erreicht zu haben. Sie wird ihm niemals vergessen, dass er bei ihr geblieben ist, obwohl sie nie Kinder wollte und er gern eine Familie gegründet hätte. Er unterstützt sie vollumfänglich. Liebevoll betrachtet sie ihren Mann. Seit über zehn Jahren sind sie verheiratet und mittlerweile ein richtig gut eingespieltes Team.

Nicht nur, dass er sich um Haus und Garten kümmert, seine Karriere immer an zweite Stelle stellt, nein, er macht auch eine gute Figur bei ihren sozialen Verpflichtungen. Wie heute Abend zum Beispiel. Sie hat genau gesehen, wie er ihre Chefin von *Coop* mit seinem Charme bezaubert hat. Er hat sie zum Lachen gebracht, was eine Meisterleistung ist, und Sybille rechnet damit, dass ihr die Frau ab sofort aus der Hand frisst. Das Schöne ist, dass Daniel selbst genau weiß, wo sie Unterstützung braucht, was sich lohnt, und bei wem er sich für Sybille einsetzen muss, damit er ihr hilft. Sie muss ihm öfter sagen, wie wertvoll er für sie ist.

»Sollen wir den Nachtisch bringen?« Richard, der Chef de Service, fragt diskret. Sybille nickt. »Ja, gern. Ich glaube, wir sind alle soweit.«

»Gut. Dann servieren wir ihn sofort.«

»Warte, Richard, was ist es?«

»Ein Maroni-Tartlet und dazu je eine Kugel Zitrone- und Ananas-Sorbet.«

»Danke, Richard, das klingt wunderbar.«

»Ist es auch.«

Sybille lächelt. Ja, ihre Leute sind jede Minute wert, die sie in ihre Arbeit investiert.

»Will jemand den Kaffee zum Dessert?«

»Ja, gern.«

»Gibt's auch Latte?«

»Natürlich. Sonst noch jemand?«

»Nein danke, für mich nicht.«

»Auf keinen Fall, sonst kann ich nachher nicht mehr schlafen.«

»Wer will denn nachher schlafen?« Zum Glück sagt es Daniel so leise, dass nur sie es hören kann. Ihr Ehemann ist immer schlagfertig und witzig, aber heute Abend scheint er besonders aufgedreht. Sybille schüttelt kaum merklich den Kopf, sie will ihn etwas bremsen. So geht es nicht. Bald werden die anderen Gäste mitbekommen, dass er ihr dauernd heimlich ins Ohr flüstert.

»Bin gleich wieder da. Dass du mir nicht verschwindest.« Damit steht Daniel auf und ist weg, bevor Sybille antworten kann. Was kann so dringend sein, dass er während des Essens den Tisch verlässt? Muss er auf die Toilette? Sie blickt ihm nach, wie er in Richtung Bar geht und gleich darauf aus ihrem Blickfeld verschwindet. Sie ärgert sich etwas. Beruhigt sich aber sofort wieder. Bestimmt ist er gleich zurück. Daniel weiß, was sich gehört, wie wichtig der heutige Abend für sie ist und was auf dem Spiel steht. Und richtig, noch bevor die ersten Nachtischteller auf dem Tisch stehen, ist ihr Ehemann zurück. »Was ist denn los? Geht's dir gut?«

»Nichts. Klar.«

Sybille schaut Daniel kurz fragend an und hat auf der Zunge zu sagen: »Warum bist du dann überhaupt aufgestanden?« Aber sie verkneift es sich und winkt stattdessen Richard, um ihn über die Kaffeebestellungen zu informieren.

Der Abend verläuft in bester Atmosphäre weiter, und die Gäste scheinen es nicht eilig zu haben, nach Hause zu kommen. Für die meisten wird es spät, und Sybille wäre rundum zufrieden, wenn nicht eine kleine Episode wie ein Tropfen in den Wermutbecher gefallen wäre.

3.

»Verdammt kalt.« Silvan schlägt sich die Arme um den Körper.

»Bist du eine Memme oder bist du eine Memme?« Sein Kumpel Lenny schüttelt verständnislos den Kopf. Silvan sagt nichts mehr, haucht aber demonstrativ den Atem aus seinem Mund.

»Da, trink noch ein Bier, dann wird dir warm.«

»Alkohol trägt höchstens zusätzlich zur Abkühlung des Körpers bei.«

»Klugscheißer.« Lenny hält Silvan trotzdem eine Büchse *Rugenbräu* hin. »Da nimm. Deine schlechte Laune liegt nicht an der Kälte. Trink, vielleicht kommt sie ja noch.« Nach kurzem Zögern nimmt Silvan die Büchse und öffnet sie mit einem leisen Zischen. Lenny schlägt sein Bier dagegen und sagt dazu: »Auf uns. Und die Männerfreundschaft.« Silvan verzieht sein Gesicht zu einer Grimasse, in der halbherzige Zustimmung zu lesen ist. Er wirft einen Blick auf seine Armbanduhr. Dann schüttelt er den Kopf. »Nein, die kommt nicht mehr.«

»Na und? Schau dich um. Andere Mütter haben auch hübsche Töchter.« Silvan nimmt einen Schluck aus der Büchse. Klar. Aber ihn interessieren keine anderen Mädchen. Lenny schlägt ihm auf den Rücken. »Komm, lass es uns bei den beiden da versuchen.«

»Keine Lust.«

»Mann! Sei keine solche Spaßbremse.« Lenny geht los, ohne auf Silvan zu warten. Es bleibt ihm nichts anderes übrig, als dem Kumpel zu folgen, will er nicht wie der letzte Loser allein am Betonpfeiler unter der Autobahnbrücke lehnen. Lenny gibt gleich Vollgas und hat die zwei Mädels bereits zum Lachen gebracht. Kaum steht Silvan ebenfalls da, stellt er ihn vor: »Und dieser umwerfende Kerl ist mein Kumpel Silvan. Er trägt keine blauen Kontaktlinsen, sondern dieser Blick ist echt. Nehmt euch vor ihm in Acht, ein echter Frauenversteher aus dem reichen Reichenbach.« Wieder verzieht Silvan das Gesicht und schüttelt dazu den Kopf. Die Mädchen müssen schon ziemlich dicht sein, wenn sie das lustig finden. Aber sie kichern los, und Lenny lässt weitere Sprüche vom Stapel. Silvan wird das zu blöd, er zieht sein Handy aus der Hosentasche. Keine Nachricht. Schade.

»Ui, mir ist schlecht.« Eines der Mädchen krümmt sich, und schon übergibt sie sich.

»Iiih, Leandra! Was machst du denn da!«

»Das siehst du doch, sie kotzt.«

»Mann, voll grusig.«

Einen Moment stehen die Teenager unschlüssig da und überlegen, was zu tun ist. Silvan fasst sich als Erster: »Hat jemand die Telefonnummer ihrer Mutter, ihres Vaters?«

»Warum?«

»Sie muss abgeholt werden.«

»Spinnst du? Die Eltern dürfen das nicht erfahren.«

Von Leandra kommt ein Wimmern. Ihre Freundin wendet sich von Silvan ab und fragt mitfühlend: »Geht's, Schatzi?«

Leandra gibt ein jämmerliches Geräusch von sich, das alles bedeuten kann. »Willst du nach Hause?«

Jetzt kommt immerhin ein Nicken zustande. »Also doch die Eltern«, stellt Silvan trocken fest.

»Kommt nicht infrage, jemand muss mit ihr auf den Zug.« Das Mädchen schaut in die Runde, und ihr Blick bleibt an Silvan hängen. »Hat dein Freund vorhin nicht gesagt, du seist aus Reichenbach? Da liegt Spiez doch auf dem Weg.«

Die denkt doch nicht ernsthaft daran, ihm eine kotzende Zicke aufzuladen? Auf keinen Fall. Silvan verzieht sein Gesicht zu einer ablehnenden Grimasse.

»Silvan, sei ein Freund.« Lenny schlägt ihm auf die Schulter. Aber Silvan wehrt sofort ab: »Bist du verrückt? Ich kenn die doch gar nicht.«

»Das macht nichts. Den Heimweg wird sie noch finden. Du setzt sie in den Zug und fährst mit ihr nach Spiez. Dann begleitest du sie heim – et voilà, Auftrag erledigt.« Zur Veranschaulichung fährt Lenny mit der rechten Hand rasch über die linke. Dann fügt er feixend hinzu: »Und wer weiß, vielleicht ...« Sein vielsagender Blick deutet etwas an, an das Silvan gar nicht denken will. Wieder verzieht er sein Gesicht abschlägig. »Mit so einer? Nicht mal mit einem Stecken.«

»Dann nicht. Aber du kannst ein Gentleman sein.«

»Genau. Silvan, bitte sei nett und bring sie heim.«

»Mann, eh, kein Bock.«

»Du wärst echt ein Held.«

»Da siehst du's, ein Held.« Wieder grinst Lenny. »Und außerdem können wir sie so wirklich nicht allein schicken.«

»Was ist mit dir? Du bist ihre Freundin.«

»Ja, aber ich wohne in Unterseen.«

»Wie praktisch.« Niemand geht auf Silvans ironische Bemerkung ein. Stattdessen hält Nora ihrer Freundin ein Taschentuch hin, womit sich Leandra den Mund abwischt. »Oh Gott, mir geht's so elend.«

»Na?« Diesmal kriegt Silvan den vielsagenden Blick von Nora, und sie will damit sicher etwas anderes implizieren als Lenny. »Ich sag's doch, allein kann sie unmöglich reisen.«

»Geht's mich etwas an?«

»Ein Mensch geht jeden was an.« Oh Mann, jetzt kommt sie auch noch so. Silvan kennt diese entschlossenen Frauen, die die Moralkeule schwingen. Da hat er nie eine Chance, besser, er gibt jetzt schon nach, am Schluss wird sie sowieso gewinnen, und er hat nur viel Energie für nichts verschwendet. Zudem wird der Abend ohnehin nicht mehr besser werden. Ein weiterer Blick aufs Handy bestätigt das, keine neue Nachricht. Also kann er gleich nach Hause gehen. Ohne Begeisterung sagt er: »Meinetwegen.« Skeptisch fügt er, an Leandra gewandt, an: »Kannst du überhaupt gehen?« Sie nickt schwach und versucht ein Lächeln. »Danke.«

Inzwischen hat Nora Leandras Tasche gepackt und hängt sie Silvan über die Schulter. Auf der anderen Seite stützt sich Leandra auf ihn, und so wanken sie zum Bahnhof. Lenny ruft ihnen hinterher: »Bist einfach ein toller Kerl! Wir sehen uns.«

Silvan spart sich eine Antwort. Stattdessen fragt er Leandra: »Geht's?«

Sie nickt. »Ja danke. Sorry. Tut mir echt leid. Aber ich bin so froh, dass du mir hilfst. Echt.«

»Jaja, schon gut.« Er will eigentlich gar nicht reden. Aber Leandra scheint's besser zu gehen, und plötzlich sprudelt es nur so aus ihr heraus. »Normalerweise trinke ich nie so viel! Das ist mir echt noch nie passiert. Sorry, wirklich. Ich habe wohl zu wenig gegessen. Oder war der Alk so stark?«

Ohne eine Antwort von Silvan abzuwarten, fährt sie sofort weiter: »Egal. Jedenfalls ist mir das echt peinlich. Mein Gott, ich habe voll gekotzt. Hast du das gesehen?«

Natürlich hat er das gesehen. Aber wieder erwartet sie keine Antwort, sondern ergänzt: »Das muss ich meinen Freundinnen erzählen.« Ungeschickt versucht sie, ihr Handy aus der Hosentasche zu klauben. Es gelingt ihr nicht. »Können wir kurz stehen bleiben?«

»Mach das nachher. Lass uns jetzt auf den Zug gehen.«

»Okay. Aber weißt du, das ist voll krass. Jetzt geht's mir schon viel besser.«

»Ja, das merke ich.«

»Nicht wahr?« Sie strahlt ihn glücklich an. »Vielleicht müssen wir gar nicht nach Hause? Vielleicht gehen wir noch einmal zurück?«

Was? Natürlich nicht. Mann, die Tusse geht ihm echt auf den Nerv. Silvan schüttelt den Kopf. »Nein, ich geh nicht mehr zurück. Wir fahren jetzt heim.«

»Okay. Ist ja voll lieb, dass du mitkommst. Weißt du, meine Eltern sind geschieden, und der Kerl meiner Mutter mag mich sowieso nicht. Und meine Mutter darf das schon gar nicht wissen, sonst kann ich nie wieder weg.«

Endlich kommt der Bahnhof in Sicht, und Silvan ist erleichtert, als er liest, dass der Zug in wenigen Minuten einfahren wird.

4.

Kateryna betrachtet ihre Freundin im Spiegel. Jelena ist wunderschön. Und sie weiß es. Sie nimmt einen Pinsel in die Hand und pudert mit federleichter Hand etwas Rouge auf ihre ausgeprägten Wangenknochen. Ein prüfender Blick in den Spiegel. Sie ist zufrieden. Jetzt nimmt sie einen der Lippenstifte und trägt ihn mit geübten Bewegungen auf. Sie reibt Ober- und Unterlippe aneinander, nimmt ein Papiertuch aus der Box und drückt ihre Lippen darauf. Das leuchtende Rot hinterlässt einen verheißungsvollen Kussmund. Jelena wirft das Papier achtlos neben den Spiegel. Jetzt runzelt sie die Stirn und fragt: »Soll ich die Haare offen oder hochgestreckt tragen, was meinst du?« Mit der rechten Hand fährt sie sich in das geglättete blonde Haar und hält es versuchsweise im Nacken hoch. Kateryna antwortet nicht, aber offenbar erwartet Jelena ohnehin keine Entscheidung von der Freundin. Schulterzuckend lässt sie die Haare fallen und öffnet stattdessen ihr Schmuckkästchen, um nach den passenden Ohrringen zu suchen.

»Jelena, glaubst du wirklich, das ist eine gute Idee?«

»Du denkst, ich sollte die Haare hochstecken?« Jelena unterbricht ihre Suche und wirft Kateryna einen Blick über die Schulter zu.

»Nein, sie sind perfekt so. Ich meine heute Abend.«

»Ach Katynka. Katynkalein . Hör auf zu grübeln. Das wird lustig, glaub mir!«

»Aber wir sind im Krieg.«

»Aber doch nicht hier! Wir sind sicher, wir sind jung, wir haben es verdient, uns zu amüsieren.«

Kateryna schaut skeptisch.

»Denkst du, es hilft auch nur einem einzigen Soldaten, wenn du heute Abend zu Hause bleibst? Glaubst du, der Krieg wird eine Sekunde weniger lang dauern, wenn du hier Trübsal bläst?«

»Nein. Natürlich nicht.«

»Na also, warum zögerst du?«

»Es sind Amerikaner.«

»Genau, sie sind unsere Freunde, sie unterstützen uns!«

»Eben. Könnte das nicht ein Problem sein? Erwarten sie von uns keine Dankbarkeit?«

»Was meinst du damit?« Jelena fragt prüfend.

»Du weißt schon, gewissermaßen eine Gegenleistung …«

»Was fällt dir ein! Du denkst, sie wollen Sex mit uns? Sozusagen als Entschädigung, weil ihre Milliarden und Waffen die Russen besiegen sollen?«

»Denkbar, oder?«

»Blödsinn. Die sind nett. Du wirst schon sehen. Richtige Amis. Freundlich. Zugewandt. Aufgeschlossen. Und reich.« Zum letzten Satz grinst Jelena. »Sie lieben uns!«

»Hoffentlich nicht zu sehr.« Kateryna seufzt.

»Jetzt hör auf! Du wirst faltig vor lauter Sorgen! Heute Abend will ich Spaß haben.« Jelena erhebt sich, macht zwei Schritte auf Kateryna zu und drückt sie an sich. »Das ist eine Gelegenheit für uns, die so schnell nicht wiederkommt. Glaub mir. Die Leute wissen, wie man Party macht. Wir werden Champagner trinken und Kaviar essen. Wir werden lachen und tanzen, wir werden uns amüsieren. Und sonst gar nichts!«

»Versprochen?«

»Versprochen.«

Jelenas weiße Zähne bilden einen starken Kontrast zum flammenden Rot des Lippenstifts. Einen Moment muss Kateryna an Knochen in einer Wunde denken. Rasch verdrängt sie das Bild und lächelt Jelena stattdessen ebenfalls zu. »Du bist großartig. Und unwiderstehlich.«

»Ich weiß. Niemand sieht mir meine drei Kinder an.«

»Niemand«, bestätigt Kateryna. Bewundernd fügt sie an: »Du siehst keinen Tag älter als 25 aus.« Jelena beginnt zu kichern. »Ich könnte mit Nika in den Ausgang, und kein Mensch käme auf die Idee, dass ich seine Mutter bin.«

»Wie alt ist Nika?«

»18.«

Jetzt macht Kateryna trotzdem große Augen. Jelena nickt. »Ja, ich war selbst erst 18, als er auf die Welt kam.«

»Und Mischa und Maxim?«

»Mischa ist 16, und Maxim wird nächstes Jahr zwölf.«

»Mischa und Nika sind Männer geworden.«

»Ja«, bestätigt Jelena. »Du hast recht. Ich habe genug Männer im Haus, auch ohne Martin.« Kateryna hat Jelenas Schweizer Mann und den Vater von Maxim nie kennengelernt. Sie sagt deshalb nichts, sondern wartet auf eine Ergänzung. Sie kommt mit einem Seufzer. »Martin ist nett. Aber er konnte nicht mit meinem Job in der Bar umgehen.«

»Was hat ihn gestört?«

Jelena hebt herausfordernd ihre Augenbrauen. »Freunde wie Bruce, Andrew oder Jayden.«

»Gibt's im *Belvédère* oft amerikanische Gäste?«

»Manchmal. Aber mehr noch kommen Russen. Darum wirst du sehr willkommen sein. Meine Chefin ist in Begeisterungsschreie ausgebrochen, als ich ihr von dir erzählt habe.«

»Russen?« Kateryna ist entsetzt. »Sie sind unsere Feinde. Sie zerstören unser Land.«

»Aber doch nicht die Leute, die hier sind. Sie hassen Putin wie wir. Sie sind genauso wenig am Krieg schuld wie du und ich. Was denkst du, warum sie in der Schweiz sind?«

»Und wenn sie herausfinden, dass wir Ukrainerinnen sind?«

»Das werden sie nicht. Wir sprechen russisch. Genau wie sie.«

»Und wenn sie fragen, woher wir kommen?«

»Dann sagst du aus Sankt Petersburg. Du hast schon viele Bilder der schönen Stadt gesehen, ich wette, die wissen kein bisschen mehr über Sankt Petersburg als du. Du kannst erzählen, was du willst, niemand wird etwas merken.«

»Wurdest du nie gefragt, warum du ihre Sprache sprichst?«

»Doch natürlich.«

»Was hast du gesagt?«

»Dass Russisch eine großartige Sprache ist.«

»Und?«

»Nichts und. Sie haben sich gefreut. Ihren Wodka getrunken und gesagt, dass wir alle Brüder und Schwestern sind.«

»Und du denkst, ich werde das können?«

»Natürlich! Es ist nicht schwierig. Du bist schön. Und du bist intelligent.« Kurz denkt Kateryna an ihr Studium für Maschinenbau in Kiew. Aber Jelena fährt schon fort: »Außerdem zeige ich dir alles. Ich bin eine fabelhafte Lehrerin. Du wirst es lieben. Nicht nur das Trinkgeld.« Jetzt grinst Jelena. Noch einmal drückt sie Kateryna an sich. Vorsichtig, um ihr Make-up nicht zu verschmieren und keine Spuren auf Katerynas Bluse zu hinterlassen. »Meine Kleine. Ich will nichts mehr hören. Alles kommt gut, verstehst du? Sag mit mir: Alles kommt gut.« Als Kateryna zögert, drückt Jelena ihren Arm und doppelt nach: »Los, sag: Alles. Kommt. Gut.« Kateryna lächelt und sagt: »Alles kommt gut.«

»Und jetzt suchen wir das richtige Kleid!«

5.

»Oh Gott, meine Füße bringen mich um.«

»Wem sagst du das.«

»Was meinst du, wie lange bleiben die noch?«

»Keine Ahnung, aber mir egal. Wir dürfen jetzt los, Feierabend.«

»Gott sei Dank. Aber ich muss eh noch bleiben.« Ravi seufzt.

»Was, warum denn?«

»Ich darf nicht allein heim, ich muss auf meinen Vater warten.«

»Oh nein, das ist ja voll Kacke.«

Ravichandra zuckt mit ihren Schultern. »Schon okay. Ich habe etwas zu lernen dabei.«

»Du willst jetzt noch lernen? Du spinnst.«

»Natürlich bringt's nicht mehr viel, aber immer noch besser, als hier hin und her zu rennen und mich blöd anmachen lassen.«

»Blöd anmachen lassen, von wem?«

Ravi rollt mit den Augen. »Du weißt, wen ich meine.«

»Ach so. Ich finde ihn charmant.«

»I know. Die Chefin offensichtlich auch.«

Emma grinst. »Siehst du, wir haben Geschmack.«

»Er ist ein Schleimbeutel.«

»Er macht nette Komplimente.«

»Mich nervt er. Aber lass uns über etwas anderes reden. Eigentlich waren die Gäste alle sehr nett.«

»Eben. Und das Geld, das wir verdient haben, ist nicht zu verachten.«

»Genau.«

Das Piepsen einer Nachricht lässt Emma auf ihr Telefon schauen. »Meine Mutter ist da.«

»Toll für dich.« Eigentlich wollte Ravi nicht bitter klingen, aber ein bisschen beneidet sie die Freundin schon darum, dass sie jetzt heim ins Bett kann. Emma schaut sie mitleidig an. Dann fällt ihr ein: »Weißt du was, komm doch mit zu mir! Dann ersparst du dir erst noch das frühe Aufstehen morgen. Wir wohnen so nah an der Schule, da reicht eine halbe Stunde vor Schulbeginn.«

»Das wäre ja klasse!« Ravi strahlt, fragt aber gleich darauf skeptisch nach: »Meinst du wirklich, das ist möglich?«

»Natürlich, warum denn nicht? Pyjama kannst du von mir kriegen, Zahnbürsten haben wir genug. Schulzeugs brauchst du für unsere Wirtschaftswoche eh nichts, was also spricht dagegen?«

»Wenn du es so sagst. Aber deine Mutter?«

»Meine Mutter? Die freut sich, wenn ich Freundinnen habe.«

»Oh Mann, du bist ein Goldstück. Ich frage nur kurz meinen Vater, okay?«

»Klar, aber beeil dich, ich will heim.«

»Bin schon weg!« Ravi steht auf und eilt davon. Emma ruft ihr nach: »Wir sehen uns im Auto, ich geh schon vor.«

»Ja, alles gut.« In wenigen Schritten steht Ravi in der Küche. Ihr Vater hat alle Hände voll zu tun. Berge von Geschirr türmen sich, und er füllt Maschine um Maschine. Ravi ist unendlich dankbar, dass sie nicht warten muss, bis er fertig ist, sondern Feierabend machen kann.

»Papa, Emmas Mutter ist hier, und sie wollen mich mitnehmen.«

»Emma Serschön?«

»Ja, du weißt schon, das Mädchen, das heute ebenfalls mitgeholfen hat im Service. Sie ist sehr nett.«

»Ja, sie ist nett.« Balachandran lächelt, er mag das fleißige Mädchen mit dem freundlichen Lächeln. Trotzdem wird er gleich wieder ernst. »Aber du kannst dich nicht bei ihnen aufdrängen.«

Ravi verdreht die Augen. »Ich dänge mich nicht auf. Emma hat von sich aus vorgeschlagen, dass ich bei ihnen schlafen kann. Denk dir, wie praktisch. Ich muss nicht auf dich warten und morgen kann ich sogar etwas länger schlafen.« Balachandran weiß natürlich, wie gern seine Tochter schläft. Ravi hält ihre Handflächen zusammen und macht eine bittende Geste. »Bitte Papa! Sei kein Spielverderber!«

»Also gut. Meinetwegen.«

»Danke! Danke 1000!« Ravi schlingt ihre dünnen Arme um ihren Vater und drückt ihn an sich. »Pass auf! Vorsicht!« Balachandran hat ein Weinglas in der Hand. Ravi lässt ihn los, aber drückt ihm noch einen Kuss auf die Wange. »Du bist der Beste.« Balachandran lächelt. Das tut ihm gut. Ravichandra ist eine liebe und gute Tochter. Meistens. »Verhalte dich anständig und bedanke dich bei ihnen.« Jetzt schaut er noch einmal streng.

»Selbstverständlich, Papa. Du kannst dich auf mich verlassen.«

»Also gut, dann geh und lass deine Freundin nicht warten.«

»Tschüs, Papa. Hoffentlich musst du nicht mehr zu lange arbeiten.«

»Das ist schon okay. Ich werde morgen auch ein bisschen länger im Bett liegen.«

Daran zweifelt Ravi, ihr Vater schläft nie aus und wird auch morgen beizeiten wieder hier in der Küche stehen und bienenfleißig arbeiten. Trotzdem sagt sie: »Ja. Grüß Mama von mir und Dinesh.«

»Mach ich. Bis morgen.«

»Bis morgen. Und danke noch einmal.« Damit verschwindet Ravichandra aus der Küche. Noch während sie rausgeht, knüpft sie sich die Schürze auf und wirft sie in den Wäschekorb. Vom hinteren Gang sieht sie durch die Glaswand in den Garten. Ihr Bild spiegelt sich darin. Sie lacht kurz, ihr kriminologisches Gespür muss noch geschult werden. Hat sie vorhin doch schon an einen Einbrecher gedacht, dabei war das nur ein Typ aus Idas Gruppe, der vorausgegangen war. Wieder sieht der Garten verlockend aus. Sie könnte eigentlich den kleinen Umweg durch die Treibhäuser machen. Auf die zwei Minuten kommt's jetzt auch nicht mehr an. Emma wird warten, und wer weiß, wann sie das nächste Mal wieder hier ist. Ravichandra rennt ins Treppenhaus und nimmt den Hinterausgang, der direkt in den Garten führt. Als sie die Tür öffnet, kommt ihr ein Schwall kühler Luft entgegen. Zu kalt, selbst wenn man die Energiesparmaßnahmen berücksichtigt. Da stimmt etwas nicht. Ist die Tür am Ausgang nicht in Ordnung? Ravi geht nach hinten, um den Notfallschließmechanismus zu kontrollieren. Die Tür ist zu. Dann hat sie sich wohl geirrt. Vielleicht kam es ihr auch nur so kalt vor, weil sie im Restaurant ständig hin und her geeilt ist und fast geschwitzt hat. Sie will beruhigt zurück in den Garten, als sie eine Bewegung draußen wahrnimmt. Da ist jemand. Und um diese Zeit ist es garantiert niemand mehr von einer Führung. Obwohl sie überhaupt nicht für eine kalte Herbstnacht angezogen ist und weiß, dass Emma und ihre Mutter warten, ist die Neugier stärker.

6.

Silvan blickt zum Fenster hinaus. Sehen kann er in der Scheibe nichts als das Zugabteil. Endlich hat diese Leandra Ruhe gegeben. Sie scheint zu schlafen. Er betrachtet sie im Fenster, das wie ein Spiegel wirkt. Sie geht nicht aufs Gymnasium, und er kennt sie daher nicht. Objektiv gesehen, ist sie hübsch. Ihr Gesicht ebenmäßig, die Nase nicht zu groß, der Mund ganz nett. Ihre blonden Haare trägt sie lang und offen. Eigenartig, aber ihm gefällt sie trotzdem nicht. Woher kommt es, dass er immer auf dunkle Frauen steht? Vielleicht weil seine Mutter dunkle Haare hat? Der Gedanke erschreckt ihn. Auf keinen Fall will er seine Mutter als Freundin. Nicht, dass er sie nicht liebt, aber sicher nicht so. Mama kümmert sich sehr liebevoll um ihn und seine zwei Brüder, da gibt es nichts auszusetzen. Silvan wächst traditionell schweizerisch auf.

Der Vater geht jeden Tag zur Arbeit außer Haus, und die Mutter sorgt für den Rest. Sie bügelt gewöhnlich auch aus, was der Vater verbockt. Ein Choleriker, der häufig unnötig viel Geschirr zerschlägt. Besonders Silvan kriegt oft zu spüren, dass er anders als der Vater ist, und der Vater ihn vor allem gern anders hätte. Am liebsten so wie seinen älteren Bruder Gregor, der bereits die Lehre abgeschlossen hat und genau wie der Vater als Landmaschinenmechaniker bei der *Schmid und Mägert AG* arbeitet. Beide sind sie zufrieden und glücklich mit ihrem Job.

Timo, der jüngere Bruder, ist 14 und muss jetzt ebenfalls entscheiden, welchen Beruf er ergreifen will. Am liebsten Hochbauzeichner, wie er bei jeder Gelegenheit erklärt. Die Bewerbungen für diverse Architekturbüros sind unterwegs. Silvan wäre froh, wenn's bald mit einer Lehrstelle klappt. Wenn er es sich recht überlegt, dann vor allem für seine Mutter. Damit sie wieder einen der Söhne versorgt weiß, wie sie es nennt. Bleibt er selbst. Das schwarze Schaf der Familie. Er weiß nicht, was aus ihm werden soll. Sicher ist, dass er weg will aus dem Tal. Weg aus Reichenbach und dem Oberland. Am liebsten irgendwo ins Ausland. Wohin? Egal. Er hat noch fast zwei Jahre, bis er wissen muss, was er studieren will. Bis dahin wird er sich schon entscheiden können.

Ravi ist da so ganz anders als er. Sie weiß genau, dass sie Kriminologie studieren will. Trotzdem hat auch sie ein Problem. Ihre Eltern haben andere Pläne für sie. Sie träumen davon, zurück nach Sri Lanka zu gehen, und halten Kriminalwissenschaften für ein völlig unpassendes Studium. Jus oder Medizin wollen sie für ihre Tochter. Eine Anwältin oder Ärztin. Noch lieber wäre ihnen, wenn Ravi einen sri-lankischen Mann heiratet und bald

Kinder kriegt. Aber Ravi will beides nicht. Silvan weiß nicht, wie stark der Einfluss des Vaters ist und ob oder wie sich Ravi wird durchsetzen können. Einfach wird es nicht.

Auch ihre Beziehung halten sie geheim. Ravi meint, ihre Eltern wollen nicht, dass sie einen Freund hat. Einerseits ist Silvan ganz froh, dass er ihren Eltern noch nicht vorgestellt wurde, da muss er auch keinen guten Eindruck machen. Andererseits ist es ihm ernst mit Ravi, und irgendwann muss er ihre Familie kennenlernen. Genauso wie umgekehrt. Auch das wird nicht leicht. Silvan kennt die an Rassismus grenzenden Bemerkungen seines Vaters nur zu gut. Einmal hat er zufällig ein Bild von Ravi auf Silvans Handy gesehen. Er hat unvorsichtigerweise am Tisch ein paar Fotos aus der Schule gezeigt. Da war Ravi drauf. Natürlich. Silvan hat unzählige Bilder seiner wunderschönen Freundin. Niemals vergisst er die Bemerkung seines Vaters: »Was will denn die Negerin am Gymnasium?« Es hatte keinen Sinn gemacht, seinen Vater darüber aufzuklären, dass man das N-Wort nicht sagt und dass Ravi ohnehin keine Afrikanerin, sondern Sri-Lankerin ist. Es war schon Feuer genug am Dach gewesen, als er sagte, Ravi sei ein sehr intelligentes Mädchen, und das Gymnasium habe keine so engstirnige Einstellung wie der Vater, sondern sei im Gegenteil offen und multikulturell. Multikulturell. Auch so ein Reizwort für seinen Vater. Silvan hatte es dabei belassen, genau gewusst, dass er mit jeder Bemerkung die Situation nur verschlimmerte. In nicht allzu ferner Zukunft ist er 18, und dann hat ihm der Vater nichts mehr zu sagen. Er kann es kaum erwarten.

Bis dahin versucht er, den Ball flach zu halten, möglichst wenig Angriffsfläche zu bieten und Auseinandersetzungen mit dem Vater aus dem Weg zu gehen. Nur manchmal kann er es nicht lassen. Er weiß genau, welche Knöpfe er drücken muss, um den Vater zu provozieren. Jedes Mal tappt er in die Fallen, die Silvan ihm stellt, wird tomatenrot und regt sich auf, bis sie mit einem Herzinfarkt rechnen müssen. Auch heute Abend war es so. Meist fängt es harmlos an. Diesmal mit einem veganen Restaurant in der Gegend. Natürlich ist Silvan klar, dass vegan ein rotes Tuch für seinen Vater ist. Er findet schon Vegetarier lächerlich, aber Veganer? Was soll das überhaupt sein? Sich nur von Rohkost ernähren? Silvan hat den Vater ausreden lassen und dann ganz ruhig erklärt, dass die Welt in einem viel gesünderen Zustand wäre, gäbe es nur Veganer. Das hat gereicht. Der Vater ist explodiert. Alles Verrückte, Spinner, Fanatiker. Der Mensch braucht Fleisch! Eier, Käse!

»Stimmt nicht», hat Silvan widersprochen. »Alle wichtigen Nährstoffe sind auch in Pflanzen enthalten.«

»Das glaube ich nicht. Sieh sie dir doch an! Diese bleichen Hungerhaken. Selbst kein Fleisch auf den Knochen. Keine Kraft und …« Vor Wut sind ihm Flocken von Spucke aus dem Mund geschneit. Silvan hat angeekelt das Gesicht verzogen. Natürlich hat es der Vater gesehen. Zornig hat er mit der Faust auf den Tisch geschlagen, so fest, dass die Tassen hüpften, und hat abschließend geschrien: »Hier kommt Fleisch auf den Tisch so lange ich das Geld nach Hause bringe! Und du machst, was ich sage, so lange ich für dich zahle. Hast du verstanden?«

Davon war gar nie die Rede. Silvan will gar nicht auf Fleisch verzichten. Obwohl es besser wäre. Aber es ist einfach lächerlich, wie sich der Vater immer gleich angegriffen fühlt. Silvan hat nicht reagiert. Aber das verträgt der Vater ebenfalls nicht. »Verstanden?« Silvan hat sich erneut zu viel Zeit mit der Antwort gelassen, worauf der Vater schrie: »Und wenn dir das nicht passt, brauchst du überhaupt nicht mehr nach Hause zu kommen!« Damit ist er aufgestanden, rausgegangen und hat die Tür zugeschlagen, dass das ganze Haus bebte.

»Musste das sein?« Die Mutter hat ihn unglücklich angeschaut. Und schon tat es Silvan wieder leid, dass er den Streit vom Zaun gebrochen hat. Aber manchmal ist es so schwierig und der Vater so furchtbar nervig. Silvan hat die Mutter rasch umarmt und gesagt: »Es kommt nicht mehr vor.« Ob sie ihm geglaubt hat, ist zweifelhaft. Aber Silvan hat beschlossen, den Abend außer Haus zu verbringen. Natürlich ohne Wissen der Eltern.

Gewöhnlich ist er zufrieden damit, dass er Ravi jeden Tag in der Schule sehen kann, und ab und zu klappt es zusätzlich mit einem Treffen außerhalb. Schade, dass sie heute nicht kam. Aber eigentlich hätte er es wissen müssen. Sein Vorschlag kam zu spontan. Und jetzt fällt ihm ein, hat sie nicht erwähnt, sie müsse heute arbeiten? Wenn immer möglich, versucht sie, Geld zu verdienen. Er weiß, dass die Familie knapp bei Kasse ist, und alles, was sich Ravi leisten will, muss sie sich selbst erarbeiten. Silvan bewundert sie dafür. Überhaupt ist sie ein starkes Mädchen. Nicht nur, dass sie genau weiß, was sie will, meist findet sie auch einen Weg, um es zu erreichen. Daher macht er sich keine Sorgen um ihre Zukunft. Er vertraut darauf, dass sie zu ihrem Studium und zu ihrem Ehemann kommen wird. Das Problem könnte höchstens sein, dass sie sich irgendwann in einen anderen verliebt. Er nicht. Das ist absolut sicher. Ravi ist für ihn die Traumfrau schlechthin. Nebst ihrem zielbewussten und integren Charakter ist sie wunderschön. Er liebt ihre braune Haut, die langen Wimpern, dunklen Augen. Ihren feingliedrigen Körper und diese langen Haare, die ihr wie ein Seidenvorhang über die Schultern fallen, wenn sie sie offen trägt. Was selten genug der Fall ist. Normalerweise werden sie sorgfältig zu einem strengen Zopf geflochten.

Bei Ravi hätte Silvan seine Gedanken gern verweilen lassen. Aber der Zug fährt in Spiez ein. Vorsichtig schüttelt er Leandra an der Schulter. Sie knurrt. »Was ist?«

»Wir sind da.«

»Was? Wo sind wir?« Sie blinzelt. »Was ist los?«

»Wir sind in Spiez. Du musst aussteigen.«

»Scheiße. Mir ist schlecht.«

»So, dass du kotzen musst?« Silvan sieht sich hastig nach einer Tüte um. Sieht keine und öffnet stattdessen den Klappeimer am Abteiltischchen. Besser da rein als aufs Polster. Aber Leandra gibt Entwarnung: »Nein. Nicht Kotzen. Aber elend.«

»Okay.« Das kennt Silvan. Das geht vorbei. Morgen wird sie noch leiden, aber danach ist alles wieder gut. Ist ihm auch schon passiert. Nicht mehr, seit er mit Ravi zusammen ist. Sie findet das blöd. Und eigentlich hat sie recht.

Der Zug hält. Silvan nimmt Leandra am Arm, und sie stöhnt leise.

»Komm.«

»Ja, schon gut. Schön langsam.«

Allmählich geht sie ihm auf die Nerven. Schön langsam. Dann fährt der Zug wieder los. Ungeduldig schiebt Silvan das Mädchen durch den Gang. Zum Glück muss sie keine Stufe nehmen, um rauszukommen.

»Und jetzt, welche Richtung?«

»Häh?«

»Wo wohnst du? Wohin müssen wir?«

»Da lang.«

Endlich sind sie bei Leandra daheim angekommen. Das Haus ist groß und schön, soweit Silvan das in der Dunkelheit beurteilen kann. Der Parkplatz vor dem Haus ist leer. Leandra wirft einen Blick in die Garage, auch sie ist leer. Erleichtert seufzt sie auf. »Gott sei Dank. Meine Mutter und ihr Typ sind noch nicht heimgekommen.« Silvan sagt nichts. Muss er auch gar nicht, Leandra führt ihre Erklärung ohnehin aus: »Es wäre etwas heikel gewesen, unbemerkt reinzukommen.« Jetzt nickt Silvan. Damit ist für Leandra alles in Ordnung. Silvan allerdings hat ein kleines Problem. Sein letzter Zug ist weg.

»Also gut, dann noch einmal danke dafür, dass du mich heimgebracht hast.« Leandra schenkt ihm ein Lächeln. Als Silvan keine Anstalten macht, sich zu verabschieden, fügt sie an: »Ich hoffe, du erwartest nicht, dass ich dich reinbitte. Ich nehme an, die Alten kommen jede Minute.« Jetzt wirft sie einen nervösen Blick die Straße hinunter, in der Erwartung, dass der Wagen plötzlich auftaucht. Obwohl das Silvan nicht entgeht, fragt er vorsichtig: »Was meinst du, kann ich nicht bei dir übernachten?«

7.

Als Ida durch die Tür tritt, weiß sie sofort, dass sie nicht allein ist. Megans Parfüm liegt schwer in der Luft. Mit leichtem Bedauern sieht sie ihre friedlichen Feierabendstunden entschwinden. Noch bevor sie ihren Mantel an den Garderobehaken hängen kann, kommt ihr Tizian entgegen. Er maunzt vorwurfsvoll. »Ja, ich weiß mein Kleiner, du magst sie nicht besonders. Es tut mir leid.« Sie fährt ihm kurz übers Fell, er kneift die Augen zusammen und schnurrt. »Na siehst du, so übel ist das Leben gar nicht. Auch mit Besuch. Ich werde dafür sorgen, dass sie weniger Parfüm aufträgt, nicht zu laut und zu lebhaft ist. In Ordnung?« Wieder kneift der Kater seine Augen in stillem Einverständnis zu schmalen Schlitzen zusammen. »Gut, dann verstehen wir uns.« Tizian verzieht sich ins Schlafzimmer, wo er es sich sicherlich auf ihrem Bett bequem machen wird. Ida seufzt. Eigentlich will sie das nicht, aber da das Wohnzimmer offensichtlich besetzt ist, muss sie Tizian wenigstens diesen Schlafplatz gönnen. Während sie sich innerlich auf einen langen Abend vorbereitet, ruft sie freundlich: »Megan, was bringt dich her?«

Die Antwort klingt gedämpft. Entweder hat Megan bereits geschlafen, sie ist deprimiert oder sie nippt an einem Gin Tonic. Beim Betreten des Wohnzimmers sieht Ida, dass sie mit der dritten Einschätzung richtig lag. Was die zweite nicht ausschließt, sondern im Gegenteil wahrscheinlich macht. Die Gin-Flasche steht nämlich auf dem

Tischchen vor ihrer Nichte, und sie ist offensichtlich nicht am ersten Glas.

»Hallo, Auntie. Mir geht's nicht gut.«

»Ach, was ist es denn? So schlimm?«

Megan trinkt und murmelt: »Schlimmer.«

»Okay. Dann mach mir auch so einen.« Ida holt sich ein Glas und lässt sich damit neben ihrer Nichte auf dem Sofa nieder. Megan schenkt großzügig vom Gin ein und gibt etwas Tonic hinzu. Danach legt sie ihren Kopf nach hinten auf die Sofalehne. »Cheers.« Ida hebt ihr Glas, bevor sie einen Schluck nimmt. »Und nun erzähl, was die Welt zu einem Jammertal macht.« Liebevoll betrachtet sie die junge Frau. Ihr Hals ist von einem Hellbraun, um das sie sie beneidet und das typisch für ein Kind gemischtrassiger Eltern ist. Die dichten Wimpern und fast schwarzen Augen. Die elegant geschwungene Nase und vollen Lippen. Ja, ihre Nichte ist schön. Und sie kann eine Naturgewalt sein. Kurz flammt Megans Temperament auf, das Tizian so hasst, als sie ihr Glas mit einer heftigen Bewegung und lautem Knall auf den Tisch zurückstellt. »Dieses Arschloch!«

Ida wartet ein paar Sekunden, und als nichts nachkommt, fragt sie vorsichtig: »Wer?«

»Steff.« Es klingt wie ein Schuss. Wieder überlässt Megan Ida den nächsten Schritt.

»Lass mich raten. Steff ist dein Freund?«

»War.«

»Wahr? Ich liege also richtig?« Ida weiß genau, dass Megan das anders gemeint hat, will ihre Nichte aber aus der Reserve locken. Was nur bedingt gelingt. Immerhin zischt Megan: »War! Im Sinn von gewesen.«

»Megan, wenn du so weitermachst, gehe ich ins Bett. Jetzt lass dir nicht alles aus der Nase ziehen.«

»Du hast recht.« Megan seufzt und lässt ihren Kopf erneut nach hinten fallen. »Dieser mjinga hat eine Frau.« So viel Suaheli versteht Ida, um zu wissen, dass Megan ihren Verflossenen als Idioten bezeichnet. »Und das hat er dir nicht erzählt?«

»Nein, natürlich nicht. Dieser Saubeutel.«

»Megan. Ich sage es nicht noch einmal …«

»Schon gut, schon gut. Ich erzähle ja. Kennengelernt haben wir uns an einer Weiterbildung.«

»Er ist also auch Polizist?«

»Jedenfalls arbeitet er bei der Polizei.«

»Verstehe.«

»Beim Mittagessen hat er mich angesprochen, er ist witzig. Und gut aussehend und sexy und …« Plötzlich klingt Megan wehmütig. Ida ist die wütende Megan lieber. »Und darum fliegen auch alle Frauen auf ihn. Und darum ist er schon verheiratet. Und darum …«

»Ja. Hör auf, ich hätte es merken müssen.«

»Natürlich hätte es anders sein können.«

»Ja, hätte. Aber eigentlich wusste ich schon sehr bald, dass er mehrgleisig fährt.«

»Ach?«

»Ja, eine Arbeitskollegin hat es mir gesagt, er ist wohl bekannt dafür.« Bevor Ida darauf reagieren kann, fährt Megan entschuldigend weiter: »Ich habe ihn damit konfrontiert. Aber er hat behauptet, dass das mit mir etwas ganz Besonderes sei, dass ich ihn verändere.« Sie wirft Ida einen Blick zu und sagt dann: »Blöd, ich weiß.«

»Das kann man wohl sagen.«

»Ida! Du sollst mich aufbauen! Mich trösten, nicht beleidigen.«

»Die Beleidigung hast du selbst ausgesprochen«,

stellt Ida trocken richtig. »Er hat dir also etwas vorgemacht.«

»Ja! Und das über mehrere Monate!«

»Wie bist du ihm auf die Schliche gekommen?«

»Ich bin ihm nicht auf die Schliche gekommen, seine Frau hat mich angerufen und mir alle Schande gesagt.«

»Oha. Das ist nicht schön.«

»Nein, wirklich nicht. Und so unverdient!«

»Unverdient? Ich weiß nicht.«

»Doch. Woher sollte ich wissen, dass er lügt? Dass seine Frau sich künstlicher Befruchtung unterzieht, weil sie eine Familie wollen?«

»Okay, das ist starker Tobak.«

»Eben. Und sie hat geweint.«

»Uff. Das ist tough. Sie hat alle Register gezogen.«

»Ja. Und ich konnte ihr nicht einmal böse sein. Hormone und alles.«

Ida nickt. »Unfair.«

»Voll unfair. Von ihm! Du siehst, er ist ein Arschloch und eine Kackbratze und ein Hund und …«

»Nichts gegen Hunde, bitte.«

»Ich denke, du liebst Katzen?«

»Ja, aber deswegen muss man Hunde nicht beleidigen.«

»Richtig.«

»Also gut. Dann hast du Steff jetzt den Laufpass gegeben und kannst dir einen neuen Lover suchen.« Ida hebt ihr Glas.

Nach einem tiefen Seufzer hebt Megan ihr Glas ebenfalls. »Ja. So ist es.«

»Maisha marefu.«

»Maisha marefu.«

FREITAG

8.

Das leise Klopfen an der Tür wird nicht gehört. Die zweite Tür öffnet die Mutter, geht hinein und fährt ihrem Jüngsten über die Wange. Wie kindlich er noch wirkt. Sie lächelt. Timo schlägt die Augen auf. Jetzt blinzelt er und gähnt. In diesem Moment ist er wieder ihr Baby. Das darf sie ihm natürlich nicht sagen. Er will erwachsen sein. Und das ist gut so.

»Es ist Zeit aufzustehen.« Brigitte geht zum Fenster, zieht die Vorhänge auf und öffnet dann die Fensterläden. Dazu fragt sie: »Hast du gut geschlafen?«

»Nein.« Timo knurrt und zieht sich die Decke über den Kopf. Dann fällt ihm ein, was heute für ein Tag ist. Er schlägt die Decke zurück und ist plötzlich putzmunter. »Mueti, heute geh ich ins A3.«

»Ja, ich weiß.«

»Mega.«

»Sicher. Schau, ich habe dir hier das Polohemd gerichtet und die neue Hose.« Timo verzieht das Gesicht. »Nein, Mueti, damit sehe ich bescheuert aus.«

»Damit siehst du aus wie ein Hochbauzeichner.«

»Meinst du?« Timo klingt, als würde er einen Moment

in Betracht ziehen, einen anderen Beruf zu ergreifen, wenn Hochbauzeichner sich so kleiden müssen.

»Ja, das meine ich. Du wirst toll aussehen.«

»Ich werde beschissen aussehen.«

»Timo. Ich möchte nicht, dass du so redest.«

»Ist doch wahr. Das Polohemd ist voll doof und die Hose noch viel schlimmer.«

Die Mutter lässt sich auf keine weitere Diskussion ein, schließt das Fenster wieder und sagt beim Verlassen des Zimmers: »Ich bin unten. Was möchtest du zum Frühstück?«

»Heute Müesli.«

Die Mutter geht die Treppe runter. In der Küche begrüßt sie die Morgenmoderatorin von *SRF1*. Der Vater hat das Radio angelassen. Sie macht sich einen Kaffee. Auch diese Maschine hat Alfred bereits angestellt, als er vor einer Stunde frühstückte. Gregor und er sind schon aus dem Haus. Das ist ganz gut so. Je weniger sich der Vater und Silvan begegnen umso besser. Sie kann Silvan gut verstehen, dass ihm die kleinkarierte Welt des Vaters auf die Nerven geht, trotzdem hasst sie es, wenn die beiden aneinandergeraten und sie wünschte, ihr Sohn würde den Vater in Ruhe lassen. Alfred erwartet von seinen Söhnen Respekt und keine Widerworte. Er nimmt es persönlich, wenn Silvan andere Ideen hat, und fühlt seine Autorität bedroht. Obwohl sie ihm immer wieder sagt, dass es Silvan nicht böse meint, hat sie bei jedem Streit Angst, dass Alfred ganz die Kontrolle verliert und Dinge tut, die er später bereut.

Timo poltert die Treppe runter.

»Mann, habe ich einen Hunger!«

»Hier, dein Müesli.« Sofort beginnt der Junge, das Essen in sich hineinzuschaufeln. Brigitte betrachtet ihn liebevoll. Es ist eine wahre Freude, diesen Appetit zu sehen. Als hätte Timo die Gedanken seiner Mutter erraten, bittet er um mehr: »Kann ich auch ein Konfi-Brot haben? Das wird hart heute. Weißt du, im Büro muss ich mich voll anstrengen.«

»Klar.«

»Es ist wichtig, dass ich genug Energie habe. Und denk dir, wenn wir auf die Baustelle gehen!«

»Ja, natürlich. Iss nur.«

»Kannst du mir eines machen? Bitte, Mueti. Mit ganz viel Konfi! Welche ist es?«

»Erdbeere.«

»Mmh, ich liebe Erdbeere.«

»Ich weiß.« Brigitte beschmiert das Brot und legt es ihrem Sohn auf den Teller.

»Und eine Ovo?«

»Hier. Schon gemacht.«

»Danke, Mueti.«

Brigitte fragt sich, wo Silvan bleibt. Von oben kommt kein Geräusch. »Hast du Silvan gesehen?«

»Nein. Ich glaube, der schläft noch.«

»Aber er muss doch auf den Zug. Oder beginnt sein Unterricht heute später?«

»Weiß nicht.« Timo zuckt mit den Schultern. »Noch ein Brot, Mueti?«

»Bist du sicher?«

»Ja, wieder mit so viel Konfi, bitte.«

Im Radio bringen sie die Verkehrsbehinderungen, und Brigitte ist einmal mehr froh, dass sie nicht irgendwo in der Stadt lebt. Sie ist in Reichenbach geboren und aufgewachsen, genau wie Alfred. Und wenn alles normal läuft, werden sie auch hier begraben werden. Und das ist gut so.

Aber jetzt muss sie sehen, wo Silvan bleibt. Sie stellt sich unten an die Treppe und ruft: »Silvan!« Keine Reaktion. Ob er tatsächlich noch schläft?

»Mueti, ich muss los.«

»Was ist mit Zähneputzen?«

»Keine Zeit.«

»Natürlich hast du Zeit.«

»Ich hasse Zähneputzen. Immer muss man Zähneputzen.« Timo grummelt vor sich hin, aber geht ins Badezimmer.

»Pass auf, dass du dein Shirt nicht verkleckerst.«

Im Radio spielen sie »Only You« von Vince Clarke. In einem untypisch romantischen Moment hat Alfred ihr das Lied geschenkt. Das ist lange her. Aber Erinnerungen wie diese lassen Brigitte den Alltag besser ertragen. Eigentlich ist Alfred ein guter Kerl. Natürlich liebt er seine Söhne. Auch Silvan.

Noch einmal geht sie zur Treppe und ruft nach ihrem mittleren Sohn. Als wieder keine Antwort kommt, beschließt sie, in seinem Zimmer nachzuschauen. Sie geht am Bad vorbei und sieht, wie Timo mit der Zahnbürste hantiert. Silvans Zimmertür ist immer noch geschlossen. Seltsam. Sie klopft ans Holz. Diesmal energischer als vorhin. Von drinnen kommt kein Geräusch. Erneut klopft sie laut. Silvan mag es nicht, wenn jemand in seine Privatsphäre eindringt, wie er es nennt. Und Brigitte respektiert das. Aber jetzt wird sie nachschauen. Der Junge muss in die Schule. Vorsichtig öffnet sie die Tür und wirft einen Blick hinein. Es ist nicht ganz dunkel, offenbar hat er die Fensterläden nicht geschlossen. »Silvan?« Da ist kein Silvan. Brigitte betritt das Zimmer. Es ist leer.

9.

»Mann, ist der groß!«

»Wow!«

»Mega!«

Ida hat diese Rufe erwartet. Der Stör *ist* beeindruckend. Groß, mächtig oder eben mega.

Überraschender kommen die Vergleiche. »Ist das eine Puppe?«

»Eine Meerjungfrau!«

Der Stör wurde schon mit vielem gleichgesetzt, aber mit einer Meerjungfrau? Dass er leicht an einen Hai erinnert, kann Ida nachvollziehen. Ein Urtier auch er. Die asymmetrische Schwanzflosse, der leere Blick, die tragflächenartigen Brustflossen für den Auftrieb und die grauen Farbtöne. Aber eine Meerjungfrau? Ida findet den Fisch mit seinen Knochenplatten, die seiner Haut diese besondere Musterung geben, sogar schön, an eine Meerjungfrau hat sie dennoch nie denken müssen.

Völlig unerwartet kommen die Schreie. »Oh! Mein! Gott!«

»IIIh! Eine Leiche!«

»Hilfe!«

Das klingt nach einem Notfall. Ida beschleunigt ihren Schritt. Die Fünftklässler haben sie an der Rampe abgehängt, was sie normalerweise unterbindet, weil sie gern beim Überraschungsmoment der ersten Begegnung mit dem riesigen Süßwasserfisch dabei ist. Heute aber hat sie die Klasse vorausrennen lassen. Fünftklässler:

begeistert und voll im Saft. Sie hat sie nicht stoppen wollen.

Nach wenigen Metern erreicht sie das Halbdunkel vor dem Aquarium. Mit einem Blick erkennt sie, was das Entsetzen der Kinder ausgelöst hat. Sofort übernimmt die innere Konsulin die Situation. Sie war lange genug Troubleshooterin im Ausland, um zu wissen, dass jetzt ein kühler Kopf und bestimmtes Auftreten nötig sind. Sie pflügt sich durch die Kinder und befiehlt ihnen gleichzeitig zurückzugehen. Ohne Widerrede und mäuschenstill befolgen die Mädchen und Knaben ihre Anweisung. Mit einer Hand fischt Ida das Handy aus der Tasche, mit der anderen scheucht sie die letzten Kinder weg. Rasch drückt sie auf die Nummer des Haus-Piketts. Nach dem zweiten Klingeln meldet sich der Haustechniker.

»Hallo, Heinz. Wir haben ein Problem im Aquarium. Es schwimmt eine Person drin. Und ich vermute, sie ist tot.«

»Ich komme sofort.«

Sie liebt Männer wie Heinz. Keine langen Fragen und Erklärungen, Handeln ist die Devise. Der zweite Anruf geht an die Polizei. Kurz schießt der Gedanke an Megan durch Idas Kopf. Hat ihre Nichte heute Dienst? Dann wird sie sie früher wiedersehen als erwartet.

Nachdem man ihr am Telefon die polizeiliche Unterstützung zugesichert hat, ruft sie die Sanität. Obwohl die Kinder vermutlich recht haben und die Frau im Becken tot ist, hält es Ida für angebracht, das medizinisch abklären zu lassen. Allerdings hätte sie sich diesen Anruf sparen können, man versichert ihr, dass die Meldung von der Polizei soeben gekommen sei und sie einen Sanitätswagen schicken würden. Natürlich. Sie ist hier in der Schweiz, da gehört das wohl zum Standardprozedere. Jetzt wendet sich Ida wieder den Kindern zu. Erschrocken, schockiert, wenn nicht gar traumatisiert sehen die Gesichter sie an. Wie gut, dass die Lehrerin der Kinder dabei ist. Ida sucht ihren Blick, und ohne Worte verstehen sie sich. Die Frau ist nicht mehr jung und hat in ihrem Leben offensichtlich auch schon einige Krisen gemeistert. Jedenfalls hat sie ihre Klasse zusammengenommen, redet beruhigend auf sie ein. Ida schlägt vor, sie solle mit den Kindern ins Restaurant gehen, ein Getränk und etwas zu essen auf Kosten des Hauses zu bestellen und vorerst da auf das Eintreffen der Polizei zu warten.

Jetzt stürmt Heinz daher, und wie auf Kommando teilt sich die Kinderschar, ohne dass er auch nur ein Wort sagen muss. Er strahlt Kompetenz und Stärke aus. Ein Mann, der weiß, was zu tun ist. Daran zweifelt niemand. Auch Ida nicht. Bis Heinz vor ihr steht, die junge Frau im Becken sieht und augenblicklich wie ein Baumstamm fällt. Das geht so schnell, dass es Ida nicht gelingt, seinen Sturz abzubremsen. Sie hört ein dumpfes Geräusch und sieht gleich darauf, wie Blut aus einer hässlichen Wunde an Heinz' Kopf sickert. Das hat ihr gerade noch gefehlt. Aber dann kommt die Sanität wenigstens nicht vergeblich. Ida kniet sich zu Heinz hinunter, spricht ihn an und drückt ein sauberes Taschentuch auf seinen Hinterkopf. »Heinz, Heinz, wach auf.«

»Uuuhooh. Au.« Heinz schlägt die Augen auf und blinzelt Ida verständnislos an. »Heinz, gut. Was machst du denn.«

»Autsch. Mein Kopf schmerzt.«

»Ja, das glaube ich dir.«

»Was ist los? Warum liege ich hier?«

»Du bist bewusstlos geworden. Wie geht es dir?«

»Bewusstlos? Warum bewusstlos? Das ist mir noch nie passiert.« Er versucht aufzustehen. Aber Ida drückt ihn sanft nach unten. »Bleib erst mal liegen. Die Sanität ist gleich hier.«

»Sanität? Ich brauche keine Sanität. Mir geht's bestens!« Wieder will er aufstehen. Aber Ida lässt das nicht zu. Heinz ist ein kräftiger Mann, aber er liegt am Boden, was es Ida leicht macht, ihn zu stoppen. »Das glaube ich dir. Trotzdem werden sie dich untersuchen.«

»Was soll der Quatsch? Warum rufst du die Sanität, nur weil ich hingefallen bin?« Offenbar kann die Verletzung tatsächlich nicht so schlimm sein, wenn sich Heinz bereits wieder so aufregt.

»Ganz ruhig, Heinz. So einen Sturz auf den Hinterkopf sollte man nicht auf die leichte Schulter nehmen. Jetzt bleib einfach liegen.«

»Warum bin ich überhaupt umgefallen?« Plötzlich dämmert es Heinz, was zum Vorfall geführt hat. Schwach fragt er: »Ist sie es? Ist das Ravi im Becken?«

10.

Kateryna hat nicht gut geschlafen. Ob der viele Alkohol, das fremde Bett oder das ungewohnt reichliche Essen dazu beigetragen haben, weiß sie nicht. Der Hauptgrund ist aber das, was sie gestern zufällig sah, daran zweifelt sie nicht. Und sie weiß, dass sie so schnell wie möglich von hier wegwill. Sie kann es kaum erwarten, bis Jelena endlich aus dem Bad kommt und sie das Haus verlassen können. Sie hat längst alles zusammengepackt. Viel war es ohnehin nicht. Auch Jelenas Köfferchen ist fast fertig und Kateryna wartet ungeduldig auf das Erscheinen der Freundin. Ängstlich horcht sie ins Haus. Ist schon jemand aufgestanden? Zu ihrer Erleichterung kann sie nur die Toilettenspülung von Jelena hören. Rasch geht sie zur Tür, klopft leise daran und mahnt: »Jelena, beeil dich! Was machst du so lange?«

»Ich komme gleich.« Das hat sie schon vor einer Viertelstunde behauptet. Kateryna kommt jede Sekunde wie eine Ewigkeit vor. Eine Ewigkeit, in der jeden Moment jemand herunterkommen kann. Noch einmal klopft sie an die Tür. »Jelena, bitte!«

»Mein Gott, was ist mit dir los?« Entnervt öffnet Jelena die Tür. »Als hätten wir nicht massenhaft Zeit. Ich muss erst abends arbeiten. Und du auch.«

»Ich will hier weg.«

»Warum denn? Ich verstehe dich nicht. Sicherlich hätten sie uns ein herrliches Frühstück bereitet. Womöglich erneut mit Champagner und Kaviar.«

»Ich will keinen Champagner und schon gar keinen Kaviar.«

»Was ist mit dir los?« Jelena schüttelt den Kopf. »Man könnte glauben, der Teufel sei höchstpersönlich hinter dir her.« Kateryna reagiert nicht auf die Bemerkung, stattdessen sagt sie: »Ich zahle dir einen Kaffee im nächsten Café.«

»Ist es das, was ich will?« Wieder schüttelt Jelena den Kopf. »Wir müssen uns wirklich nicht beeilen. Der Zug fährt doch erst in einer halben Stunde.«

»Mir gefällt es hier nicht.«

»Nein?« Jelena wirft einen Blick durch das opulente Schlafzimmer. Ein großes Bett aus massivem dunklem Holz, das sich die beiden Frauen geteilt haben, nachdem Kateryna darauf bestand. Aus dem gleichen Holz bestehen die Nachttische. Sie wirken zu groß und massig für den Raum. Das Bettzeug ist schwarz, und die Vorhänge an den Fenstern sind ebenfalls dunkel und schwer. An der Decke hängt ein Spiegel, was Jelena amüsiert, Kateryna aber unangenehm ist. »Nun, mein Geschmack ist es auch nicht unbedingt, und ob das alles in ein Chalet im Berner Oberland passt, darüber kann man streiten. Aber geschlafen habe ich wie ein Herrgott, und dass du mich geweckt hast, macht mich immer noch ein bisschen wütend.«

»Es tut mir leid. Aber ich will hier weg.«

»Das ist mir klar.« Jelena wirft Kateryna einen prüfenden Blick zu. »Ich hoffe, du wirst mir bei Gelegenheit sagen, warum wir uns wie Diebe aus dem Haus schleichen, wo wir durchaus noch ein paar Stunden wie die Kaiser hätten leben können.«

»Versprochen. Aber lass uns jetzt gehen. Bitte.«

»Meinetwegen.« Resolut packt Jelena ihren Rollkoffer und reißt ihn hinter sich her. »Um Gottes willen, geht's nicht ein bisschen leiser?« Kateryna ist der Verzweiflung nah. Jelena weckt das ganze Haus auf! »Bitte, Jelena!«

»Sag mal, was ist mit dir los? Wir dürfen hier sein. Wir tun nichts Verbotenes.« Nach einer kurzen Pause fügt sie an: »Oder hast du etwas geklaut?«

»Nein! Natürlich nicht.« Endlich sind sie an der Eingangstür. Kateryna drückt die Falle und zieht daran. Vergeblich. Die Tür ist verschlossen. »Scheiße.« Angstvoll wendet sie sich der Freundin zu: »Was machen wir jetzt?«

»Na, was wohl? Wir suchen einen Schlüssel.«

»Aber wo?«

Jelena sieht sich um und steuert zielbewusst auf ein Holzmöbel zu, auf welchem eine Glasschale liegt. Rasch entdeckt sie darin diverse Schlüssel. »Hier, versuch's mal damit.« Sie wirft Kateryna den Bund zu, und Kateryna fängt ihn im letzten Moment auf. Sofort probiert sie einen nach dem anderen aus. Keiner passt.

»Nein?« Als Kateryna den Kopf schüttelt, sucht Jelena weiter. Die Ablage der Kommode ist übersichtlich. Da liegt nur noch eine Zeitschrift.

»Findest du nichts?«

»Nein. Sorry.« Jelena öffnet die oberste Schublade. Abgesehen von ein paar Münzen ist sie leer. Ein plötzliches Rumoren im oberen Stock entlockt Kateryna einen leisen Schrei. »Sie sind aufgewacht!«

»Ja und? Du benimmst dich wirklich seltsam. Du bist weder Bambi noch sind die Männer irgendwelche Jäger.«

Kateryna stellt sich neben Jelena und zieht fieberhaft ebenfalls an den Schubladen. Da, ein Schlüssel! Das *muss* der Hausschlüssel sein. Hastig geht sie zur Tür zurück. Steckt ihn ins Schloss. Er passt! Am liebsten würde sie vor Freude und Erleichterung weinen. Aber sie kann sich zurückhalten. Dreht den Schlüssel, öffnet die Tür und tritt ins Freie. Tief zieht sie die kalte Luft ein. Wundervoll! So erleichtert hat sie sich lange nicht gefühlt! Sofort packt sie das schlechte Gewissen. Das stimmt doch gar nicht. Was ist nur in sie gefahren? Das hier ist niemals mit ihrer Flucht aus der Ukraine vergleichbar. Niemals mit der unendlichen Erleichterung, als die Reise geschafft und sie in der Schweiz angekommen war. Trotzdem, es ist herrlich, hier draußen zu stehen. Die Sonne scheint. Kraftlos zwar, aber wunderbar. So schnell wie möglich bringt sie mehr und mehr Abstand zum Haus hinter sich. Schon hat sie den Vorgarten verlassen und steht auf der Straße. »Warte! Ich bin doch kein Formel-1-Wagen!« Jelena keucht. Kateryna dreht sich um. Beruhigt stellt sie fest, dass die Haustür geschlossen geblieben ist. »Wartest du gefälligst auf deine Cousine?«

»Ja! Natürlich.« Jetzt lacht Kateryna und bleibt stehen. Sie fühlt sich in Sicherheit.

11.

Ravichandra ist tatsächlich tot. Auch wenn Ida nicht überrascht ist, das Mädchen schwamm leblos im Aquarium, macht sie der Gedanke traurig. Sie hat Ravi nicht besonders gut gekannt, ab und zu ein paar Worte mit ihr gewechselt. Wenn bei irgendetwas Unterstützung gebraucht wurde, hat Balachandran seine Tochter mitgebracht. Und sie hat wohl nie nein gesagt, sondern war immer dabei. Mit Recht ist Balachandran stolz auf dieses Mädchen. Ida hat sie als aufgeschlossen, freundlich und hilfsbereit erlebt. Zudem hatte sie eine auffallend positive Ausstrahlung. Ein sehr hübsches Kind, das einmal zu einer strahlenden Schönheit geworden wäre. Ida zweifelt nicht daran. Was für eine Verschwendung. Sie seufzt.

Nach einer kurzen Befragung hat man alle Gäste nach Hause geschickt. Es waren ohnehin nur wenige im Haus. Die Schulklasse und ein älteres Ehepaar. Jetzt sind nur sie, die Angestellten, übrig. Die Polizei hat sie ins Restaurant gebeten, wo man ihre Personalien aufnimmt und ihnen ebenfalls ein paar Fragen stellt. Man sitzt in kleinen Gruppen zusammen. Die Stimmung ist bedrückt. Die Unterhaltung gedämpft. Laute Geräusche werden vermieden. Umso aufdringlicher klingt die Kaffeemaschine. Störend fast. Das Mahlen der Bohnen erinnert an alltägliche Pausen. Aber heute ist nichts alltäglich.

Ida ist die einzige Besucherführende. Am Vormittag sind unter der Woche selten Führungen, und die Schulklasse war die einzige. Nebst ihr sind die Leute aus dem

Büro da. Der Event, die Buchhaltung, das Marketing, der Verkauf. Die oberste Chefin ist offenbar noch nicht eingetroffen. Jedenfalls kann Ida Sibylle nirgends entdecken. Aber nach dem gestrigen Abend gönnt sie sich wohl heute ein Ausschlafen. Vom Shop entdeckt Ida die Vorgesetzte mit einer der Mitarbeiterinnen. Heinz, den Haustechniker, hat die Ambulanz zu einer kurzen Abklärung mitgenommen. Zwei der Fischer sitzen an einem Tisch mit zwei Gärtnern, und die fünf aus der Fischverarbeitung haben sich ebenfalls zusammengetan. Die Küche war noch nicht besetzt. Ida ist froh, dass Balachandran noch nicht da ist. Wenn er schon vom Tod seiner Tochter hören muss, dann wenigstens daheim. In einer liebevollen Umgebung und gemeinsam mit seiner Frau. Ida beneidet Megan nicht um den Gang zur Familie.

Ihre Nichte ist unterwegs. Ida hat ihr angeboten mitzugehen, aber Megan hat abgelehnt. Sie meint, für die Eltern sei es einfacher, wenn sie die furchtbare Nachricht von jemand Fremdem übermittelt bekämen. Es könnte ansonsten sein, dass sie Ida später jedes Mal, wenn sie sie sehen, mit dem Tod der Tochter verbinden. Das wäre schade. Und das will Ida natürlich nicht. Megan hat recht. Ida zweifelt auch nicht daran, dass Megan die richtigen Worte finden wird. Wenn es überhaupt richtige Worte gibt, um Eltern mitzuteilen, dass das eigene Kind tot ist. Ihr Leben wird nie mehr so sein wie vorher. Ida hat keine Kinder, und so einen Verlust kann sie sich kaum vorstellen.

Megan hat außerdem ganz richtig festgestellt, dass Ida eine wichtige Auskunftsperson ist. Nicht nur, dass sie beim Fund der Leiche dabei war, sie hatte zudem gestern die letzte Führung, und vielleicht ist ihr dabei etwas aufgefallen? Ida soll den Streifenpolizisten haargenau erzählen, wie die Führung ablief, wer dabei war. Sie muss rekonstruieren, ob irgendetwas ungewöhnlich war. Ob ihr am Aquarium etwas aufgefallen ist. Ob es auffallende Bewegungen, Geräusche, Eindrücke gab?

Ida überlegt sich, ob sie sich zu den Shop-Frauen setzen soll. Entscheidet sich aber dagegen. Um sich zu erinnern, ist es besser, sie ist allein. Sie zermartert sich den Kopf. Jede Gruppe ist anders. Und ja, klar, auch die Amerikaner waren speziell. Aber nicht auf eine verdächtige Art und Weise. Interessiert, was den Kaviar betraf. Sie waren gut gelaunt. Jedenfalls bis klar wurde, dass sie nicht im Restaurant essen konnten. Von da an war dieser Bruce sehr abgelenkt und wenig freundlich gewesen. Wenn sie es sich recht überlegt, hat er kaum noch an der Führung teilgenommen. Nicht, dass sie besonders darauf geachtet hat, aber er schien der Gruppe immer voraus oder hinten drein gewesen zu sein. Außer beim Restaurant. Da waren sie wohl eher zufällig gemeinsam am Eingang vorbeigeschlendert, und sie hat seinen Blick beobachtet. Aufmerksam. Gestern hat sie sich nichts dabei gedacht. Beziehungsweise geglaubt, er wolle sich versichern, dass das Restaurant tatsächlich voll war. Aber vielleicht hat er etwas ganz anderes betrachtet? Sie erinnert sich, dass er sogar kurz stehen geblieben ist. Was, wenn er jemanden gesucht hat? Womöglich Ravichandra? Ida denkt angestrengt zurück. Sie hat genau den gleichen Sichtwinkel wie Bruce gehabt. Ist Ravi zu sehen gewesen? Hat sie Teller getragen? Oder ist sie auf dem Weg in die Küche gewesen oder hat irgendwo im Hintergrund gewartet? Hat sich überhaupt jemand vom Servicepersonal zwischen Stühle und Tische geschlängelt? Ida kann sich nicht erinnern. Das Einzige, was ihr aufgefallen ist, dass an einem Tisch laut gelacht wurde. Das Geräusch hat ihren Blick angezogen, und jetzt fällt ihr ein, dass es eine Gruppe jüngerer Männer war. Sie haben sich zugeprostet, und dabei hat einer wohl etwas Lustiges gesagt. Wieder seufzt Ida. Diese Beobachtung ist von wenig Interesse.

Ida beschließt, sich einen Kaffee aus der Maschine zu lassen. Und sich trotzdem an einen Tisch mit den anderen zu setzen. Es ist gut, die Ohren offen zu halten. Auch wenn es ihr zutiefst widerstrebt, überhaupt an so etwas zu denken, so besteht die Möglichkeit, dass einer der hier Anwesenden etwas mit Ravichandras Tod zu tun hat. Die Wahrscheinlichkeit ist sogar ziemlich hoch. Und so fragt sie Ernst: »Darf ich?«

»Natürlich. Setz dich.«

12.

Der Geruch im Treppenhaus erinnert Megan an die alte Heimat. In Nairobi gibt es unzählige indische Restaurants. Ein kurzer Stich mitten ins Herz, sie hat Heimweh. Aber Megan ist professionell und schiebt den Gedanken an das warme Kenia augenblicklich zur Seite.

Auf ihr Klingeln folgt Stille. Mindestens der Vater muss da sein. Wo sollte er sonst sein? Bei der Arbeit ist er nicht. Energisch drückt Megan erneut auf die Klingel. Länger diesmal. Endlich hört sie ein Geräusch. Und erkennt gleich darauf schlurfende Schritte. Das Guckloch in der Tür verdunkelt sich. Megan versucht, freundlich zu lächeln. Die Person dahinter wird sich fragen, wer diese dunkelhäutige Frau vor der Tür sein kann. Während sie ihre Polizeimarke herausklaubt und ins Fensterchen hält, erklärt sie deshalb: »Ich bin von der Polizei, darf ich kurz reinkommen?«

Das Guckloch bleibt dunkel. Sie wird also begutachtet. Nach ein paar Sekunden, die Megan lang vorkommen, dreht sich ein Schlüssel im Schloss. Die Tür öffnet sich einen Spaltbreit, und Megan sieht das dunkle Gesicht eines Mannes. Er trägt einen Morgenmantel. Hat sie ihn geweckt? Es sieht so aus. Wieder lächelt sie so freundlich wie möglich und sagt: »Mein Name ist Megan Jäger, ich bin von der Kantonspolizei Bern. Darf ich kurz reinkommen?«

Erneut dauert es länger als nötig, aber schließlich wird die Tür aufgemacht, und der Mann zeigt wortlos in den Korridor. Megan nimmt das als Einladung und tritt in die Wohnung. Hier drin ist der Geruch nach fremdländischen Gewürzen noch viel stärker. Sie wartet, bis der Mann ihr voraus in ein Zimmer tritt. Das Wohnzimmer. Das Licht ist dämmrig. Die Vorhänge sind halb geschlossen. Es ist warm hier drin. Zu warm für Megan, die noch ihren Mantel trägt. Es ist ihr unangenehm. Wieder deutet der Mann ohne ein Wort auf das Sofa. Megan lässt sich darauf nieder und wartet, bis er sich ihr gegenüber auf einen Sessel setzt. »Sind Sie allein?« Megan will vermeiden, dass jemand hinter der Tür horcht oder womöglich mitten, während sie die schreckliche Nachricht überbringt, ins Zimmer platzt.

»Ja.«

Der Mann macht es ihr nicht leicht. »Aber Sie haben Familie?«

Endlich gibt er sich einen Ruck und wird etwas weniger mundfaul: »Meine Tochter und mein Sohn sind in der Schule und meine Frau beim Einkauf. Ich habe gestern lange gearbeitet und deshalb noch geschlafen.«

»Ja.« Megan überlegt, ob sie auf die Frau warten soll. Ist es besser, dem Ehepaar gemeinsam zu erzählen, dass die Tochter nicht in der Schule, sondern tot ist? Megan ist diejenige für die Familie, die die Tochter tötet. Bis jetzt lebt sie noch für ihre Eltern, aber Megan wird das ändern. Noch während sie entscheidet, dass sie nicht warten kann, da der Vater eine Erklärung zu ihrem Erscheinen erwartet, hört sie die Wohnungstür. Das muss die Frau sein. Sie gibt sich offensichtlich Mühe, möglichst leise zu sein, da sie annehmen muss, dass ihr Mann noch schläft.

»Anshu, ich bin im Wohnzimmer. Wir haben Besuch.« Der Mann spricht Deutsch, wohl ihretwegen. Die Frau antwortet allerdings in einer unverständlichen Sprache. Megan merkt nicht einmal, ob sie erstaunt ist oder nicht. An sie gewandt, sagt der Mann: »Meine Frau spricht nicht gut Deutsch. Aber sie versteht fast alles.« Megan nickt. Sie kennt das von ihrer eigenen Mutter.

Jetzt tritt eine winzige Frau ins Zimmer. Megan ist sitzend fast gleich groß. Die Frau lächelt freundlich und radebrecht: »Grüessech.« Es geht ein paar Sekunden, bis Megan versteht, dass die Frau die Berner Version des schweizerischen Grüezi verwendet hat. Sie sieht Megan neugierig, aber nicht unfreundlich an, und es ist klar, dass sie sich fragt, wer sie ist. Bevor Megan eine Erklärung abgeben kann, sagt der Mann: »Frau Jäger ist von der Polizei.«

»Von der Polizei?« Die Frau schaut jetzt ungläubig. Und stellt dann eine Frage, die Megan nicht versteht. Der Mann antwortet auf Deutsch: »Ich weiß auch nicht, weswegen sie gekommen ist.«

Megan nickt und fragt dann: »Soll ich besser Englisch sprechen?«

»Nein.« Der Mann schüttelt den Kopf. »Deutsch ist schon okay. Meine Frau kann auch kaum Englisch.«

»In Ordnung.« Megan nickt. Die Frau steht immer noch mitten im Zimmer. Es ist besser, wenn sie den Schrecken im Sitzen erfährt. Megan fordert sie dazu auf: »Setzen Sie sich bitte.« Sie wartet, bis die Frau folgsam im Sessel neben ihrem Mann Platz genommen hat.

»Frau Kamara, Herr Kamara, ich muss Ihnen leider eine sehr traurige Mitteilung machen. Ihre Tochter Ravichandra ist tot.« Megan hält es für das Beste, schlechte Nachrichten so schnell und so kurz wie möglich mitzuteilen. Sie beobachtet, wie die Worte ihre Wirkung entfalten. Der Mann runzelt die Stirn und sieht sie ungläubig an. Die Frau scheint ihren Ohren nicht zu trauen und fragt wohl nach, ob sie richtig verstanden habe.

»Entschuldigung. Ich glaube, wir haben nicht genau mitbekommen, was Sie gesagt haben.« Der Mann schaut sie bittend an. Es kann nicht sein, was er soeben zu vernehmen gemeint hat. Aber Megans Gesicht und ihr Blick sagen ihm genug. Er hat richtig verstanden. »Sagten Sie, unsere Tochter sei gestorben?«

Megan nickt.

»Aber das kann nicht sein. Sie ist in der Schule.«

»Wann haben Sie sie zum letzten Mal gesehen?«

»Gestern. Sie hat nicht daheim geschlafen. Sie hat bei einer Freundin übernachtet. Sicher sind die beiden in der Schule.« Erleichterung jetzt. Es muss sich um eine Verwechslung handeln. Ihre Tochter war gar nicht hier. Sie ging gestern noch nach Interlaken und muss heute im Gymnasium sein. Das ist doch so, nicht wahr? Es fällt Megan schwer, aber sie schüttelt den Kopf. »Man hat Ihre Tochter eindeutig identifiziert.«

»Aber warum sollte sie tot sein? Sie ist gesund.« Jetzt mischt sich auch die Frau wieder ein. Aufgeregt spricht sie auf ihren Mann ein. Er ist überfordert, schaut Megan an, als könnte sie ihm helfen. Sie kann nicht. Die Frau lässt nicht locker, zieht am Arm ihres Mannes, zwingt ihn, sie anzuschauen. Jetzt endlich erklärt er ihr das Unfassbare. Sie bricht sofort in Wehklagen aus. Weint und jammert laut.

Megan lässt ihnen Zeit.

Langsam holt sie das Minigrip aus ihrer Tasche und legt es vor sich auf den Salontisch. Der Beweis, dass sie die Wahrheit sagt. Das Wehklagen der Mutter wird eine Spur schriller. Dem Vater tropfen Tränen aus den Augen. Er greift nach dem durchsichtigen Säcklein.

Das Portemonnaie seiner Tochter. Ein Haargummi. Ein Stofftaschentuch. Alles nass. Das Handy ist noch bei der Polizei. Sie werden es auswerten, sofern noch etwas gerettet werden kann nach den Stunden im Wasser.

13.

Solang Timo im Haus war, konnte sich Brigitte zusammenreißen. Damit ist es jetzt vorbei. Sie ist in Panik. Was ist mit Silvan? Und vor allem wo ist er? Sobald sie die Tür hinter Timo ins Schloss fallen hörte, rief sie ihren mittleren Sohn auf dem Handy an. Vergeblich. Er meldete sich nicht. Sofort schrieb sie ihm eine *WhatsApp*-Nachricht. Aber auch jetzt, über eine Stunde später, hat er sie noch nicht gelesen. Überhaupt war er gestern um 00:32 Uhr zum letzten Mal online.

Sie hat seine Freunde angerufen. Die meisten haben sich nicht gemeldet. Sind in der Schule und können nicht ans Telefon. Aber Hannes hat schließlich geantwortet. Ihr allerdings nur gemeldet, dass Silvan nicht in der Schule sei und offenbar auch niemand etwas von ihm wisse. Aber in der Schule führen sie diese Wirtschaftswoche durch, und die Kinder sind nicht in ihren üblichen Klassen unterwegs, sondern in Gruppen eingeteilt. Vielleicht weiß Hannes nur nicht, mit wem Silvan arbeitet? Brigitte klammert sich an diesen Strohhalm. Soll sie im Sekretariat anrufen? Aber sind die informiert über das Fehlen eines Schülers? Normalerweise melden sie Abwesenheiten direkt dem Klassenlehrer. Also ihn anrufen? Aber der wird ebenfalls mit einer anderen Gruppe arbeiten. Brigitte versucht es im Sekretariat. Die Sekretärin ist sehr nett, hat aber keine Ahnung, ob Silvan in der Schule ist.

Und jetzt? Brigitte ist den Tränen nah. Sie fühlt sich allein. Hat Angst. Macht sich Sorgen. Alfred will sie nicht informieren. Das gibt nur wieder Streit. Und wenn Silvan bald auftaucht, vielleicht doch, weil er bei einem Freund übernachtet hat und sie zu viel getrunken haben, hat sie Alfred nur unnötig gegen den Sohn aufgebracht. Nein, Alfred muss warten. Gregor ebenfalls. Silvan und er stehen sich nicht nah, und Silvan würde den älteren Bruder nicht über seine Pläne informieren.

Hat Silvan gestern etwas erwähnt? Brigitte kann sich beim besten Willen nicht erinnern. Natürlich war da diese Meinungsverschiedenheit zwischen Alfred und Silvan. Aber es war vor allem Alfred, der sich aufgeregt hat. Oder nicht? Hat sie verpasst, dass es auch Silvan nah ging und er vielleicht deswegen fortlief? Mittlerweile ist Brigitte davon überzeugt, dass Silvan gestern Abend verschwunden ist. Hätte er hier geschlafen, hätte sie ihn heute Morgen hören müssen. Oder? Vielleicht auch nicht. Sie hat mit *Ohropax* geschlafen. Alfred schnarcht. Zudem steht er früher auf. Ist es also doch möglich, dass sich Silvan heute Morgen aus dem Haus geschlichen hat? Aber warum sollte er das tun? Brigitte fällt kein plausibler Grund ein. Es gibt nur ein kurzes Zeitfenster zwischen Alfreds und Gregors zur Arbeit gehen und ihrem eigenen Aufstehen.

Wen kann sie noch fragen? Wer könnte Bescheid wissen? Silvan hat keinen besten Freund, aber wird von allen geschätzt. Die Schulkameraden hat sie durch. Alte Kumpels aus dem Dorf? Soweit sich Brigitte erinnert, steht er denen nicht mehr nah und trifft sie kaum noch. Seit er ins Gymnasium geht und die ehemaligen Klassenkameraden eine Lehre machen, haben sie sich auseinandergelebt. Die Interessen und Freizeitaktivitäten sind zu unterschiedlich.

Aber Brigitte wird auch klar, wie wenig sie eigentlich über ihren Sohn weiß. In der Schule kommt er gut mit, seine Freizeit verbringt er oft in Interlaken nach der Schule. Angeblich, weil sie lernen oder an Projekten arbeiten. Bisher hat ihm Brigitte geglaubt. Es war das Einfachste gewesen. Früher hat Silvan Fußball gespielt, damit hat er aber aufgehört. Zweimal Training in der Woche, plus Match am Wochenende war zu intensiv. Vor allem, da er auch in der *JO* ist, der Jugendorganisation des *Schweizerischen Alpenclubs SAC*. Beides plus die Schule war zu viel und er musste sich entscheiden. Aber wann ist Silvan zum letzten Mal klettern gewesen? Oder auf einer Hochtour? Das ist ewig her. Auch sonst scheint er sich nicht mehr für die Berge und seine Kumpels da zu interessieren. Jedenfalls hat Brigitte in letzter Zeit keinen der Namen oder von einer mit ihnen verbundenen Aktivität gehört. Aber würde ihr Silvan überhaupt davon erzählen? Wenn sie ehrlich ist, eher nicht. Immer steht sie zwischen Alfred und Silvan. Und eigentlich ist sie ganz froh, dass Silvan so selbstständig funktioniert. Sie hat genug mit Timo zu tun. Ein anspruchsvolles Kind. Jetzt fühlt sich Brigitte schlecht. Natürlich hätte sie sich auch für Silvan Zeit nehmen sollen! Sich dafür interessieren, womit er sich beschäftigt, wer seine Freunde, seine Hobbys sind! Sie ist eine furchtbare Mutter.

Bitte, lieber Gott, lass meinen Sohn zur Tür hereinspazieren. Lass ihm nichts passiert sein! Ich werde mir von jetzt an wieder viel mehr Mühe geben!

Sie weiß so gut wie nichts über ihren Sohn.

Ihr ist nicht einmal klar, ob Silvan eine Freundin hat. Bis jetzt hat sie den Gedanken daran immer verdrängt. Silvan hat nie ein Mädchen speziell erwähnt. Oder doch? Wie ein Blitz durchfährt sie der Gedanke an dieses dunkle Mädchen auf den Fotos. Schon als Silvan damals die Bilder zeigte, war ihr klar, dass sie etwas Besonders für ihn ist. Sein Blick hat es ihr verraten. Und wie er ihren Namen nannte. Nicht mit der gleichen Gleichgültigkeit, mit der er sonst die Mädchen aus der Schule erwähnt. Wie heißt sie? Raffi? Eine Abkürzung für Raffaela? Aber heißen dunkelhäutige Mädchen Raffaela? Brigitte ist sich nicht sicher. Und vor allem, was soll sie mit einem Vornamen anfangen? Das nützt ihr nichts. Und wenn sie sich alles nur eingebildet hat? Vielleicht ist ihm das Mädchen genauso egal wie alle anderen?

Falls es irgendwo Hinweise dazu gibt, dann in Silvans Zimmer. Sein Reich, das jedem verboten ist zu betreten. Rasch steigt Brigitte die Treppe hoch und versucht, sich innerlich auf alles vorzubereiten.

Zuerst öffnet sie die Vorhänge. Die Unordnung ist größer als erwartet. Allerdings relativiert sich der erste Schock, als sie auf den zweiten Blick sieht, dass es vor allem Schmutzwäsche ist, die überall verstreut liegt. Das Bett ist zerwühlt. Eine Sekunde ist sie erleichtert. Silvan hat also doch hier geschlafen! Aber die Erlösung verschwindet so rasch, wie sie aufgetaucht ist. Ein ungemachtes Bett beweist gar nichts. Silvan wird sein Bett kaum je machen, das heißt, die Unordnung kann ebenso gut von den Nächten davor stammen.

Brigitte weiß nicht, wo sie beginnen soll. Ist es richtig, dass sie die Sachen ihres Sohnes durchsucht? Wenn er das merkt, wird er es ihr nie verzeihen.

Aber ihr Sohn ist verschwunden. Sie muss etwas tun. Sie muss herausfinden, wo er ist. Und helfen kann da nur, wenn sie mehr über ihn erfährt.

Entschlossen geht Brigitte auf Silvans Schreibtisch zu und sieht sich an, was darauf liegt.

14.

So mag sie ihren Beruf nicht. Und dennoch, das sind die Situationen, die einem das Leben zumutet. Megan ist auf dem Weg zurück ins *Tropenhaus* an den Tatort. Natürlich tun ihr die Eltern Kumara unendlich leid, und hat sie ihren Schmerz fast körperlich fühlen können. Am ehesten kann sie ihnen helfen, wenn sie herausfindet, was in der letzten Nacht passiert ist, das zu Ravichandras Tod geführt hat.

Noch weiß man so gut wie gar nichts. Zwar war die Rechtsmedizinerin vor Ort, aber wie üblich, hat sie noch keinerlei Annahmen mitgeteilt. Das heißt, es ist alles offen. Sicher ist, dass Ravichandra eine Wunde an der Stirn hat. Ob die dazu geführt hat, dass sie ins Wasser fiel und dann ertrank, oder ob die Verletzung bereits tödlich war, ob Ravichandra erst ins Wasser fiel und sich danach verletzt hat, ob sie freiwillig ins Becken stieg – aus welchen Gründen auch immer – oder hineingestoßen wurde, alles Umstände der Ermittlungen. Darauf freut sich Megan. Das ist es, was sie interessiert. Was bringt Menschen dazu zu töten? Sich selbst oder andere? Und dann vor allem, wie kann nach so einem Geschehen Gerechtigkeit hergestellt werden? Deshalb wird sie eines Tages Richterin werden. Sie hat nicht umsonst Jus studiert. Natürlich wird sie nicht ewig bei der Kripo bleiben. Oder später Staatsanwältin. Das sind nur Stationen auf ihrer Karriereleiter. Wenn auch interessante. Meistens.

Zurück zum Fall. Noch ist nicht geklärt, ob überhaupt ein Mord vorliegt. Oder ob es nur ein Unfall war.

Megan steigt in den kleinen Golf und stellt das Navi ein. Selbst für die kurze Strecke scheint es ihr sicherer. Wenn sie irgendwo eine Schwäche hat, dann in der Navigation. Sie kann sich nicht orientieren. Verwechselt links und rechts, und ihr innerer Kompass ist nutzlos. Aber dafür gibt's heute ja diese wunderbare Technik. So dirigiert sie die Frauenstimme problemlos durchs Dorf bis auf den Parkplatz des *Tropenhauses*.

Von außen hätte Megan nie gedacht, dass die Treibhäuser solche Schätze beherbergen. Unscheinbar und langweilig sehen sie aus. Aber nach dem heutigen Morgen versteht sie, warum ihre Tante glücklich ist an ihrem Arbeitsplatz und warum sie sie immer wieder dazu überreden wollte, sie hier zu besuchen. Sie hätte auf ihre Tante hören sollen. Beim Betreten des Gartens hat sie augenblicklich eine Welle der Glückseligkeit überrollt. Dieser Geruch! Dieses Licht! Diese Farben! Als wäre sie daheim in Kenia. Und mit Bedauern hat sie darauf verzichtet, die Bananenblüten zu berühren, an der Orchidee zu riechen oder eine Kaffeekirsche zu pflücken. Später. Wenn der Fall abgeschlossen ist.

Sie steht vor dem Haupteingang. Natürlich ist er verschlossen. Jemand hat auch bereits eine Information angebracht: »Das *Tropenhaus* bleibt heute aus internen Gründen geschlossen.« »Aus internen Gründen«, ja, so kann man das nennen. Megan ruft ihren Kollegen an, und Roman verspricht, zum Eingang zu kommen, um sie hereinzulassen. Während Megan vor der Glastür wartet, denkt sie an Familie Kumara. Zweifellos liebten die Eltern ihre Tochter, und die Trauer ist abgrundtief und ehrlich. Trotzdem. Eine Teenagertochter zu haben, ist in keinem Fall einfach, und wenn sie zwischen zwei Welten aufwächst, sicherlich noch schwieriger. Warum haben die Eltern ihre Tochter in der Nacht nicht vermisst? Stimmt, was der Vater sagt, und Ravichandra wollte bei einer Freundin schlafen? Warum ist diese Freundin dann ohne Ravichandra abgefahren? Megan hat sich ihren Namen notiert. Sie wird bei dieser Emma Serschön nachfragen. Zurück zur Familie Kumara. Hat sich Ravichandra an die Vorstellungen und Wünsche ihrer Eltern gehalten? War sie unter Kontrolle? Megan erinnert sich an einen anderen Fall, wo der aus Sri Lanka stammende Vater seine Tochter mit einem Beil erschlagen hatte, weil er das Gefühl hatte, seine Tochter entglitte ihm. Kann bei Kumaras eine ähnliche Situation vorliegen? Die Eltern haben Megan erzählt, dass sie nach Sri Lanka zurück wollen, sobald das irgendwie möglich ist. Wollte Ravichandra das auch? War die Familie so harmonisch, wie sie die Eltern, genauer der Vater, gezeichnet hat? Mit der Mutter konnte sich Megan kaum unterhalten. Jeden Satz hat der Vater übersetzt. Womit er das Gespräch absolut beherrschte. Megan hat weder eine Ahnung, ob er ihre Fragen korrekt wiedergab, noch ob die übersetzten Antworten der Mutter der Wahrheit entsprachen. Sie wird noch einmal mit einer Dolmetscherin zurückkommen.

Jetzt gehen die Glastüren auseinander. »Danke, Roman. Seid ihr schon weit?«

»So gut wie fertig. Ich habe alle Angaben elektronisch erfasst, du hast bereits Zugriff darauf.«

»Die Personalien aller Anwesenden sowie ihre Aussagen?«

»Exakt.«

»Ausgezeichnet. Bleibt mir überhaupt noch etwas zu tun?«

»Zu erraten, warum die Frau tot ist?«

»Ja, du hast recht.« Megan lacht. Sie mag Roman. Ein junger Korporal, der es mal weit bringen wird, wenn er will.

»Sind noch alle da?«

»Von uns nicht. Rechtsmedizin, Brandtour, Spurensicherung – alle wieder weg außer Sina und mir. Die Angestellten, ja, sind noch hier, wir wollten warten, bis du kommst und darüber informierst, wie es weitergeht. Die Chefin ist mittlerweile ebenfalls eingetroffen. Ich denke, sie wird die eine und andere Frage haben.«

»Die ich nicht unbedingt beantworten kann.«

»Im Moment.«

»Richtig. Im Moment.«

Sie betreten den Garten, und wieder geht Megan das Herz auf. Pfeifen da auch Vögel? Tatsächlich. Tief saugt sie den Geruch nach Erde und Pflanzen ein, was Roman nicht verborgen bleibt. Er lacht. »Speziell hier, nicht wahr?«

»Ja! Wunder-, wunderschön!« Megan klingt überschwänglich. Fasst sich aber sofort. »Was natürlich nicht heißt, dass wir uns in diesem Paradies vergnügen dürfen. Wir haben andere Sorgen und Aufgaben.« Megan seufzt sehnsüchtig. Wird allerdings gleich wieder professionell: »Wo sind die Leute?« Roman erklärt kurz: »Die Angestellten sitzen im Restaurant, die Chefin ist im Büro. Soll ich sie gleich rufen, damit du alle beisammenhast?«

»Gern.«

»Dann bis gleich.«

Roman biegt nach links ab, und Megan betritt das Restaurant, wo sofort Stille einkehrt und sich ihr alle Augenpaare zuwenden.

15.

Es ist nicht nur reine Nichtenliebe, die Ida handeln lässt. Nein, sie ist selbst gern als Detektivin tätig. Als Konsulin war sie im Ausland Anlaufstelle für die örtliche Polizei sowie Schweizerinnen und Schweizer, wenn diese in Not waren. Es bleibt einiges am konsularischen Personal hängen, was Ida gewöhnlich als das Spannende an ihrem Job empfand.

Es erscheint ihr ganz natürlich, dass sie ihrer Nichte unter die Arme greift. Wer besser als sie, die sie alle Anwesenden kennt, könnte Informationen sammeln? Es ist daher nur logisch, dass sie sich an den Tisch mit den Gärtnern und Fischern setzt. Wenn jemand mit dem Aquarium zu tun hat und damit vertraut ist, dann sie: Der Chefgärtner, weil er die Verantwortung für die Störe im Schaubecken hat, und die Fischer, weil sie sich am ehesten in der Nähe aufhalten.

Die vier sind offensichtlich in ein Gespräch vertieft, das durch Idas Auftauchen nun leicht ins Stocken gerät. Ida allerdings benimmt sich, als würde sie nicht interessieren, was die Männer bereden. Sie nimmt gemütlich einen Schluck Kaffee und blickt dazu scheinbar gelangweilt in die Runde. Der Trick wirkt, die Männer kommen aufs Thema zurück. »Man fällt nicht einfach so ins Becken, das könnt ihr mir glauben.«

»Na ja.« Florian grinst. »Mir fällt da eine Geschichte ein.«

»Mann, der war sternhagelvoll. Und mir ist bis heute ein Rätsel, wie er in diesem Zustand über das Geländer klettern konnte und zwischen die Planen fiel.« Ernst schüttelt den Kopf.

»Tsts. Weißt du es wirklich nicht?« Florian blickt ihn herausfordernd an.

»Was?«

»Er ist von hinten reingeklettert.«

»Was von hinten?«

»Na vom Räumchen, wo du das Futter aufbewahrst.«

»Warum sollte er da reingehen?« Ernst runzelt die Stirn.

»Er hatte doch diese Wette verloren und musste darum mit den Stören schwimmen.«

»Warum weiß ich das nicht?« Ernst klingt ungehalten. Florian zuckt mit den Schultern. »Das ist Allgemeinwissen. Keine Ahnung, warum dir das niemand gesagt hat.« Was allerdings gelogen ist. Florian weiß ganz genau, warum niemand Ernst den wahren Grund verraten hat, alle fürchten sie die Zornausbrüche des Chefgärtners. »Na ja, egal. Ravi jedenfalls kann das nicht getan haben.«

»Warum nicht?«

»Weil ich das Räumchen immer schließe und sie keinen Schlüssel dazu hatte.«

Wieder ist der Wahrheitsgehalt dieser Aussage nicht gar so hoch. Florian hat oft schon erlebt, dass dieses Räumchen nicht abgeschlossen war, und Krethi und Plethi hätten reingehen können. Aber Florian hält den Mund. Er will Ernst nicht reizen. »Es sei denn, die Besucherführenden vergessen, nach der Fütterung zu schließen«, stellt Ernst nun selbst fest und wirft Ida einen streitlustigen Blick zu. Ida packt die Chance, sich am Gespräch beteiligen zu können. Vorsichtig stellt sie die Kaffeetasse auf den Unterteller und meint: »Da hast du leider recht. Ich kann mir gut vorstellen, dass in der allgemeinen Begeisterung über das Verhalten der Fische beim Fressen vergessen wird, die Tür wieder mit dem Schlüssel zu schließen.«

»Sehr ärgerlich. Wenn sich das nicht bessert, lasse ich euch nicht mehr füttern.« Ida will keinen Streit vom Zaun brechen und widerspricht daher nicht. Lieber wechselt sie das Thema. »Wie traurig, dass so ein junger Mensch sterben musste. Hat sie jemand von euch näher gekannt?«

»Wie meinst du das? Näher gekannt?« Wieder ist es Ernst, der spricht. Skeptisch schaut er Ida an.

»Ich meine, hast du dich mal mit ihr unterhalten?«

Ernst schüttelt den Kopf und verzieht dazu den Mund. »Nein, warum sollte ich?« Diesmal muss Ida keine weiteren Erklärungen abgeben. Florian ist schneller: »Ein hübsches Mädchen war sie ja.«

»Oh ja.« Es ist das erste Mal, dass sich Jeremias äußert. Er grinst. Auch Felix schmunzelt und nickt. »Allerdings.«

Ida lächelt ebenfalls. »Also? Hat jemand sein Glück bei ihr versucht?«

»Nein.«

»Sicher nicht.«

»Ich bin verheiratet.« Ida schaut Ernst an und denkt sich, dass das allein kein Hinderungsgrund sein dürfte. Laut sagt sie aber: »Niemand? Warum nicht?«

Florian zuckt wieder mit den Schultern: »Ich habe die doch kaum je gesehen.«

»Ja eben, wenn, dann kam sie nur abends oder wenn wir eh nicht hier waren.«

»Ja, stimmt natürlich. Aber man hätte ja über ihren Vater Kontakt aufnehmen können.«

»Bist du verrückt?« Der Ausruf ist Felix rausgerutscht. Sofort entschuldigt er sich. »Sorry. Aber Balachandran hat über seiner Tochter gewacht wie ein Adler. Niemand durfte der zu nahekommen.«

»Ist das so?« Ida mimt die Unwissende.

»Auf jeden Fall«, stellt Felix bestimmt fest.

Florian allerdings zieht nur eine Augenbraue in die Höhe und meint: »Mir ist da anderes zu Ohren gekommen.«

»Was soll das heißen? Balachandran hat einen schon zusammengestaucht, wenn man Ravi nur ein bisschen zu lang hinterherschaute.«

»Sprichst du aus Erfahrung?« Jeremias feixt Felix an. Dieser wird rot und murmelt: »Ja.«

»Das meine ich gar nicht.«

»Ja, was dann?«

In diesem Moment ist das eindeutige Klacken hoher Absätze zu hören. Ida weiß auch ohne, dass sie hinschaut, dass es Megan sein muss. Das Timing ist schlecht, aber sie wird Florian später noch einmal auf Ravichandra ansprechen.

Florian pfeift leise durch die Zähne. Ida wendet sich wie alle anderen ihrer Nichte zu, die in ihrem engen roten Etui-Kleid umwerfend aussieht. Ganz und gar nicht wie eine Detektivin der Kantonspolizei Bern.

16.

»Ist dieser Mantel nicht toll?« Jelena sieht sehnsüchtig ins Schaufenster der Boutique. »Wollen wir reingehen und ihn anprobieren?«

»Wozu? Wir haben ohnehin nicht das Geld, um ihn zu kaufen.«

»Na und? Probieren kostet nichts. Los, lass uns ein bisschen Spaß haben.«

»Meinetwegen.« Kateryna ist so froh, dem Haus und den Amerikanern entflohen zu sein, dass sie zu jedem Vorschlag von Jelena ja gesagt hätte. Allerdings bereut sie es sogleich, als sie nach dem dezenten Klingeln der Türglocke von einer mittelalterlichen Frau angesprochen werden: »Wie kann ich Ihnen helfen?« Sie sagt es in einem Ton, der sofort klar macht, dass sie die beiden jungen Frauen durchschaut und an ihrer billigen Kleidung augenblicklich erkannt hat, dass sie keine Klientel für ihren Laden sind. Kateryna schämt sich in Grund und Boden. Nicht so Jelena. Sie fährt zu Höchstform auf und lässt sich keine Sekunde von der gediegenen Atmosphäre einschüchtern. »Wir haben diesen wunderschönen Mantel im Schaufenster gesehen, haben Sie ihn auch in meiner Größe?« Die Frau mustert Jelena einige Sekunden zu lang, wie es Kateryna dünkt, sagt dann aber: »Das dürfte 38 sein?«

»Nein, 36 bitte.«

»Wie Sie meinen. Ja, 36 haben wir, allerdings nur in einer anderen Farbe.«

»Darf ich sehen?«

Mit einem hoheitsvollen Nicken verschwindet die Frau in den hinteren Teil des Ladens. Kateryna nutzt die Gelegenheit, um der Freundin zuzuzischen: »Lass uns von hier verschwinden!«

»Nein. Warum denn. Warte nur, der Zicke zeige ich's.« Jelena stolziert durch den Laden, als würde er ihr gehören. Dazu macht sie Bemerkungen wie: »Sieh nur Katynka, ist der Pulli nicht hübsch? Würde der Schal mir nicht stehen? Oh, diese Bluse ist perfekt für dich!« Schließlich lässt sich Kateryna anstecken und sieht sich die Ware ebenfalls an. Was kann es schaden? Und stimmt nicht, was Jelena sagt, anschauen kostet nichts? Nach einer halben Stunde, in der sie es geschafft haben, von sämtlichen Stapeln mindestens ein Stück herauszureißen und in einer der Kabinen liegen zu lassen, verlassen sie das Ladenlokal. Draußen bricht Jelena in Gelächter aus. »Mein Gott, hast du ihr Gesicht gesehen? Eine Sauergurke wirkt zuckersüß dagegen. Aber jetzt hat sie wenigstens etwas zu tun. Stell dir vor, wie langweilig das hier sein muss! Ich würde eingehen.« Jetzt hakt sie sich bei Kateryna ein. »Ich habe Hunger. Du auch?«

»Ein bisschen.«

»Hast du mir nicht ein Frühstück versprochen?«

»Ja, stimmt.«

Jelena schaut die Gasse rauf und runter. »Hm, aber hier können wir zwei Hübschen uns tatsächlich nichts leisten.«

»Nein.« Kateryna muss der Freundin kleinlaut recht geben.

»Ich habe eine Idee.« Jelenas Augen funkeln vor Vergnügen. »Komm.« Damit reißt sie Kateryna am Arm hinter das nächste Haus. Sie geht zielgerichtet weiter bis zu einer dichten Thuja-Hecke. Da zerrt sie an ihrem kleinen Rollkoffer, bis er nicht mehr zu sehen ist. »Mach auch«, befiehlt sie Kateryna.

»Warum?«

»Frag nicht. Mach einfach.« Kateryna gehorcht. »Was wollen wir das lästige Gepäck ständig mitziehen? Ist es nicht viel einfacher so?«

»Stimmt. Aber wird das nicht gestohlen?«

»Unser armseliges Gepäck an so einem Ort? Da schaut kein Mensch zweimal hin. Wenn, dann höchstens, weil sie denken, jemand hat unrechtmäßig Abfall entsorgt.« Wieder lacht Jelena laut. Schnurstracks geht sie zurück auf die Promenade. Beim nächsten Kaffee macht sie Halt und fragt: »Wollen wir hier? Sieht nett aus, oder?« Das *Charly's*.

»Ja, schon. Aber was ist mit Bezahlung, haben wir nicht grad festgestellt, dass wir uns das nicht leisten können?«

»Lass mich nur machen. Ich habe einen Plan.« Jelena öffnet resolut die Tür, und Kateryna folgt ihr mit leicht ungutem Gefühl. »Wunderbar, da ist ja ein freier Tisch!« Jelena steuert auf einen Platz am Fenster zu, und Kateryna sieht aus den Augenwinkeln, wie die Kellnerin ihnen konsterniert nachblickt. Sicherlich hätte man sie fragen sollen, bevor man einfach einen Tisch auswählt. Aber Jelena scheint einmal mehr damit durchzukommen. Jedenfalls fragt die Kellnerin wenig später nur: »Was darf ich Ihnen bringen?«

Jelena antwortet mit strahlendem Lächeln: »Einen Cappuccino für mich. Und haben Sie eine Frühstückskarte? Was willst du, Liebes?«

»Für mich auch bitte.«

»Gern. Zwei Cappuccini. Frühstück bieten wir nicht an. Aber wir haben Sandwiches und Quiche oder diverse Snacks. Wollen Sie die Karte?«

»Ja bitte.«

Noch während Kateryna sich fragt, was um alles in der Welt Kisch ist, stellt Jelena zufrieden fest: »Wie schön kuschelig warm es hier drin ist. Und wie das riecht! Mmh. Wunderbar. Mein Magen knurrt.«

Die Kellnerin bringt zuerst die Karten und wenig später die Cappuccini. Jelena verspürt auch Hunger. Unglaublich, nach gestern Nacht hat sie geglaubt, nie mehr etwas essen zu können. Nach einem Schluck Kaffee – himmlisch schmeckt er! – widmet sie sich ebenfalls der Karte.

»Ich weiß, was ich nehme.« Jelena hat sich entschieden. »Du auch?«

»Ich glaube ja.«

»Gut.« Jelena winkt der Bedienung, die sogleich an den Tisch kommt. »Für mich das Club-Sandwich Tuna-Salmon. Und für dich?«

Kateryna schluckt, das Sandwich kostet 27 Franken. Sie wollte eigentlich einfach das Billigste Gericht nehmen. Aber wenn Jelena … »Du auch, oder?« Jelena zwinkert. »Wir mögen beide Fisch, wissen Sie.«

Die Kellnerin interessiert das sicherlich nicht, aber ist ja egal. Natürlich liebt Kateryna Thunfisch und Lachs auch.

»So gefällt mir das Leben.« Jelena seufzt glücklich. »Warum kann es nicht immer so sein?«

Kateryna ist alles andere als entspannt. Sie hat weder eine Kreditkarte noch genug Bargeld dabei. Was führt Jelena im Schild?

»Jetzt chill mal, wie meine Söhne sagen würden. Du siehst aus, als hättest du einen Skistock im Hintern. Kateryna, wir sind hier in Gstaad! In einem der mondänsten Orte der ganzen Schweiz! Lass es uns genießen!«

»Ich versuch's.«

»Ja, bitte. Sonst verdirbst du mir bald die Laune.«

Kateryna sagt nichts mehr. Das Sandwich schmeckt wirklich gut, und sie versucht, nicht an den Preis zu denken und was sie sich für dieses Geld sonst hätte leisten können. Oder ihre Eltern daheim in der Ukraine. Auch Jelena ist ruhig geworden. Die beiden essen schweigend. Nach dem letzten Bissen nimmt Jelena die Serviette, wischt sich den Mund ab und sagt: »Doch, das war lecker. Oder?« Sie lächelt Kateryna aufmunternd zu. Kateryna bringt ebenfalls ein halbherziges Lächeln zustande und bestätigt: »Ja, hat mir auch geschmeckt.«

»So, und jetzt kommen wir zu meinem Plan.« Jelena zwinkert der Freundin fröhlich zu. »Ich gehe nun zur Toilette, nehme danach unsere Mäntel von der Garderobe, und wenn du das siehst, stehst du auf, kommst zu mir und wir spazieren raus.«

»Aber wir müssen noch bezahlen.«

Jelena verdreht die Augen. »Kleines, das ist doch der ganze Witz. Wir bezahlen eben nicht.«

»Was?« Kateryna ist entsetzt. Obwohl sie ukrainisch sprechen und sie sicherlich niemand versteht, senkt sie ihre Stimme: »Bist du verrückt? Das mache ich nicht. Das ist Zechprellerei. Ich werde nicht kriminell.«

»Kriminell, kriminell. Als ob. Die merken doch gar nicht, ob zwei Sandwiches mehr gegessen wurden, und wenn, hier gibt es genug reiche Leute, die das mit ihren Trinkgeldern wieder wettmachen. Sieh dich doch nur um. Siehst du die Frau im Pelzmantel? Und den Typen da mit seiner Protzuhr? Die allein kostet mehrere 1.000 Franken.

Solche Leute können sich ein Sandwich für fast 30 Franken leisten, wir nicht.«

»Ja, eben. Warum sind wir überhaupt hier reingekommen?« Kateryna ist wütend.

»Weil wir Hunger hatten, und weil es hier nichts Günstiges gibt.« Jelena sagt es lakonisch. »Mensch, Kateryna, jetzt sei mal entspannt. Das tut denen nicht weh. Glaub mir.«

»Aber ich fühle mich unwohl.«

Als hätte Jelena ihre Gedanken von vorhin gelesen, stellt sie fest: »Dann schick das Geld deinen Eltern und stell dir vor, was sie sich davon kaufen können. Na?«

Kateryna seufzt tief auf. »Also gut. Aber so etwas mache ich nie wieder, hörst du?«

»Klar.« Jetzt lächelt Jelena wieder. »Ich wiederhole: Sobald du mich an der Garderobe siehst, stehst du auf und kommst ganz ruhig zu mir. Nicht zu schnell, nicht zu langsam, ganz so, als wäre alles in Ordnung, okay?«

»Nein, nicht okay, aber ich habe verstanden.«

»Ausgezeichnet.« Jelena steht auf und geht in Richtung Toilette. Niemand beachtet sie. Minuten vergehen. Was macht sie so lange? Kateryna ist nervös. Die Bedienung schaut zu ihr rüber. Hat sie etwas gemerkt? Kateryna lächelt sie verkrampft an. Jetzt kommt die Kellnerin zu ihr an den Tisch. Oh Gott, sie weiß etwas! »Alles in Ordnung bei Ihnen, oder kann ich Ihnen noch etwas bringen?«

»Nein, nein, alles bestens, danke.« Kateryna schwitzt. Sie ist davon überzeugt, dass man ihr meilenweit ansieht, dass sie gleich etwas Verbotenes tun wird. Jelena taucht immer noch nicht auf. Sie wird sie doch nicht im Stich lassen? Irgendwie ohne sie gegangen sein?

17.

Megan hat sich kurzgefasst. Sich bei den Mitarbeitern bedankt für ihre Kooperation, erklärt, dass sie alles daransetzen werden, um schnellstmöglich herauszufinden, was gestern Abend zum Tod der jungen Frau geführt hat. Danach hat sie diejenigen gebeten zu bleiben, die gestern Abend nach 22.00 Uhr noch im Haus waren, und die anderen, das Restaurant zu verlassen. Gleich wird die Gruppe der Anwesenden übersichtlich werden.

Fischer, Gärtner, Shop, die Leute aus den Büros, alle stehen sie auf und schauen sich unsicher an, sollen sie nach Hause? Oder ihre Arbeit aufnehmen? Wie geht's jetzt weiter? Die Chefin liest die Situation richtig und übernimmt das Wort: »Wir alle sind sehr traurig und in einer schwierigen Lage. Es tut mir aufrichtig leid, dass ihr in diese Umstände geraten seid, und bin euch dankbar, dass ihr alle so gut reagiert habt. Die Frage ist jetzt, wie machen wir weiter. Die Tiere und Pflanzen müssen versorgt werden, das ist klar. Alles andere kann ruhen. Selbstverständlich halten wir uns an die Anweisungen der Polizei, aber soweit ich das mitbekommen habe, kann im Garten und in den Fischereihallen gearbeitet werden. Richtig, Frau Jäger?«

»Richtig. Der Tatort ist vorerst großräumig zu meiden, aber das sehen Sie selbst, er ist abgesperrt. Meine Leute und ich werden uns außerdem auch sonst umsehen, aber es gibt keinen Grund, weswegen Pflanzen und Fische darunter leiden müssen. In dem Sinn machen Sie sich ruhig an die Arbeit.«

»Danke, Frau Jäger. Wenn sich jemand außerstande sieht zu arbeiten, darf er oder sie selbstverständlich nach Hause. Das hat keinerlei Konsequenzen, sondern kann ich verstehen. Macht bitte die entsprechende Meldung an eure Vorgesetzten. Allen anderen danke ich, dass ihr eure Aufgaben wahrnehmt. Das Haus bleibt übers Wochenende geschlossen. Am Montag und Dienstag haben wir ja ohnehin zu, und ich bitte euch, Montagmorgen wieder hier zu sein, damit wir das weitere Vorgehen besprechen können. Ich hoffe, bis dahin weitere Informationen zu haben. Dann wünsche ich uns allen den Umständen entsprechend einen guten Tag.«

Das hat sie gut gemacht. Megan ist zufrieden. Die Leute nicken, froh um die Anweisungen gehen sie ruhig raus. Jetzt sitzt nur noch Ida am Tisch, plus natürlich der Service, und mittlerweile ist auch die Küche eingetrudelt und informiert worden.

Megan wendet sich an die Chefin: »Wenn es Ihnen recht ist, mache ich hier fertig und werde nachher zu Ihnen kommen. Damit ich die Leute nicht zu lange aufhalten muss.«

»Perfekt. Ich bin im Büro und bleibe ohnehin hier.«

»Gut, das wird mir jemand zeigen können. Gibt es für mich einen Raum, wo ich ungestört mit Einzelpersonen reden kann?«

»Ja, klar. Das Sitzungszimmer ist frei. Wenn Sie hier den Gang geradeausgehen, der erste Raum auf der rechten Seite.«

»Ausgezeichnet. Danke.«

»Dann bis nachher.«

»Ja, wir sehen uns später.«

Jetzt wendet sich Megan an die Anwesenden. »Ich weiß, dass meine Kollegen Sie bereits kurz zu gestern befragt haben, dennoch möchte auch ich Ihnen noch ein paar Fragen stellen.«

Eine der Kellnerinnen verzieht das Gesicht. »Wie lange dauert das noch?«

Megan wirft ihr einen strengen Blick zu. »Ich nehme an, auch Sie wollen, dass wir so rasch wie möglich herausfinden, warum Ravichandra Kumara nicht mehr lebt?« Als die junge Frau beschämt nickt, ergänzt Megan: »Gut, dann sind wir uns einig. Sie können sicher sein, dass wir uns beeilen und Sie so rasch wie möglich entlassen, aber wir arbeiten gründlich, und es dauert, solange es dauert.«

Damit wendet sie sich dem Mann zu, der ihr am nächsten ist. »Guten Tag, Sie können gleich mitkommen.«

Der Mann zeigt mit dem Zeigefinger auf sich und fragt: »Ich?«

»Ja, Sie.«

Er erhebt sich, und Megan schlägt den Weg Richtung Sitzungszimmer ein. Freundlich lächelnd sagt sie: »Jemand muss der Erste sein. Aber keine Angst, ich bin nicht so gefährlich, wie ich ausschaue.« Der Mann scheint nicht ganz überzeugt. Dabei wollte Megan mit einem kleinen Spaß nur das Eis brechen. Da ihr das offensichtlich nicht gelungen ist, fragt sie in Plaudermanier weiter: »Wie lange arbeiten Sie schon hier?«

»Seit fünf Jahren.« Es klingt heiser, der Mann räuspert sich und wiederholt diesmal mit fester Stimme: »Seit fünf Jahren.«

»Ah, soviel ich weiß, gibt es das *Tropenhaus* seit 13 Jahren. Fünf Jahre sind eine lange Zeit. Da sind Sie hier auf jeden Fall zu Hause.« Wieder lächelt sie freundlich. Diesmal kriegt sie ein Lächeln zurück. »Ja, stimmt.«

»Und gefällt es Ihnen?«

»Sehr. Wir sind ein tolles Team in der Küche. Ich fühle mich sehr wohl hier.«

»Schön.« Megan öffnet die Tür zum Sitzungszimmer. Es ist kühl hier drin, aber das schadet nicht. Sie deutet auf einen der Stühle und nimmt gegenüber an einem der Tische Platz. Nachdem sie ihren Laptop aus der Tasche gekramt und gestartet hat, sagt sie: »Beginnen wir noch einmal von vorn. Wie heißen Sie?«

»Pablo Lopez.«

»Geburtsdatum und Bürgerort?«

Megan notiert die Formalitäten und kommt schließlich zum interessanteren Teil: »Dann erzählen Sie mir bitte, was Ihre Arbeit hier beinhaltet und wo Sie sich gestern aufgehalten haben.«

»Ich bin der Sous Chef in der Küche. Am Donnerstagabend hatten wir eine geschlossene Gesellschaft von 40 Personen, und für alle diese Leute bereiteten wir ein Fünfgangmenü zu. Ich war ständig in der Küche.«

»Sehr gut. Da war viel los in der Küche. Kann ich mir denken.« Megan lächelt ihn ermutigend an.

»Oh ja, wir hatten ziemlich Stress.« Lopez nickt. Megan lässt ihn erzählen, unterbricht manchmal, wenn sie etwas genauer wissen will, und bringt das Gespräch schließlich auf Ravi. Lopez hilft ihr nicht weiter. Ravichandra war fleißig, freundlich, aufmerksam. Wie immer. Aufgefallen ist ihm überhaupt nichts Besonderes. Aber wie gesagt, sie waren beschäftigt in der Küche und einfach nur froh, wenn alles reibungslos über die Bühne ging. Und das ging es, wie Lopez stolz erzählt. Sie haben wie ein geöltes Räderwerk gearbeitet. In der Küche perfekt, und der Service verlief ebenfalls problemlos. Hand in Hand, so wie es sein soll. Die beiden Mädchen – wie heißt die andere? Emma? –und Ravichandra haben das nicht zum ersten Mal gemacht und genau gewusst, was wann wie zu tun ist. Zudem sind beide hübsch. Jetzt errötet Lopez leicht. »Nicht, dass das von Belang ist, aber natürlich freut man sich, wenn man etwas Schönes zu sehen bekommt.«

»Natürlich. Hatte Ravichandra einen Freund?«

»Oh nein!«

»Warum sind Sie da so sicher?«

»Ihr Vater bewacht sie wie ein Schießhund.«

»Ach ja, natürlich, Sie kennen ihn gut und arbeiten zusammen.«

Lopez nickt.

»Ist er ein strenger Vater?«

»Ich glaube schon.«

»Wie zeigt sich das?«

»Es ist ihm wichtig, dass sich Ravi gut benimmt.« Rasch korrigiert er sich: »Benahm, meine ich. Und ich glaube auch nicht, dass sie viel Freiheiten hatte. Sie hat für die Schule gearbeitet, hier ausgeholfen und war sonst wohl oft daheim.«

»Warum wissen Sie das?«

»Balachandran erzählt viel von ihr. Er ist stolz auf seine Tochter.«

»Das darf er auch. Schön und intelligent. Sie ging ins Gymnasium, oder?«

»Ja, offenbar.« Lopez nickt jetzt beeindruckt.

»Wie war das Verhältnis zwischen Vater und Tochter?«

»Wie meinen Sie das?«

»Hat Ravi unter der Strenge des Vaters gelitten? Wie war ihr Umgang miteinander?«

»Der war gut! Liebevoll. Sie haben sich sicher sehr gern.« Wieder korrigiert sich Lopez: »Hatten. Ich hatte auch nicht den Eindruck, dass Ravi unter der Strenge gelitten hat.« Nach einer kurzen Pause fügt er an: »Jedenfalls nicht sehr.«

Megan zieht fragend die Augenbrauen hoch.

»Hören Sie, ich kenne Ravi wirklich nicht gut. Ich habe kaum ein Wort mit ihr gewechselt. Sie kam zur Unterstützung für den Service, und da hat sie ihre Aufgabe fehlerlos gemacht.«

»Ich verstehe.«

»War's das?« Allmählich wird Lopez ungeduldig.

»Ja, das war's.« Megan nickt. »Jedenfalls für den Moment. Vielleicht tauchen irgendwann noch einmal Fragen auf. Aber jetzt danke Ihnen für Ihre Hilfe.«

Lopez nickt ebenfalls, erleichtert, erhebt sich und will aus der Türe gehen. Bevor er die Klinke drücken kann, sagt Megan wie zu sich selbst: »So ein hübsches Mädchen. Ob sie tatsächlich immer so folgsam war?« Dabei beobachtet sie Lopez unauffällig aus den Augenwinkeln. Er hat sie zweifellos gehört, ganz kurz zögert er, bevor er die Türklinke berührt. Allerdings geht er ohne ein weiteres Wort hinaus. Aber irgendetwas hat er ihr nicht erzählt, davon ist Megan überzeugt. Laut sagt sie nur: »Schicken Sie mir bitte den oder die Nächste rein.«

»Egal wer?«

»Egal wer. Danke.«

»Okay.«

So nehmen die nächsten Stunden ihren Lauf.

18.

Es ist Mittag geworden. Brigitte hat die schrecklichsten Stunden ihres Lebens hinter sich. Von Silvan fehlt jedes Lebenszeichen. Den ganzen Vormittag hat sie vergeblich darauf gewartet. Vor einer Stunde ein Anruf aus der Schule, dass Silvan nicht aufgetaucht sei und man ihn im Unterricht vermisse. Sie hat irgendetwas von einer Unpässlichkeit gemurmelt. Und gehofft, dass es stimmt.

In seinem Zimmer ist sie auf nichts gestoßen, was ihr weitergeholfen hätte. Ihr Sohn trägt seine Geheimnisse in sich. Führt weder Tagebuch noch liegt irgendwo eine Agenda mit geheimnisvollen Telefonnummern herum. Der Schreibtisch ist voll mit Notizblättern und Büchern der Schule. Ein paar Illustrierte über Bergausrüstung und Bergtouren. In den Schränken die saubere Wäsche auf ordentlichen Stapeln. Aber die Schmutzwäsche liegt überall verstreut. Auf dem Tisch, dem Stuhl, dem Sitzsack, auf dem Boden, ja sogar auf dem Bett.

Unter dem Bett ein Reiseprospekt, das Eselsohr bei einer Reise nach Sri Lanka. Also doch, das dunkle Mädchen. Aber kein Hinweis darauf, wer sie ist und ob sich die beiden wirklich nahestehen.

Irgendwann bezähmt sich Brigitte nicht mehr und fängt an, die Kleidungsstücke vom Boden aufzunehmen. Dabei fällt ihr auf, dass ihr viele Teile fremd sind. Silvan hat teure Markenschuhe, T-Shirts und Pullover. Woher hat er das Geld, sich solche Dinge zu leisten? Von ihnen kriegt er Jugendlohn, sie hat sich bei Alfred dafür eingesetzt. Ihr Mann war dagegen und findet, Silvan gehe freiwillig weiter zur Schule, da müsse er auch damit leben, dass er kein Geld verdiene. Es stehe ihm frei, sich eine Lehrstelle zu suchen wie seine Brüder und einen rechten Beruf zu erlernen. Aber Brigitte hat nicht nachgegeben und durchgesetzt, dass Silvan immerhin 120 Franken im Monat bekommt. Natürlich ist das wenig, aber es reicht, um sich ab und zu ein Mittagessen im *Coop* zu kaufen, ein Kinobesuch und für ein paar neue Kleider hin und wieder. Aber nicht für die Dinge, die hier herumliegen. Sie sieht sofort, dass das gute Qualität und keine Billigware ist. Markenkleidung. Brigitte googelt im Internet. Und erschrickt. Die Leder-Vans kosten 175 Franken! Der Kapuzenpulli 100, die Beanie-Mütze 35, und wenn sie nicht alles täuscht, hat Silvan den *Drill Chore* Mantel für 230 Franken. Selbst, wenn Silvan all sein Geld für Kleider ausgeben würde, käme er mit seinen 120 Franken nicht weit bei diesen Preisen.

In ihrer Not denkt Brigitte als Erstes an Drogen. Nicht, dass Silvan selber welche konsumiert, das hätte sie gemerkt. Hätte sie? Vielleicht nicht? Plötzlich ist sie sich bei gar nichts mehr sicher. Sie kennt ihren Sohn nicht mehr. Wenn Silvan Drogen verkauft? Als Dealer Geld verdient? Seit er 16 ist, wollte Silvan niemanden mehr in seinem Zimmer, er räumte auf und putzte selbst. Vielleicht ist das ein Fehler gewesen? Wenn ein Jugendlicher über ein sturmfreies Zimmer verfügt, dann eignet es sich hervorragend als Drogendepot. Voller Angst durchsucht sie seine Schubladen, immer darauf gefasst, irgendwo Gift zu finden. Gott sei Dank entdeckt sie aber nichts. Trotzdem ist die Erleichterung nur von kurzer Dauer, würde er Drogen tatsächlich im Zimmer verstecken? Silvan ist nicht dumm. Und weiß von der unstillbaren Neugier seines kleinen Bruders. Würde er es darauf ankommen lassen, dass Timo etwas findet? Wohl kaum.

Vielleicht ist Silvan irgendwie zwischen die Fronten geraten? Hat einen der Drogendealer verärgert? Gibt es Drogen in Reichenbach? Doch wohl nicht, oder? Aber in Interlaken? Ganz bestimmt. Mit all den Touristen! All den Fremden, die bringen und wollen alles Mögliche. Hat Silvan eine Chance gesehen, Geld zu verdienen? Er kommt oft spät nach Hause. Die Geschichte vom Lernen mit den Kollegen. So naiv hat sie ihm alles geglaubt. In dieser Zeit kann er wer weiß was tun.

Oder ist ihr Sohn entführt worden? Aber von wem und warum? Lösegeld können sie unmöglich bezahlen, jeder weiß, dass Alfred kein Krösus ist, dass es bei ihnen grad so reicht. Nein, das kann es nicht sein.

Und wenn Silvan abgehauen ist? Wenn er genug von den Streitereien und Sticheleien mit dem Vater hat? Noch einmal denkt sie an gestern Abend. War der Streit schlimmer als sonst? Oder einfach einer zu viel? Alfred hat gerufen, Silvan brauche nicht mehr nach Hause zu kommen, wenn es ihm nicht passe. Aber Silvan kennt doch den Vater! Er weiß sicher, dass es der Vater nicht ernst meint, dass er ihn liebt, trotz allem. Aber wer kann sich schon sicher sein, was in Teenagerhirnen vor sich geht? Und hat er sie nicht umarmt und gesagt, es komme nicht mehr vor? Was hat er damit gemeint? Dass er weggeht und es daher zu keinem Streit mehr kommt? Nein, bitte nicht! Das darf nicht sein! Sie liebt Silvan! Natürlich liebt sie alle ihre Söhne, aber Silvan vielleicht ein kleines bisschen mehr als die anderen. Vielleicht weil er am ehesten nach ihr kommt?

Erneut beginnt Brigitte die Schubladen zu durchwühlen. Sie findet eine Klassenliste. Vielleicht ruft sie dieses Mädchen an? Womöglich weiß sie etwas?

Als Brigitte das Klarsichtmäppchen aus der Schublade nimmt, klebt unten ein Bild. Vorsichtig zieht sie es weg. Und betrachtet es stirnrunzelnd. Was soll das? Was ist das für ein Bild?

Brigitte ist in einem Ausnahmezustand. Den ganzen Vormittag war sie allein mit ihrer Angst, ihren Sorgen und ihrer Verzweiflung. Nur damit kann sie sich erklären, warum da plötzlich dieser irrwitzige Verdacht aufkommt. Rasant kriecht die Angst ihren Hals hoch, Angst vor etwas, woran sie nicht denken will. Nein, das ist unmöglich. Was fällt ihr überhaupt ein! Mit klopfendem Herzen wirft sie das Bild zurück in die Schublade, als hätte sie sich daran die Finger verbrannt. Sie gibt der Schublade einen Stoß. Will weder das Bild sehen noch daran denken, was es womöglich bedeutet. Doch nicht Silvan!

Aber je mehr sie das Undenkbare verdrängt, umso hartnäckiger krallt sich die Vorstellung in ihrem Nacken fest, kriecht wie eine Schlange hervor und versprüht ihr Gift. Brigitte fühlt sich wie gelähmt.

Sie weiß sich nicht mehr zu helfen. Was soll sie tun? Alfred informieren? Die Polizei anrufen? Plötzlich hört sie Schritte auf dem Vorplatz. Silvan? Kann es Silvan sein? Brigitte stürzt zum Fenster, zieht den Vorhang weg und erkennt ihren Sohn.

19.

Während Megan einen nach dem anderen ins Sitzungszimmer zitiert, packt Ida die Gelegenheit, sich ihrerseits ein bisschen umzuhören. Sie hat niemandem gesagt, dass die attraktive Detektivin ihre Nichte ist. Sie will nicht, dass man sie mit der Polizei in Verbindung bringt, sonst ist es mit der zwanglosen Plauderei und dem unauffälligen Aushorchen der Leute vorbei. Solang sie einfach eine von ihnen ist und wild mit den Angestellten über Ravis Tod spekulieren kann, ist niemand auf der Hut, und Ida ist davon überzeugt, dass man ihr mehr erzählt als Megan.

Als Erstes wird sie sich Florian noch einmal vorknöpfen. Die Männer sind alle schon aufgestanden und brennen offenbar darauf, den Raum hier zu verlassen und an die Arbeit zu gehen. »Gibt's heute überhaupt Mittagessen?« Florian schaut die anderen an.

»Gute Frage. Wahrscheinlich eher nicht, oder? Die Küche muss Auskunft geben und wird kaum Zeit zum Kochen haben«, stellt Jeremias leicht bekümmert fest.

»Ich erkundige mich.« Ernst bewegt sich in Richtung des Tisches, wo die Küchenclique sitzt. Ida bleibt mit Florian, Felix und Jeremias zurück. Schnell packt sie die Gelegenheit beim Schopf und fragt Florian: »Was hast du vorhin damit gemeint, dir sei anderes zu Ohren gekommen?«

Florian sieht sie einen Moment verständnislos an und auch auf die Gefahr hin, dass er sie nun für eine furchtbar neugierige Klatschtante halten muss, fügt Ida an: »Über

Ravichandra und dass sie womöglich doch jemandem ein bisschen näherstand, als hier alle zu glauben scheinen.«

»Ach, das meinst du.« Florian grinst. »Es gibt da tatsächlich jemanden, der mehr Glück bei der Hübschen hatte als wir.«

»Was? Wer?« Felix' Ausruf ist erstaunt, und auch Jeremias schaut ungläubig.

»Doch, doch.« Florian deutet lässig mit dem Kinn zur Gruppe der Fischverarbeitung, die soeben aus dem Restaurant schlendert.

»Wer?« Diesmal ist es Jeremias, der die Frage stellt.

»Ja, wer wohl?«

»Nein, Pasquale?«

»Natürlich Pasquale, wer denn sonst.«

»Ist das dein Ernst?«

»Klar. Der kriegt jede rum.« Ein bisschen Bewunderung klingt aus Florians Worten. Felix seufzt. »Schwarze Locken und schokobraune Augen müsste man haben.«

»Dieser Scheißkerl. Echt jetzt?« Jeremias kann's kaum glauben.

»Ich weiß nicht, wie weit er effektiv gekommen ist, aber unterhalten haben sich die beiden jedenfalls. Das hat er auch freimütig jedem erzählt, der es wissen wollte.«

»Klar, der sammelt doch Weiber wie andere Briefmarken.« Die Bemerkung ist Felix rausgerutscht und an Ida gewandt, entschuldigt er sich sofort: »Sorry, war nicht so gemeint.«

»Pasquale der Charmeur?«, fragt Ida unschuldig.

Florian lacht. »So kann man's auch nennen. Ein Aufreißer, würd ich schon eher sagen.«

Ida blickt dem jungen Mann nachdenklich hinterher. Attraktiv ist er ja, zweifellos. Sie hat eine vage Erinnerung an ein strahlendes Lachen mit gesunden Zähnen und zwei Grübchen. Als Mädchen so einem Lachen in so einem Gesicht zu widerstehen, kann schwierig sein. Ida versteht, warum es ihm offensichtlich leichtfällt, Frauen zu betören. Als würde Pasquale ihren Blick spüren, wendet er sich jetzt um und blickt sie an. Ida erschrickt. Vom Strahlemann ist nichts zu erkennen. Pasquale sieht mitgenommen aus. Trifft ihn der Tod von Ravichandra? Oder hat er gar etwas damit zu tun? Rasch lächelt Ida ihm aufmunternd zu. Das Lächeln kommt nicht zurück. Ohne Regung wendet sich Pasquale wieder ab.

»Sie machen uns etwas Kaltes.« Ernst kommt mit Neuigkeiten aus der Küche: »Ein paar belegte Brote oder so.«

»Nett.«

»Belegte Brote, danke schön, dann geh ich lieber nach Hause und tu mir was in die Mikrowelle.« Jeremias reagiert anders als Felix.

»Apropos nach Hause. Wer hat den Lieferwagen gestern gebraucht?« Ernst klingt genervt.

»Warum? Ich nicht.« Felix schüttelt den Kopf.

»Wir sowieso nicht, oder du, Jerry?«

»Nein.«

»Warum, was ist mit ihm?«, wiederholt Felix seine Frage. Ernst murmelt: »Vorne rechts hat's eine Beule. Hab's vorhin gesehen. Und in der Liste ist niemand eingetragen.«

»Gestern haben wir auch nichts abgeholt.«

»Wenn ich den in die Finger kriege.« Ernst stampft davon. Felix wackelt mit dem Kopf, verdreht die Augen und hebt die Hand zum Gruß: »Tja, dann wollen wir mal. Wünsche euch einen guten Vormittag. Bis später.«

»Dir auch. Bis dann.«

»Wir sehen uns.«

»Also, dann wollen wir auch mal.« Florian geht in die andere Richtung, und Jeremias folgt ihm. »Genau.« Sie winken Ida zu, und sie verabschiedet sich ebenfalls. Jetzt hat sie's eilig, sie muss diesen Pasquale erwischen, bevor er in der Fischverarbeitung ist. Da kann sie wegen der strengen Hygiene-Vorschriften nämlich nicht hinein.

20.

Mit mechanischen Bewegungen füllt Brigitte den Geschirrspüler. Timo hat begeistert erzählt, und sein Mundwerk lief ununterbrochen. Er hat nicht gemerkt, dass es ihr miserabel geht. Dass es die Notfallravioli aus der Büchse gab, hat er auch nur mit Freude aufgenommen. Jetzt ist er weg und Brigitte erneut allein in ihrem Elend. Was soll sie nur tun? Alfred? Die Polizei? Gibt es sonst noch jemanden, den sie fragen könnte, bei dem Silvan untergekommen sein könnte? Die Telefonliste fällt ihr wieder ein. Hat sie sie auf Silvans Schreibtisch gelassen? Es widerstrebt ihr, noch einmal im Zimmer nachzuschauen. Die Angst vor unliebsamen Entdeckungen ist zu groß.

Aber es fällt ihr nichts Besseres ein, und sie klammert sich in mehr als einer Hinsicht daran, dass Silvan mit oder vielleicht sogar bei diesem indischen Mädchen sein könnte. Will sie Gewissheit, muss sie anrufen. Entschlossen geht Brigitte in den oberen Stock, öffnet erneut Silvans Zimmer und findet die Telefonliste auf Anhieb.

Ravichandra Kumara, das muss sie sein. Alle anderen Namen klingen nicht exotisch, im höchsten Fall vielleicht noch italienisch oder spanisch.

Brigitte geht zurück in die Küche. Der einzige Raum, der ihr zumindest ein wenig Trost bietet. Es riecht noch nach Mittagessen. Soll sie zuerst einen Kaffee trinken? Nein, sie ist nervös genug. Ihr Herz klopft. Es fühlt sich an, als wollte es mit ihr durchgehen. Brigitte zwingt sich dazu, langsam zu atmen. Ruhig. Ganz ruhig. Mit zittrigen Fingern tippt sie die entsprechende Nummer ein. Nach fünf Klingelzeichen meldet sich eine Männerstimme: »Kumara?«

»Hallo. Mein Name ist Brigitte Schmid. Wir kennen uns nicht, aber ich glaube, unsere Kinder besuchen dieselbe Klasse am Gymnasium in Interlaken.« Der Mann reagiert nicht, was Brigitte verunsichert. Rasch redet sie weiter: »Ravichandra ist doch Ihre Tochter, oder?«

»Was wollen Sie von uns?«

Keine Antwort auf ihre Frage, was ist das für ein seltsamer Mann? Ob er sie überhaupt versteht? Brigitte versucht es auf Hochdeutsch: »Bin ich bei Ihnen richtig, ist Ravichandra Ihre Tochter?« Brigitte hört ein Seufzen, kriegt aber erneut keine Antwort auf ihre Frage. Als sie wartet, kommt vom anderen Ende der Leitung: »Lassen

Sie uns in Ruhe.« Das klingt endgültig, der Mann will offensichtlich das Gespräch beenden. Bevor er das tun kann, ruft Brigitte verzweifelt: »Hören Sie mir bitte zu! Unser Sohn ist verschwunden!«

»Was hat das Verschwinden Ihres Sohnes mit uns zu tun?«

Brigitte hat sich den Verlauf des Gesprächs ganz anders vorgestellt, aber das ist egal, sie muss den Mann am Telefon halten und wissen, ob er irgendetwas über Silvans Verschwinden weiß oder ihr sonst in irgendeiner Form helfen kann. Ohne zu überlegen, sagt sie: »Ich glaube, dass sich Ravichandra und Silvan gut verstehen.«

»Was wollen Sie damit andeuten?«

»Nichts, nichts. Ich habe gemerkt, dass unser Sohn Ravichandra gern hat, und habe mir gedacht, dass sie uns vielleicht helfen kann.«

»So ein Quatsch.«

Brigitte spürt, dass sie wieder nah dran ist, den Mann zu verlieren. »Nein, bitte, helfen Sie mir! Ich bin verzweifelt. Silvan ist seit gestern Abend nicht daheim gewesen.«

»Ich weiß nicht, was das uns angeht.«

»Die Teenager kennen sich, bitte kann ich mit Ravichandra sprechen? Mir ist klar, dass sie in der Schule sein muss, aber können Sie mir ihre Telefonnummer geben?«

Im Hörer ist es mucksmäuschenstill. Dann sagt der Mann: »Ravichandra ist tot«, und unterbricht die Verbindung.

Was? Brigitte muss sich verhört haben. Konsterniert blickt sie ihr Handy an, als könnte es ihr erklären, was da soeben geschehen ist. Hat der Mann gesagt, Ravichandra sei tot? Das muss ein Irrtum sein. Wollte er ihr damit sagen, dass er nicht will, dass sie sich in Verbindung mit dem Mädchen setzt? Aber dann sagt man doch nicht, dass jemand tot ist. Hat das mit der anderen Kultur zu tun? Macht man das bei denen so? Oder hat sie den Mann ganz einfach falsch verstanden? Hat er etwas anderes gesagt? Soll sie noch einmal anrufen? Aber wozu? Der Mann hat ihr in keiner Weise zu helfen versucht. Im Gegenteil. Brigitte wird wütend. Was fällt ihm ein, sie so zu behandeln? Hat er nicht gemerkt, dass sie Hilfe braucht? Dass sie verzweifelt ist? Er ist der Erste, dem sie vom Verschwinden ihres Sohnes erzählt hat, und er reagiert mit der Aussage, seine Tochter sei tot? Was ist das für ein furchtbarer Kerl.

Plötzlich durchzuckt sie ein anderer Gedanke. Und wenn stimmt, was er sagt, und sie gehört hat? Wenn Ravichandra tatsächlich tot ist? Oh Gott. Wenn das mit Silvans Verschwinden zusammenhängt? Statt dass es ihr besser geht, steigert sich Brigittes Angst um ein Vielfaches. Ist Silvan auch tot? Aber dann wäre sie informiert worden. Das hätte ihr der Mann gesagt, oder eher noch, das hätte ihr die Polizei schon mitgeteilt.

Und wenn Silvan keinen Ausweis bei sich trägt? Wenn gar niemand weiß, wer er ist?

Brigitte lässt sich kraftlos auf die Sitzbank in der Ecke sinken. Es ist, als würden sie ihre Beine nicht mehr tragen. Das Telefon fällt ihr aus der Hand. Ihr Kopf ist furchtbar schwer. Mit beiden Händen stützt sie ihn auf dem Tisch ab.

Das ist alles so schrecklich. Was soll sie tun?

Alfred. Sie muss jetzt Alfred anrufen. Es führt kein Weg mehr daran vorbei. Allein weiß sie nicht weiter. Aber Alfred wird wissen, was unternommen werden kann. Der

Gedanke an ihren Mann gibt ihr wieder etwas Mut. Alfred ist ein guter, solider Mann. Sie kann ihm die Verantwortung überlassen.

Ruhiger jetzt nimmt Brigitte das Telefon vom Boden auf und sucht Alfreds Kontakt. Ganz kurz zögert sie, bevor sie draufdrückt. Und wenn Silvan nur einen Tag schwänzt und gleich auftaucht? Dann hat sie den Vater unnötig wütend auf den Sohn gemacht.

Egal, es steht zu viel auf dem Spiel. Sie muss Alfred informieren und sie muss mit jemandem sprechen.

21.

»Oh Gott, das war lustig!« Jelena klappt hinter der Hecke japsend zusammen. Kateryna lässt sich neben ihr auf den Boden fallen. »Wir können nie wieder hierher zurückkommen.«

»Das werden wir auch nicht.« Jelena grinst. »Aber ist doch wunderbar gelungen.«

»Wunderbar. Ja.« Kateryna sagt es ironisch.

»Etwa nicht? Die haben gar nichts gemerkt.«

»Wir hatten einfach Glück.«

»Ja, natürlich. Aber du hast mir ein tolles Frühstück versprochen. Und jetzt hat es dich keinen Rappen gekostet.«

»Stimmt.«

»Nun lach doch mal. Es ist alles glatt gegangen, kein Mensch ist uns gefolgt.«

Kateryna lächelt schwach. »Richtig.«

»Also. Ich fühle mich gut. Gestärkt. Wollen wir noch eine Einkaufstour ohne Einkauf starten?«

»Oh nein! Kommt nicht infrage. Ich will nach Hause.« Kateryna wirft einen Blick auf ihre Armbanduhr. »Der nächste Zug fährt in zehn Minuten. Das können wir schaffen.« Sie steht auf und packt ihren Rollkoffer. »Los, mach, wir gehen.«

»Okay, alte Sklaventreiberin. Hilf mir.« Jelena hält Kateryna die rechte Hand hin, und diese zieht sie hoch. Rasch klopft sich Jelena ein paar Blätter und Erdstücke von Hose und Jacke, dann folgt sie der Freundin zurück in die Fußgänger-Promenade.

Sie sind sogar zu früh und müssen ein paar Minuten warten, bis der Zug nach Zweisimmen einfährt. Zeit genug, das Ticket zu lösen. Heimlich erwartet Kateryna ständig, dass doch noch jemand auftaucht und sie der Zechprellerei beschuldigt. Unruhig schaut sie sich um und ist erleichtert, als sie den Zug sieht. Richtig entspannt sie sich allerdings erst, als er losfährt und außer ihnen niemand zugestiegen ist.

Kaum haben sie Gstaad verlassen, schließt Jelena die Augen und scheint gleich darauf einzuschlafen. Kateryna bewundert sie dafür. Ihr Adrenalinspiegel ist viel zu hoch, als dass an Schlaf zu denken wäre. Obwohl es auch ihr guttäte. Die Nacht war kurz, viel zu kurz. Aber sie muss zuerst etwas herunterfahren.

Die Landschaft zieht draußen vorbei. Die Bergspitzen sind weiß. Die Wälder gelb, orange, braun, dunkelgrün. Wie schön muss das alles aussehen, wenn die Sonne draufscheint. Selbst ohne das Leuchten der Sonnenstrahlen fühlt es sich an, als wäre Kateryna mitten in einem Bilderbuch. Die Holzchalets haben etwas Unwirkliches. Leben tatsächlich Menschen in diesen Puppenhäusern? Eigentlich müsste sie es ja jetzt besser wissen. Mindestens seit gestern Abend ist ihr aufgegangen, wie eine Fassade täuschen kann. Und klein muss so ein Holzhaus auch nicht sein.

Endlich erlaubt sie es sich, über die Stunden bei Bruce, Andrew und deren Freunden nachzudenken. Jelena hatte recht, die Männer müssen unermesslich reich sein. Und Putin können sie nicht ausstehen. Unglaublich, welche Mengen an Champagner und Wodka getrunken wurden. Und der Kaviar! Das muss alles ein Vermögen gekostet haben.

Es war lustig, die Stimmung ausgelassen, und während der ersten Stunden hatte es Kateryna genossen, einfach zu sein, zu trinken, zu essen, zu feiern. Nichts anderes zu denken. Aber dann war der Moment gekommen, als sie auf die Toilette musste, sich in diesem riesigen Haus verlaufen hatte und irgendwie im Keller gelandet war. Nein, nicht im Keller, in der Garage. Sie hatte Stimmen gehört und sich erkundigen wollen, wo sie ihre Blase erleichtern könne. Aber als sie nähergekommen war, hatten die Männer den Eindruck gemacht, unter sich sein zu wollen. Kateryna hatte es für unklug gehalten, sich bemerkbar zu machen. Stattdessen hatte sie sich so leise wie möglich zurückziehen und unsichtbar machen wollen. Bevor ihr das gelungen war, hatte sie ungeplant eine Entdeckung in einem Auto gemacht und zudem Dinge des Gesprächs mitgehört, die eindeutig nicht für ihre Ohren bestimmt gewesen waren.

Sie weiß nicht, was sie mit dem Gehörten und Gesehenen anfangen soll. Vergessen? Vergraben? Jelena erzählen?

Kurz vor Zweisimmen schlägt Jelena wie auf Kommando die Augen auf. Sie gähnt und blickt zum Fenster hinaus: »Sind wir bald da?«

»Gleich.«

»Gut. Ich bin müde.«

Kateryna auch. Der Zug hält, und sie haben zehn Minuten Aufenthalt, bevor es weitergeht in Richtung Spiez.

Es fühlt sich kalt an auf dem Bahnsteig nach der Wärme des Zugabteils. Der Wind beißt in die Nase. Kateryna zieht den Mantel enger und den Kopf zwischen die Schultern. Sie bewegt ihre Beine, vielleicht hilft's. Beide Frauen sind in ihre eigenen Gedanken versunken.

Der Anschlusszug fährt ein, und sie finden problemlos ein freies Abteil, praktisch der ganze Wagen ist leer. Kaum sitzen sie beide, mustert Jelena Kateryna aufmerksam. Nach ein paar Sekunden sagt sie: »So, und jetzt erzählst du mir mal, was dich seit gestern beschäftigt und so nervös macht.«

»Was meinst du?«

»Kateryna, ich bin nicht blöd. Etwas ist passiert. Du bist unruhig, du bist verkrampft, ich würde sagen, du hast Angst.« Als Kateryna nicht antwortet, fragt Jelena nach: »Haben sie dir etwas angetan?« Ihr Blick ist besorgt. Dann allerdings klingt sie wütend: »Wehe, die haben ihre dreckigen Finger nach dir ausgestreckt! Dann werden sie mich kennenlernen. War es so?«

Schnell schüttelt Kateryna den Kopf. »Nein, nein. Überhaupt nicht. Mir ist nichts geschehen.«

»Was ist es dann?« Ungeduldig fügt sie an: »Jetzt mach mal den Mund auf und lass dir nicht alles aus der Nase ziehen!«

»Ich wollte nur auf die Toilette.«

»Ja? Das ist nicht verboten.« Wieder blickt Jelena Kateryna ungeduldig an und wiederholt: »Du wolltest also auf die Toilette.«

»Genau.« Kateryna holt tief Luft. »Und da habe ich mich verlaufen.«

Sarkastisch stellt Jelena fest: »Kein Wunder. Das Haus ist gigantisch.«

»Eben.« Kateryna nickt.

»Stimmt, du warst mal eine ganze Weile verschwunden, ich wollte mich schon auf die Suche nach dir machen. Was hast du gefunden? Eine Leiche?«

»Sozusagen.«

22.

Megan hat Hunger. Es hat nun doch länger gedauert, als sie gedacht hat. Ihr Magen meldet, dass es Zeit fürs Mittagessen ist. Sie ist ein bisschen unzufrieden. Trotz der vielen Aussagen ist auf den ersten Blick nicht viel Interessantes zusammengekommen. Die Angestellten waren beschäftigt, alle haben sich auf ihre Aufgabe konzentriert. Niemandem ist etwas Spezielles aufgefallen. Ravichandra hat sich benommen wie immer. Die Gäste waren so weit angenehm. Natürlich wurde getrunken, aber sittsam, keine unangenehmen Vorkommnisse, kein auffälliges Benehmen, kein unangebrachtes Verhalten. Alles so, wie es meist abläuft. Ein gelungener, erfolgreicher Abend. Sowohl aus Sicht der Küche wie auch dem Service.

Megan seufzt, alles unergiebig.

Als Letztes hat sie mit der Chefin gesprochen. Aber auch dieses Gespräch verlief äußerst unspektakulär. Sybille Röthlisberger ist zufrieden mit dem Abend. Es ist wichtig für sie, bei *Schweiz-Tourismus* präsent zu sein. Mit der *BLS* zusammenzuarbeiten, einen guten Draht zur Geschäftsleitung und den obersten Chefs von *Coop* zu pflegen. Das alles ist ihr gestern geglückt. Schon der Tag lief soweit zufriedenstellend, man hat Verbindungen geknüpft und Ideen angedacht. Der Abend rundete entsprechend überzeugend ab. Aus Röthlisbergers Sicht hätte es nicht besser laufen können. Das Essen war fantastisch, der Service zuvorkommend und die Gäste glücklich. Auf mehr kann eine Chefin nicht hoffen. Megan muss ihr recht geben. Wenn das alles stimmt, was sie in den letzten zwei Stunden zu hören bekam, dann läuft im *Tropenhaus Frutigen* alles tadellos.

Und doch haben sie eine Leiche, zwar nicht im Keller, aber im Aquarium.

»Da bist du ja. Ich habe auf dich gewartet. Wollen wir essen gehen?«

»Ida, du liest meine geheimsten Wünsche. Ich verhungere.«

»Sehr gut. Dann schlage ich vor, wir gehen rüber ins *Frutigresort*. Es ist zwar etwas rustikal, aber am Buffet wirst du satt werden.«

»Wunderbar.« Megan schließt den Reißverschluss der Laptop-Tasche. »Bring mich hin, ich folge dir.«

Draußen überrascht sie der beißende Wind. Megan zieht sofort den Kopf ein und schimpft: »Oh my goodness. Niemals werde ich mich an diese Kälte gewöhnen.«

»Noch haben wir nicht Winter«, stellt Ida trocken fest.

»Ich weiß! Grausam.«

»Es ist nicht weit. Wir müssen nur über die kleine Brücke. Das Haus da, siehst du?«

»Jeder Schritt im Freien ist zu weit bei diesem Wetter.«

Ohne auf Megans Gejammer einzugehen, fragt Ida: »Hast du etwas Spannendes erfahren?«

Megan schüttelt den Kopf. »Negativ. Es klingt, als könne es hier nicht besser laufen.«

»Heißt das, du denkst an einen Unfall?«

»Das habe ich nicht gesagt. Ich habe gesagt, es *klingt*, als sei hier alles perfekt. Das ist ein riesiger Unterschied. Lass uns hören, was IRM* und Spurensicherung zu sagen haben werden.«

»Richtig.«

---

*Institut für Rechtsmedizin

»Zudem ist es das, was man *mir* erzählt hat.«

»Was meinst du damit?«

»Mir als Polizistin.« Megan lässt vielsagend ihre Augenbrauen tanzen. Ida versteht, was sie meint: »Was bedeutet, du brauchst eine Undercover-Agentin.«

»Exactly. Womit du schon mitten im Spiel bist. Ich habe die Pappenheimer heute zum ersten Mal gesehen, du aber kennst sie alle. Und zudem erzählt man den Bullen natürlich nichts, was einen verdächtig machen könnte oder auch nur weiter mit ihnen in Verbindung bringt. Und deshalb wirst du mir sagen, wer sich anders als sonst benommen hat.« Automatisch öffnet sich die Tür zum Resort, und Megan lässt Ida den Vortritt in die Wärme.

Sie befreien sich in der Garderobe von Mänteln und Mützen und finden sofort einen freien Tisch.

»Zuerst Essen holen, einverstanden?«

»Natürlich.«

Megan sitzt bereits vor ihrem Fitnessteller als Ida zurückkommt. Neidvoll betrachtet sie das Mittagessen der Tante und stellt unzufrieden fest: »Warum nur habe ich die Gene meiner Mutter geerbt und bin nicht wie ihr Jägers? Das ist so ungerecht.«

»Wärest du lieber ›Spinnenbein‹ und ›Bohnenstange‹ genannt worden?«

»Wie gemein. Ist dir das passiert?«

»Allerdings.«

»Ich nehme an, wir alle haben unsere Probleme.«

»Du sagst es. Aber komm, ein paar Pommes werden dir nicht schaden.«

»Hast du eine Ahnung.« Megan seufzt. Nimmt sich aber dennoch ein paar der Stängel von Idas Teller. »Mmh, die sind gut.«

»En Guete.« Ida setzt sich ebenfalls und trinkt zuerst einen Schluck Rivella. »Zurück zum Verhalten der Leute. Beginnen wir mit Sybille. Natürlich ist sie angespannt. Es ist kein Wunder, dass sie nicht wie gewöhnlich ihre gute Laune versprüht.«

»Macht sie das sonst?« Megan schneidet sich ein Stück Poulet ab, schiebt es in den Mund und schaut Ida fragend an.

»Ja, sie ist wirklich eine Ausnahme-Vorgesetzte. Nicht nur, dass sie jede Mitarbeiterin und jeden Mitarbeiter beim Namen nennt, sie nimmt sich stets Zeit, sich nach dem Befinden zu erkundigen und kurz zu plaudern. Ich fühle mich wertgeschätzt und wohl. Sie bemüht sich, ein familiäres Klima zu schaffen, und es gelingt ihr.«

»Du magst sie.« Es ist keine Frage, sondern eine Feststellung.

»Natürlich mag ich sie. Das weißt du.«

»Seid ihr Freundinnen?«

Ida überlegt nicht lange. »So würde ich es nicht unbedingt nennen, aber mich verbindet mit ihr mehr als mit den meisten anderen Arbeitskollegen.«

»Warum ist das so?«

»Wir Besucherführende haben ohnehin einen etwas speziellen Platz im *Tropenhaus*. Vielleicht gehören wir nicht genauso stark dazu wie die anderen, die ihre regelmäßige Arbeitszeit haben, sich täglich in der Pause, beim Essen, zwischendurch treffen. Wir kommen meist nur für unsere Stunden und verschwinden dann wieder. Einige der anderen Angestellten kenne ich zum Teil kaum. Wir begegnen uns einfach nicht.«

Megan nickt. »Ich verstehe. Eine Sonderstellung. Ein Verbindungsglied zwischen dem Drinnen und Draußen, da ihr im Prinzip mehr mit Gästen als mit Arbeitskollegen verkehrt.«

»Du sagst es.«

»Okay. Das erklärt aber nicht, was du mit Sybille hast.«

»Stimmt. Ich glaube, Sybille ist manchmal einsam. Natürlich mag sie uns alle, aber sie kann nicht mit uns reden. Nicht so, wie wir miteinander reden. Nicht darüber, wie es wirklich ums *Tropenhaus* steht. Sie muss Optimismus streuen. Zu allen gleich sein. Niemals lästern. Dafür wird sie hoch geschätzt und respektiert. Aber die Gesprächsthemen mit ihr sind gewöhnlich kontrolliert belanglos. Niemandem fällt ein, ausgelassen zu sein, solange sie dabei ist. Oder wirklich ehrlich zu sagen, was man denkt.«

»Und mit dir ist es anders?«

»Ja, mit mir ist es anders.«

»Sie vertraut dir.«

»Ja, vielleicht liegt es am Alter, ich könnte fast ihre Mutter sein. Vielleicht daran, dass ich Ex-Konsulin bin, wir bewegen uns wohl auch privat in ähnlichen Kreisen. Vielleicht daran, dass ich Besucherführende bin und eben nicht wirklich zum Kuchen der Angestellten gehöre. Oder eine Kombination von allem.«

»Und du bist sicher, dass es nicht nur ist, weil sie weiß, dass du als Ex-Konsulin immer noch über wichtige Beziehungen verfügst?«

»Nein, es ist echte Sympathie, und zwar auf beiden Seiten. Kommen die Chorproben am Montagabend dazu, wo wir uns regelmäßig in der Freizeit treffen.«

»Stimmt, das hast du erwähnt. Ihr singt zusammen. Das verbindet ebenfalls.«

»Auf jeden Fall.«

»Also gut, das erklärt euer spezielles Verhältnis. Aber du sagst, sie ist zu allen Angestellten nett?«

»Ja, ich habe oft beobachtet, wie sie mit den Mitarbeitern umgeht.«

Mit vollem Mund antwortet Megan: »Das ist schön. Und täte so manch einer Firma gut.«

»Zweifellos.«

»Ich wollt, es wäre auch bei uns im Verein so.« Megan verzieht ihr Gesicht. »Aber erzähl mir lieber von Sibylle, der Wunderchefin.«

»Wie gesagt, verständlicherweise wirkt sie momentan leicht gestresst. Der Vorfall wirft kein gutes Licht aufs Haus.«

»Klar. Schlechte Schlagzeilen, wenn eine Leiche bei den Fischen schwimmt.«

Ida nickt. »Allerdings. Zudem muss das Haus übers Wochenende geschlossen bleiben, kein Eintrittsgeld, nichts fürs Restaurant, alle Events werden gestrichen.«

»Zwei Tage sind kein Weltuntergang.«

»Nein, aber wenn der Fall nicht geklärt wird, wird das keine Besucher ins Haus locken.«

»Was wiederum bedeutet, dass wir das Rätsel so schnell wie möglich lösen müssen.« Damit schiebt sich Megan die letzte Gabel mit Hühnchen in den Mund. »Lassen wir die Chefin mal, ihr Verhalten ist nur natürlich und nicht auffällig. Wer sonst?«

»Ich habe vernommen, dass Ravichandra einen Verehrer hatte.«

»Einen?« Megan korrigiert Ida: »Fast allen männlichen Angestellten scheint sie gefallen zu haben. Aber ist das ein Wunder, wenn man so aussieht?«

»Stimmt. Ich habe mich ungeschickt ausgedrückt. Sie hatte einen *erfolgreichen* Verehrer.«

»Tatsächlich? Mir hat man erzählt, der Vater habe zu jeder Sekunde seine schützende Hand über der Tochter gehabt. Ist einem etwas gelungen, das unmöglich scheint?«

»Pasquale. Unser Womanizer.«

»Pasquale?«

»Pasquale Ricci. Er arbeitet saisonal in der Fisch- und Kaviarverarbeitung während der heißen Phase im Haus.«

Megan lacht. »Mir war nicht klar, dass ihr hier Saisons habt.«

»Aber natürlich. Denkst du, es wird das ganze Jahr über gleich viel Kaviar gegessen?«

»Ja, das habe ich geglaubt. Aber kläre mich bitte auf.« Gespannt blickt Megan Ida an und stibitzt dazu erneut ein paar Pommes vom Teller der Tante.

»Gegen Ende des Jahres mit all den großen Feierlichkeiten wird mehr Kaviar konsumiert als während des restlichen Jahres. Deswegen brauchen wir auch Unterstützung in der Kaviarverarbeitung in diesen Monaten.«

»Einleuchtend. Und dieser Pasquale Ricci gehört also dazu. Und warum Womanizer?«

»Hättest du ihn gesehen, würdest du mich das nicht fragen. Der Kerl hat den Charme und das gute Aussehen des jungen Italieners.«

»Alles klar. Und was ist jetzt mit ihm? Hast du ihn auf seine Liaison angesprochen?«

»Ist mir leider noch nicht gelungen. Bedauerlicherweise war ich zu langsam, er war schon in der Fischverarbeitung, bevor ich ihn zur Rede stellen konnte.«

»Macht nichts. Du bist trotzdem ein Goldschatz.«

»Ich weiß. Und weil ich das bin, darfst du auch meine restlichen Pommes essen, solange sie noch einigermaßen warm sind.« Ida schiebt Megan den Teller über den Tisch.

»Danke. Du bist die beste Tante, die es gibt.« Megan bedient sich mit den Fingern. »Und weil das zweifellos eine Tatsache ist, bitte ich dich jetzt um noch etwas.«

»Nein, mein Rivella trinke ich selbst.«

»Ich mag kein Rivella, es sei dir gegönnt. Nein, aber Ida, ich werde die nächsten Tage vorwiegend hier oben verbringen. Und du lebst in Spiez so ideal,« Megan legt eine kunstvolle Pause ein, in der Hoffnung, die Tante merke, was sie sagen will. Als Ida nicht reagiert, fährt sie fort: »Was meinst du, darf ich ein Weilchen bei dir wohnen?« Sie legt die Handflächen zusammen und schaut Ida mit großen Augen an: »Bitte.«

Ida seufzt. »Du willst nur nicht allein sein.«

»Das auch. Stimmt. Aber deine Wohnlage ist einfach perfekt. Ich bin …«

»Also gut. Unter der Bedingung, dass du das gebrauchte Geschirr in den Geschirrspüler räumst, im Bad nicht mehr Platz einnimmst als ich und deine Kleider nur im Gästezimmer herumliegen.«

»Danke, Auntie! Ich liebe dich.«

»Ich dich auch.«

»Jetzt lade ich dich auf einen Kaffee ein und dann werde ich mich diesem Pasquale widmen. So macht das Leben doch wieder Spaß.«

23.

Megan sieht diesem Pasquale an, dass er sich wundert, warum sie ihn von der Arbeit weggeholt hat und was sie von ihm will. Rasch sagt sie deshalb: »Sie fragen sich, warum Sie hier sind?«

»Ja, wenn ich ehrlich bin schon.«

»Traurig, dass Ravichandra Kumara sterben musste.«

Sofort ändert sich Pasquales Gesichtsausdruck. »Sie wissen, dass wir ein Paar waren.«

»Ein Paar?« Megan zieht fragend die Augenbrauen in die Stirn.

»Ja. Ich habe sie geliebt.«

»Das sind starke Worte.«

»Aber sie sind wahr.« Trotzig klingt der junge Mann jetzt fast. Und blickt Megan herausfordernd an.

»Okay. Dann erzählen Sie mir mal von ihr. Warum haben Sie sie geliebt?«

»Ravi war etwas ganz Besonderes.« Pasquales Blick bekommt etwas Verklärtes. »Sie war nicht nur äußerlich schön, ihr Strahlen kam von innen.«

Megan verdreht ihrerseits innerlich die Augen. Diese Italiener. Geht's auch etwas weniger übertrieben? Natürlich lässt sie sich nichts anmerken, im Gegenteil, sie nickt zustimmend, will dem Gespräch aber dennoch eine andere Richtung geben. Das innere Strahlen der Toten interessiert sie nicht sonderlich. Freundlich fragt sie: »Seit wann waren Sie denn zusammen?«

Wieder verändert sich Pasquales Gesicht. Er macht es

ihr leicht, jede Emotion spiegelt sich in seiner Mimik, dieser Mann kann nicht lügen. »Na ja, das kann man nicht so eindeutig sagen.« Er schaut unglücklich. Aha, ihr wart gar nicht zusammen, für Megan ist alles klar. Laut sagt sie: »Stimmt, manchmal ist das schwierig zu bestimmen. Aber Sie waren verliebt, das steht fest. Ravichandra auch?«

»Natürlich!« Diesmal spricht reine Empörung aus den Augen des jungen Mannes, wie kann Megan es wagen, das anzuzweifeln! »Ich hätte sie sogar geheiratet!« Obwohl dies nicht beweist, dass Ravichandra ebenfalls in Pasquale verliebt war, überrascht Megan diese Aussage. Rasch macht sie weiter: »So ernst. Wusste sie das?«

»Mit der Heirat oder dass ich sie liebe?«

»Beides.«

»Natürlich wusste sie, dass ich sie liebe. Das mit der Heirat aber noch nicht.«

»Warum nicht?«

»Ich bin noch nicht dazu gekommen, sie zu fragen.«

»Aber sie hat Ihnen richtig viel bedeutet, so viel, dass Sie den Rest Ihres Lebens mit ihr verbringen wollten.«

Pasquale zögert kurz, so weit hat er offenbar nicht gedacht. Trotzdem nickt er jetzt, wenn die Stimme auch weniger überzeugend klingt als noch vor ein paar Sekunden. »Ja.«

»Gut. Denken Sie, sie hätte ja gesagt?«

»Sicher.« Ganz der selbstbewusste Italiener.

»Und ihre Eltern? Haben Sie sich mit denen verstanden?«

»Nun …« Jetzt blickt er unsicher. Aber Megan hilft ihm nicht. »Wenn Sie Ravichandra heiraten wollten, haben Sie doch bestimmt mit ihren Eltern gesprochen. Wie fanden denn die die Idee?«

»Um ehrlich zu sein, ich habe nur mit Balachandran gesprochen.«

»Dem Vater. Immerhin. Und ich nehme an, in der srilankischen Kultur ist es ja vor allem wichtig, den Vater auf seiner Seite zu wissen.«

»Sicher.« Der selbstbewusste Italiener ist verschwunden, dieses »Sicher« klingt ganz anders als das erste. Megan schenkt Pasquale noch immer nichts. »Und er war also mit der Heirat einverstanden.« Es ist keine Frage, und doch wartet Megan, ob Pasquale ihr widerspricht. Als er nichts sagt, schiebt sie hinterher: »Oder?«

»Ich habe mit ihm nicht über Heirat gesprochen.«

»Aber über Ravichandra.«

Der arme Junge fühlt sich unwohl und rutscht auf dem Stuhl herum. Megan doppelt nach: »Sie haben mit Herrn Kumara über seine Tochter gesprochen.« Pasquale schaut sie bittend an, muss sie weiter auf dem Thema herumreiten? Er schweigt. Und obwohl Megan die Antwort natürlich längst weiß, will sie sie von ihm hören. »Ja?«

»Nein.«

»Was, nein? Sie wollen seine Tochter heiraten, haben aber nie mit ihm über sie gesprochen?«

»Nein.« Wieder kommt jetzt der Trotz zum Vorschein.

»Warum nicht?«

»Das ist nicht so einfach mit solchen Vätern.«

»Solche Väter?«

»Nun ja, so strenge Männer aus anderen Kulturen.«

»Sie haben also weder mit Ravi noch mit ihrem Vater je über Heirat gesprochen. Nehmen Sie es mir nicht übel, aber sind Sie sicher, dass Sie überhaupt eine Beziehung hatten? Allmählich zweifle ich an Ihren Worten.« Megan mutet jetzt streng an. Und die Wirkung bleibt nicht aus.

Pasquale knickt ein. »Vielleicht war es keine richtige Beziehung.« Nach einer paar Sekunden schiebt er hinterher: »Aber, dass ich sie geliebt habe, das stimmt.« Was auch immer das bedeuten mag, aber diesen Glauben lässt ihm Megan. Stattdessen will sie wissen: »Wann haben Sie Ravichandra das letzte Mal gesehen?«

»Gestern.«

»Gestern?«

»Bevor sie mit der Arbeit begonnen hat.«

»Haben Sie auf sie gewartet? Ich nehme an, Ihr Feierabend beginnt viel früher?«

»Ich bin extra noch einmal hergekommen. Wir waren verabredet.«

»Wann?«

»Um 20 Uhr.«

»Wo haben Sie sie getroffen?«

»Im Garten beim Abendausgang.«

»Sie hat mit ihrer Arbeit um 20.30 Uhr begonnen. Dann hatten Sie eine halbe Stunde?«

»Sie kam zu spät.«

Ein fragender Blick von Megan reicht diesmal, Pasquale fährt fort: »Und musste sich beeilen.«

»Heißt?«

»Wir hatten nur ein paar Minuten.«

»Wie unfair! Sie kommen extra hierher, und dann hat sie keine Zeit! Fühlten Sie sich nicht betrogen?«

»Doch, natürlich!«

»Das kann ich verstehen. Sie waren also wütend auf Ihre Freundin.«

»Ja, allerdings.«

»Wie wütend? So wütend, dass Sie sie am liebsten ins Aquarium geschmissen hätten?«

»Was? Nein, natürlich nicht!«

Schade, einen Moment hat Megan geglaubt, wenn sie nur schnell genug ist und ihm keine Zeit zum Überlegen lässt, legt er auf seiner Gefühlswelle vielleicht ein Geständnis ab. Aber das wäre zu schön gewesen und vermutlich auch zu einfach. Wenn sie ehrlich ist, dann hält sie den jungen Mann nicht für einen Mörder. Aber man kann natürlich nie wissen. Seine Empörung scheint jedenfalls echt zu sein. »Nie hätte ich ihr etwas angetan!« Und er wiederholt: »Ich habe sie geliebt!« Was viele Männer behaupten und dann ihre Frauen trotzdem töten. Aber Megan denkt sich das nur und blufft dann: »Aber Sie waren wütend und wollten sich nicht mit ein paar Minuten abspeisen lassen. Also haben Sie gewartet, bis Ravichandra fertig war mit der Arbeit, um sie wenigstens dann noch ein bisschen für sich zu haben.«

»Nein.« Pasquale schüttelt den Kopf. »Ich bin nach Hause.«

»Kommen Sie. Das nimmt Ihnen doch niemand ab. Sie sind extra hergekommen. Weil Sie die Frau, die Sie lieben, sehen wollten. Aber sie gab Ihnen nur ein paar Minuten. Damit waren Sie doch nicht zufrieden!«

»Nein. Ich war nicht zufrieden, aber ich ging nach Hause.«

»Obwohl Sie nicht wussten, wann Sie sie das nächste Mal sehen würden?«

»Ja.«

»Kann jemand bezeugen, dass Sie heimgingen und nicht hier auf Ihre Angebetete warteten?«

»Pablo hat gesehen, dass ich gegangen bin.«

»Pablo?«

»Pablo Lopez, der Sous Chef. Er kam rein, als ich mich von Ravi verabschiedet habe.«

»War der nicht längst schon hier? Der musste doch sicher Vorbereitungen für das Essen treffen.«

»Ich glaube, er hat nur eine geraucht draußen und ging dann wieder an die Arbeit.«

»Aha. Und er hat also gesehen, dass Sie heimgingen. Ich denke, er ging wieder an die Arbeit? Was konnte er da sehen?«

»Stimmt. Er hat nicht gesehen, dass ich heimging.«

»Aber daheim? War da jemand? Was haben Sie gemacht?«

»Ich wohne allein. Ich habe ferngesehen.«

»Was kam denn?«

»Dies und das. Ich konnte mich nicht auf das Programm konzentrieren.«

»Geben Sie sich Mühe, Herr Ricci. Bedenken Sie, dass Sie sich im Zorn von einer Person verabschiedet haben, die nachher tot gefunden wurde.«

»Nicht im Zorn! Und hören Sie auf! Ich habe Ravi nichts getan! Nie hätte ich das tun können!« Jetzt klingt er verzweifelt.

»Trotzdem brauchen Sie ein Alibi, wenn Sie nicht mein Hauptverdächtiger sein wollen.«

»Hauptverdächtiger?« Der Schock steht ihm ins Gesicht geschrieben.

»Ja, bedenken Sie, dass die meisten Morde aus Beziehungsproblemen entstehen.«

»Mord? Wurde Ravi ermordet?«

»Könnte sein. Ich schließe nichts aus.«

»Aber hören Sie, ich habe ihr doch nichts getan! Warum sollte ich?«

»Das hatten wir doch grade. Sie waren wütend auf Ihre Freundin. Sie kam zu spät. Sie wollte Sie nicht ihren Eltern vorstellen. Irgendwann hat es Ihnen gereicht. Sie haben auf Ihre Freundin gewartet. Und während Sie warteten, haben Sie gesehen, wie die junge hübsche Frau mit den Gästen geflirtet hat, wie Sie Spaß hatte und sich ganz ohne Sie amüsierte. Natürlich ist Ihre Wut ständig gewachsen, und als sie endlich Feierabend hatte, wollten Sie sie zur Rede stellen. Aber sie wollte nicht. Sie hat Sie abblitzen lassen, sie hat Ihnen gesagt, sie liebe Sie nicht, Sie sollen sie in Ruhe lassen. Das haben Sie nicht verkraftet. Sie lieben die Frau! Sie wollen sie heiraten, und sie gibt Ihnen den Laufpass! Das sind Sie nicht gewohnt, damit haben Sie nicht gerechnet. Pasquale Ricci kann jede haben. Keine widersteht Pasquale! Das geht nicht! Es kam zum Streit. Sie wurden handgreiflich, Sie haben sie geschlagen, sie ist gestürzt. Unglücklich. Hat sich den Kopf gestoßen. Sie sind in Panik geraten, haben sie genommen und ins Fischbecken geworfen.«

24.

Brigitte hat Alfred angerufen, ihm gesagt, dass Silvan verschwunden ist. Erst wollte er ihr nicht glauben, hat sie vertröstet, gesagt, er käme am Abend, sie würden sich dann besprechen, und sie werde sehen, bis dahin sei Silvan längst wieder daheim. Aber Brigitte ist in Tränen ausgebrochen. Sie kann nicht mehr. Da hat Alfred gemerkt, dass es ernst ist.

Jetzt wartet sie auf ihn und darauf, ihm alles zu erzählen. Fast alles. Er wird wissen, was zu tun ist.

Sie hört seine Schritte auf dem Weg vor der Haustür. Bevor er sie erreichen kann, reißt sie sie auf und fällt ihrem Mann schluchzend in die Arme. »Alfred, oh Alfred!«

»Na, na, Brigitte.« Unbeholfen streichelt er ihr über den Rücken. »Lass uns reingehen.«

Stimmt, die Nachbarn müssen nicht unbedingt sehen, wie sie hier zusammenbricht. Brigitte reißt sich zusammen und wischt die Tränen vom Gesicht. Drinnen zieht Alfred die Jacke aus, hängt sie in die Garderobe, und sie gehen in die Küche. Brigitte hat sich etwas beruhigt. Allein Alfreds Anwesenheit tut ihr gut. Als sie beide sitzen, sagt er: »So, und jetzt erzähl mal, was los ist.«

Sie lässt nichts aus. Nichts bis auf den Reiseprospekt von Sri Lanka und das Foto in der Schublade.

»Hm. Und du bist sicher, dass er nicht morgens rausgeschlichen und in die Schule ist?«

Brigitte schüttelt den Kopf. Schon glänzen wieder Tränen in ihren Augen. »Sie haben von der Schule angerufen, er ist nicht da.«

»Okay. Wo könnte er sein? Bei einem Freund?«

»Er hat keine engen Freunde mehr. Und ich habe alle angerufen, die infrage kämen.«

»Und bei einem Mädchen?«

Brigitte schaut Alfred unsicher an. »Ein Mädchen? Silvan hat keine Freundin.«

»Bist du sicher?«

Brigitte schüttelt den Kopf. »Nein. Ich weiß es nicht.«

»Die Dunkle, die er auf dem Handy hat?«

Ahnt Alfred mehr, als Brigitte ihm zugetraut hat? »Meinst du Ravichandra?«

»Ich weiß nicht, wie sie heißt.«

»Ihr Vater sagt, sie sei tot.«

»Was? Wie soll sie tot sein. Sicher hast du ihn falsch verstanden.«

»Ja.« Hoffentlich. »Aber der Vater hilft uns nicht. Was machen wir jetzt?«

Alfred überlegt. Brigitte lässt ihn in Ruhe. Nach einer gefühlten Ewigkeit meint er: »Wir warten bis morgen. Wenn Silvan bis dann immer noch nicht aufgetaucht ist, melden wir ihn als vermisst.«

»Sollten wir nicht jetzt schon zur Polizei gehen?«

»Und uns lächerlich machen? Silvan wird nicht der einzige Jugendliche sein, der nach einem Streit mit den Eltern mal für ein paar Stunden verschwindet.«

»Denkst du?«

»Ganz sicher.« Alfred nickt. Er versucht, Zuversicht zu verströmen, obwohl auch er sich Sorgen macht. Dieses Verhalten passt nicht zu Silvan. Natürlich kommt er manchmal später heim, aber über Nacht ist er noch nie weggeblieben.

25.

»Hallo, Tizian, mein Liebling. Ja, ich war weg und du warst ganz allein. Ich weiß. Aber ich bleibe jetzt daheim.« Der Kater streicht Ida schnurrend um die Beine, während sie Mantel und Schuhe auszieht. »Allerdings muss ich dir beichten, dass Megan ein paar Tage bei uns bleiben wird. Das wird dir nicht gefallen. Aber ich werde ihr sagen, sie soll nicht so laut sein und keine brüsken Bewegungen machen und vor allem keine Schuhe im Haus tragen.« Noch scheint es Tizian nicht im Geringsten zu interessieren, ob sie zukünftig eine Mitbewohnerin haben werden oder nicht. Ida geht in die Küche und macht sich einen Tee. Mit der Tasse setzt sie sich ins Wohnzimmer, blickt aus dem Fenster, und es dauert nicht lange, bis ihr Tizian auf den Schoß springt. Sie streichelt ihn automatisch, und er schnurrt regelmäßig wie ein Motörchen. »Was meinst du, warum musste Ravi sterben? So ein nettes, hübsches Mädchen. Was für eine Verschwendung.« Tizian blinzelt zufrieden und rollt sich zusammen. Ida führt ihren Monolog fort: »Nicht, dass ich sie besonders gut gekannt hätte. Aber ab und zu haben wir ein paar Worte gewechselt, und Balachandran hat gern über sie gesprochen. 17-jährig, gut in der Schule, beliebt in ihrem Umfeld. Probleme scheint sie nicht gehabt zu haben. Depressiv schien sie mir auch nicht zu sein. Also Selbstmord schließe ich aus. Es sei denn, es ist etwas vorgefallen, wovon ich nichts weiß. Was könnte das Leben eines Teenagers dermaßen aus der Bahn werfen, dass von einer verheißungsvollen

Zukunft nichts mehr übrig bleibt und nur der Tod Linderung bringen kann?« Ida überlegt ein paar Sekunden schweigend, streichelt und blickt nach draußen über den Thunersee Richtung Niederhorn. »Das Einzige, was mir jetzt so spontan einfällt, wenn sie schwanger war? Das wäre mit Sicherheit einschneidend genug. Speziell in einer traditionsbewussten Familie, wie die Kumaras vermutlich sind. Hätte Ravichandra ihren Eltern so einen Zustand sagen können? Wie hätten sie reagiert? Aber eigentlich ist es müßig, darüber nachzudenken, solange ich nur spekuliere. Das wird die IRM-Ärztin herausfinden, und sollte Ravichandra tatsächlich schwanger gewesen sein, kann ich dem immer noch nachgehen. Aber dass das Mädchen keinen Freund gehabt haben soll, ist schwer vorstellbar. Die Jungs in der Schule sind mit Sicherheit auf sie gestanden. Überall, wo sie hinkam, fiel sie auf und hat Fantasien geweckt. Die Bestätigung habe ich ja heute Morgen im *Tropenhaus* bekommen. Es ärgert mich, dass ich nicht selbst mit Pasquale reden konnte. Aber Megan wird das schon gut machen. Ich bin gespannt, was sie herausfindet. Pasquale. Offenbar haben das auch nicht alle gewusst. Wäre es möglich, dass dem Tod eine Eifersuchtsszene vorausging? Hat sich Ravi nach der Arbeit mit jemandem draußen getroffen? Wurden die beiden überrascht, es kam zu einem Handgemenge, sie wurde getötet? Aber dann müsste noch eine dritte Person davon wissen, und warum sollte die geschwiegen haben? Auch eher unwahrscheinlich. Schon eher passend wäre, dass Ravi jemanden überrascht hat. Sie hat einmal erzählt, dass sie Kriminologie studieren möchte. Sie war neugierig, das weiß ich. Neugierig und interessiert. Hat sie etwas beobachtet? Einen Einbrecher? Aber was soll ein Einbrecher im *Tropenhaus* stehlen wollen? Vor allem da hinten? Wenn, dann ja wohl eher im Shop. Aber davon ist das Aquarium weit entfernt. Hat einer der Gäste sich davongeschlichen? Aber hatten die überhaupt ein Billett? Ohne Schlüssel oder gültiges Ticket kommt man hinten gar nicht raus. Außer man reißt am Notfallhebel. Was natürlich immer eine Möglichkeit ist. Und was auch Ravichandra gemacht haben könnte.« Ida seufzt. »Um ehrlich zu sein, mir fällt nichts Plausibles ein. Was übersehe ich?«

26.

Das Telefon vibriert auf dem Tisch. Megan nimmt es in die Hand, wirft einen Blick auf das Display und sagt kurz: »Sorry, da muss ich ran.« Sie drückt auf den Hörer. »Ja?« – »Wo?« Sie schreibt sich etwas auf. »Okay. Ich bin unterwegs.« Pasquale kann nichts aus ihrem Gesicht lesen. Jetzt wendet sie sich ihm zu: »Es tut mir leid. Wir müssen hier unterbrechen. Ich muss weg. Aber wir sprechen uns noch einmal. Ihre Aussage muss ich ohnehin schriftlich haben. Das heißt, Sie bekommen eine Vorladung von mir.« Damit fährt sie den Laptop runter, verstaut ihn in der Tasche und erhebt sich. Das Telefon verschwindet in der Tasche des Mantels, der über dem Stuhl hängt und den sie sich jetzt anzieht. Ohne ein weiteres Wort ist sie weg.

Diesmal hat Megan kein Auge für den herrlichen Garten. Sie eilt hinaus, ohne die Pflanzen wahrzunehmen.

Noch eine Hiobsbotschaft über das Telefon.

Ein Junge wird vermisst. Ist ja richtig etwas los im Berner Oberland. Ein totes Mädchen und ein vermisster Junge an einem Tag. Hat das womöglich einen Zusammenhang? Genau das wird sie herausfinden müssen.

Megan gibt eine Adresse im Navi ein. Sieben Minuten von hier an die Dorfstraße. Sie startet den Motor und macht sich auf, die Familie zu besuchen.

*

Das Klingeln an der Tür lässt Brigitte zusammenzucken. Silvan? Nein, natürlich nicht, warum sollte er klingeln? Aber wer kann das sein? Brigitte sieht Alfred fragend an. Er nickt und sagt: »Ja, geh schauen.«

Vor der Tür steht eine dunkelhäutige Frau. Brigitte hat sie noch nie gesehen. Bestimmt hat sie sich verirrt. Oder kann es sein, dass sie mit dieser Ravichandra verwandt ist? Die dunkle Haut, das kann kein Zufall sein. Unsicher fragt sie: »Ja?«

Megan lächelt. Sie gibt sich Mühe, weiß, dass sie hier fremd wirkt und die Menschen erst Vertrauen fassen müssen. »Hallo, Megan Jäger, ich bin von der Kantonspolizei Bern. Darf ich reinkommen?«

Die Frau ist weiß wie ein Geist. Sie tritt einen Schritt zurück, und Megan versteht das als Aufforderung. Sie folgt ihr in einen dunklen Korridor. Es riecht nach feuchtem Mantel und Schuhen. Als sich Megans Augen an das Dämmerlicht gewöhnt haben, erkennt sie, dass sie recht hat. An der Garderobe hängen Mäntel und Jacken. Unter den Mänteln stehen die Schuhe. Die Frau bleibt aber nicht stehen, sondern geht daran vorbei zu einem Licht am Ende des Gangs. Es ist die Küche. Sie treten ein.

Am Tisch sitzt ein Mann. Er blickt erstaunt auf, als er Megan sieht. Seine großen Hände liegen untätig auf dem Tisch. Wobei hat ihn Megan unterbrochen? Keine Zeitung, kein Kaffee, kein Telefon. Ist er einfach da gesessen und hat nichts getan?

Erneut stellt sie sich vor: »Guten Tag, mein Name ist Megan Jäger und ich arbeite bei der Kantonspolizei Bern. Sie haben eine Vermisstenanzeige aufgegeben.«

Brigitte nickt. Sie hat sich durchgesetzt gegen Alfred. Einmal.

Das Ehepaar wartet darauf, wie es weitergeht. Megan führt das Zepter: »Es geht um Ihren Sohn. Sie machen sich große Sorgen. Das verstehe ich. Und wir werden alles tun, um Ihren Sohn zu finden.« Wieder gibt sie den Eltern die Möglichkeit, etwas zu sagen, aber die beiden schauen sie weiterhin stumm an. Sie brauchen Führung, konkrete Fragen und Aufforderungen. »Silvan, richtig?« Die Frau nickt. »Erzählen Sie mir von Silvan. Wie ist er? Was macht er? Was mag er?« Die Frau wirft ihrem Mann einen Blick zu, diesmal nickt er. Sie holt tief Luft, so als müsste sie ins Wasser springen und eine Beckenlänge tauchen. Megan würde ihr gern sagen, dass sie das nicht muss, dass sie jederzeit auftauchen und einatmen darf. Aber sie lässt die Mutter erzählen. »Silvan ist unser mittlerer Sohn.« Jetzt schaut sie Megan an. Ist richtig, was sie da sagt, will die Polizistin das hören? Megan lächelt und nickt ermutigend. Sie will alles hören, was ihr die Frau erzählen möchte, und dann noch etwas mehr. Aber erst mal soll sie einfach reden.

Was stockend begonnen hat, wird mit jedem Satz flüssiger und entwickelt sich zu einem richtigen Wasserfall. Silvan geht ins Gymnasium, ein mittelmäßiger bis guter Schüler, könnte noch viel besser sein, wenn er nur nicht faul, sondern fleißig wäre. Aber es reicht ja. Er ist gewöhnlich ein lieber Junge, hilft der Mutter, räumt den Tisch ab, trägt ihr schwere Taschen ins Haus, mäht auch mal den Rasen. Und grad diese Woche hat er vorgeschlagen, mal wieder zu kochen. Die Mutter wird eifrig.

Das ist interessant. Der Junge hat Pläne für die Zukunft gemacht, das spricht gegen Suizid. Megan merkt es sich. Mischt sich nicht ein und lässt die Mutter weitersprechen.

»Silvan liebt die Berge. Er ist in der *JO* des *SAC*s. Macht Touren. Im Winter im Schnee, im Sommer geht er klettern. In den letzten Jahren nicht mehr so häufig.« Bevor Megan fragen kann weshalb, erklärt die Mutter bereits: »Die Schule. Es gibt viel zu tun, selbst wenn man nicht besonders großen Einsatz zeigt.« Jetzt lächelt sie entschuldigend. »Er kann sich auch nicht mehr so oft mit seinen Freunden treffen. Stattdessen bleibt er nach dem Unterricht oft noch in der Schule und arbeitet da.«

Megan fragt sich, ob das stimmt. Oder ob Silvan womöglich anderes macht, wenn die Schulstunden vorbei sind. Aber wieder sagt sie nichts.

»Seine Freunde habe ich alle angerufen. Da ist er nicht.« Die Mutter sagt es schnell. Verheimlicht sie hier irgendetwas? Sie geht zum nächsten Thema: »Silvan würde gern mal ins Ausland gehen. Zum Arbeiten meine ich. Wir sind nicht oft verreist. Jedenfalls nicht ins Ausland. Ferien haben wir meistens in der Schweiz gemacht. Wenn überhaupt. Nicht, dass das schlecht ist, wir wollen, dass die Kinder ihre Heimat kennen. Finden es nicht nötig, dass sie wer weiß wohin geflogen sind, aber nicht wissen, wo Neuenburg oder Herisau liegt.« Sie schaut bestätigend zu ihrem Mann. »Einmal sind wir ans Meer gefahren. Nach Italien. Aber das hatte so viele Leute und es war so heiß, wir haben uns da nicht wohl gefühlt.«

Megan beschließt, Einfluss zu nehmen. Die Frau ist aufgetaut, dieses Ziel ist erreicht. Jetzt muss sie das Gespräch in die Richtung lenken, die ihr etwas bringt. »Da haben Sie es hier ja wirklich schöner.«

»Eben.« Die Mutter nickt eifrig.

»Ist Ihnen denn in letzter Zeit etwas an Silvan aufgefallen? Etwas Ungewöhnliches? Ist er jetzt plötzlich länger in der Schule geblieben? Oder hat sich mehr in seinem Zimmer verkrochen?«

Die Mutter überlegt kurz, schüttelt dann den Kopf. »Nein. Eigentlich nicht. Oder, Alfred?« Der Vater hat noch kein Wort gesagt. Auch jetzt schüttelt er nur den Kopf. War sein Verhältnis zum Sohn so schlecht, dass er nichts sagen will oder tatsächlich nichts weiß? Megan wendet sich an ihn: »Hilft er auch Ihnen?« Die schweren Hände auf dem Tisch bewegen sich. Der Vater wiederholt: »Helfen?«

»Ja, Ihre Frau hat vorhin gesagt, Silvan sei ein lieber Junge, der ihr im Haushalt helfe. Vielleicht macht er das ja auch bei Ihnen?«

»Nein, mir hilft Silvan nicht.« Jetzt springt die Frau erneut ein: »Da gibt es halt nichts zu helfen, nicht wahr? Alfred ist den ganzen Tag weg, und wenn er abends heimkommt, hat er Feierabend.« Sie nickt zu ihren Worten, ganz zufrieden mit der Situation, so soll es sein. Megan nickt ebenfalls. »Silvan hat sich also benommen wie immer. Ihnen ist beiden nichts aufgefallen.« Die Eltern schütteln unisono den Kopf.

Nächste Frage: »Hatte Silvan eine Freundin?« Diesmal kommt die Antwort vom Vater: »Nein. Dafür ist er zu jung. Und außerdem verdient Silvan kein Geld, was soll er da mit einer Freundin?«

Hat das einen Zusammenhang? Megan fragt sich nur innerlich, schaut dann die Mutter an, ist sie wieder gleicher Meinung, wie ihr Mann? Sie ist sich nicht sicher, Megan sieht es ihr an. Schließlich sagt sie: »Nein. Silvan hat keine Freundin.« Ob sie es sagt, weil sie es glaubt, oder um ihren Mann zu beruhigen, ist Megan nicht klar. Sie belässt es dabei. »Dann erzählen Sie mir von gestern Abend. Da haben Sie Ihren Sohn zum letzten Mal gesehen, richtig?«

»Richtig.« Die Mutter wirft dem Vater einen Blick zu: »Soll ich erzählen?«

»Ja, mach.«

Sie schildert den Abend, erwähnt die Meinungsverschiedenheit zwischen Vater und Sohn, plötzlich klingt sie gar nicht mehr so dramatisch, und mit dem Verschwinden von Silvan hat sie sicherlich nichts zu tun.

»Wann ist Silvan ins Bett gegangen?«

»Das weiß ich nicht. Wir haben die *Tagesschau* geschaut, und er ist in seinem Zimmer verschwunden.«

»Ist das immer so? Oder schaut er sonst mit?«

»Meistens schaut er nicht mit. Es kommt vor, aber selten.«

»Und die Brüder? Schauen sie zu?«

»Timo ist noch zu klein, ich will nicht, dass er all das Schreckliche sieht. Gregor manchmal, aber eigentlich interessiert es ihn wohl nicht besonders.«

»Wie ist das Verhältnis zwischen den Brüdern?«

»Normal.«

»Was heißt normal?«

Die Mutter zuckt mit den Schultern. »Sie verstehen sich. Sind aber sehr unterschiedlich und machen nicht viel zusammen. Früher war das anders.« Jetzt leuchten ihre Augen. »Sie haben so oft zusammen gespielt! Fußball! Und Hütten gebaut. Und …«

Megan unterbricht sie: »Und heute gar nichts mehr? Streiten sie sich?«

»Nein. Streiten selten. Sie gehen sich eher aus dem Weg. Haben sich nicht viel zu sagen. Nur Timo nervt die älteren halt manchmal.«

»Wie nervt er sie?«

»Er will, dass sie mit ihm Spiele spielen. Und er ist neugierig und will ständig wissen, was sie machen, womit sie sich beschäftigen.«

Megan lächelt wieder: »Wie kleine Jungs halt sind.«

»Ja.« Die Mutter lächelt ebenfalls. Glücklich jetzt. Gut. Megan fragt. »Geht Timo auch in die Zimmer der Brüder?«

Als die Eltern nicht antworten, fragt sie nach: »Es ist doch spannend, was ältere Brüder für Schätze haben.«

Zögernd sagt die Mutter: »Ja, vielleicht macht er das manchmal. Aber Gregor und Silvan haben es ihm verboten.«

»Das kann ich mir lebhaft vorstellen.« Vielleicht muss sie mit dem kleinen Bruder sprechen. Womöglich weiß er mehr als die Eltern. Megan möchte langsam zum Schluss kommen. »Und jetzt will ich noch von Ihnen wissen, was Sie glauben, warum Silvan verschwunden ist.« Die Eltern blicken sie perplex an. Ganz so, als hätte sie etwas Unerhörtes gesagt. Und die Mutter sagt denn auch: »Das wissen wir nicht. Wir haben keine Ahnung. Darum sind wir ja zur Polizei gegangen.«

»Sie haben überhaupt keine Idee?«, wendet sich Megan direkt an den Vater. Er bleibt seinem Muster treu und schüttelt nur wortlos den Kopf.

»Okay. Dann brauche ich ein Foto Ihres Sohnes, möglichst aktuell, und die Namen, Adressen und Telefonnummern seiner Freunde.«

»Aber die habe ich schon angerufen. Die wissen nichts.«

»Sicher haben Sie das sehr gut gemacht, trotzdem muss ich vielleicht mit dem einen oder anderen Kontakt aufnehmen. Auch die Klassenliste hätte ich gern.«

»Denken Sie, das bringt etwas? Die haben doch mit Silvans Verschwinden nichts zu tun.«

»Wir müssen alles in Betracht ziehen. Wir wollen Ihren Sohn so rasch wie möglich finden.«

»Ja, natürlich.« Die Mutter steht auf und kramt in einer Schublade. Zuerst bringt sie das Bild. Der Junge ist hübsch. Blonde Haare, ansteckendes Lächeln, schöne Augen und Lippen. »Darf ich das mitnehmen?«

»Selbstverständlich.«

»Haben Sie auch eines auf dem Handy? Digital meine ich? Das wäre einfacher für die Verbreitung.« Sofort beginnt die Mutter ihre Bilder durchzusehen. Nach ein paar Sekunden scheint sie fündig geworden. »Das hier?« Der Junge mit zwei anderen Knaben und einem Hund. »Haben Sie vielleicht eines, auf dem er allein drauf ist?« Die Mutter sucht weiter. Megan liest Schmerz in ihrem

Gesicht. Sie kann nur unvollständig nachvollziehen, wie es für die Mutter sein muss, diese Bilder zu sehen, aus der Zeit, als die Welt scheinbar noch in Ordnung war. Endlich zeigt sie ein weiteres. Auch diesmal ist der Junge nicht allein drauf, aber immerhin besser, sie kann ihn ausschneiden. »Ja, das ist gut, danke.« Megan gibt ihre Telefonnummer bekannt und kriegt das Bild wenig später gesendet.

»Jetzt noch die Adressliste der Klasse.« Wieder geht die Mutter und kommt wenig später mit einem Klarsichtmäppchen zurück. Darin hat sie die Unterlagen der Schule und händigt Megan ein Blatt mit Namen aus. Während Megan ein Foto davon macht, springt sie ein Name auf der Liste an: Ravichandra Kumara.

Also doch. Da hat sie schon eine Verbindung zwischen den zwei Fällen.

27.

Als Megan die Wohnung betritt, empfängt sie ein Duft nach Curry. »Ich bin daheim!« Damit pfeffert sie ihre Schuhe in die Ecke, geht ins Wohnzimmer und wirft ihren Mantel aufs Sofa. Mit einem eleganten Satz gelingt es

Tizian knapp, dem Geschoss zu entgehen. Megan sieht den roten Pfeil aus den Augenwinkeln und sagt halbherzig: »Sorry, Kleiner. Ganz vergessen, dass das dein Platz ist.« Der Kater weiß, dass das nicht das letzte Mal gewesen sein wird, und verzieht sich beleidigt in Idas Schlafzimmer.

»Auntie, was hast du gezaubert?«

»Dal und Chapatis. Ist in circa 15 Minuten fertig.«

»Himmlisch. Ich bin hungrig wie ein Löwe.« Megan setzt sich an den Küchentisch und schaut ihrer Tante beim Kochen zu. »Seltsamerweise haben diese Pommes überhaupt nicht lange gereicht.«

»Seltsam, ja.«

»Aber ich habe mir das Essen verdient!«

»Ach ja? Pasquale? Erzähl!« Ida schenkt etwas Weißwein in zwei Gläser ein und hält eines Megan hin. Die nimmt es dankbar und bringt mit einer knappen Bewegung beide Gläser zum Klingen. »Maisha marefu, auf die Tanten!«

»Maisha marefu, von denen du so viele hast.«

Nach dem ersten Schluck stellt Megan ihr Glas auf den Tisch und erwidert: »Ja, aber nur eine einzige Lieblingstante und die befindet sich zufälligerweise grad in Reichweite. Du bist die Allerbeste.« Jetzt lächelt Ida und nimmt ebenfalls einen Schluck. »Mmh, gar nicht schlecht, dieser Riesling.« Dazu schwenkt sie ihr Glas und betrachtet zufrieden die blassgelbe Farbe des Weins. Als sie das Glas abstellt und sich den Chapatis in der Pfanne zuwendet, sagt sie dazu: »So, und jetzt zum Wichtigen. Was hast du rausgekriegt?«

Megan lehnt sich zurück und lagert die Füße hoch auf dem Stuhl gegenüber. »Ich muss sagen, dieser Pasquale ist wirklich ein Süßer.«

»Das ist mir nicht neu«, stellt Ida trocken fest.

»Nein. Und davon lasse ich mich natürlich auch keinesfalls beeindrucken. Es scheint, als sei er tatsächlich in Ravichandra verliebt gewesen.«

»Und sie in ihn?«

»Daran zweifle ich.«

»Warum?«

»Dieser Vater ist streng, aber das ist natürlich kein Grund, nicht verliebt zu sein. Trotzdem war das Ganze wohl ziemlich einseitig. Er hat ihr auf jeden Fall den Hof gemacht, aber so wie ich das verstehe, auf ziemlich verlorenem Posten. Entweder sie hatte noch jemand anderen oder sie war einfach nicht interessiert.«

In der Pfanne brutzelt der Teig der Fladenbrote, und Ida konzentriert sich darauf, dass sie nicht anbrennen. »Es könnte also ein Eifersuchtsdrama gewesen sein?«

»Könnte.« Megan rümpft die Nase. »Aber um ehrlich zu sein, das glaube ich nicht. Ich habe ihn mit einer ziemlich gewagten Theorie überrumpelt, auf die er aber total natürlich und unverdächtig reagiert hat. Ich glaube ihm, wenn er sagt, er leide und hätte Ravi nie etwas antun können. Zudem wirkt er so ganz und gar nicht gewalttätig.«

»Was trügen kann.«

»Ja, was trügen kann. Trotzdem sagt mir meine Menschenkenntnis, er war's nicht.«

»Gut. Einverstanden. Zu diesem Schluss komme ich auch.«

Megan nimmt einen weiteren Schluck vom Wein. »Ist er nicht ein bisschen sauer?«

»Du Banause. Ein junger Riesling schmeckt nach Grapefruit, Limone, Zitrone und Passionsfrucht.«

»Sauer, ich sag's ja.«

»Sauer passt zu Curry-Dal.«

»Wie du meinst.«

»Wenn Pasquale aus dem Rennen ist, hast du eine andere Spur?«

»Im *Tropenhaus*? Zurzeit nicht. Nein.«

»Das beruhigt mich eigentlich. Ich mag die Leute. Einen Mord traue ich niemandem zu.«

»Womit wir wiederum beim ›Das kann trügen‹ sind.«

»Richtig. Trotzdem hoffe ich, dass ich mich nicht täusche. Müsstest du dich nicht auch mit den Gästen beschäftigen?«

»Theoretisch natürlich. Aber heute ist eben noch etwas geschehen, was meine Ermittlungsarbeit im Fall Ravichandra vorübergehend gebremst hat.«

»Nur ganz kurz, brauchst du Reis zum Dal, oder reichen Chapatis?«

»Ich liebe Reis. Aber lass es sein. Ich werde nach diesen Tagen bei dir ohnehin aus der Wohnung rollen.« Megan seufzt.

»Also ohne Reis.«

»Ohne.« Noch ein Seufzer. »Zurück zum Fall. Die Befragung von Pasquale wurde brüsk unterbrochen.« Auch Megan unterbricht sich und schaut ihre Tante aufmerksam an: »Ida, dir ist klar, dass ich dir Vertrauliches weitergebe, das unter uns bleibt, nicht wahr?«

Ida wirft ihrer Nichte einen vorwurfsvollen Blick zu. »Musst du das wirklich fragen? Ich habe oft genug mit der Polizei zusammengearbeitet, um das zu wissen.«

Megan nickt zufrieden. »Hab ich mir schon gedacht. Aber sicher ist sicher. Well then: In Reichenbach wird seit gestern Nacht oder heute Morgen ein Junge vermisst.«

»Nein.«

»Doch. 17-jährig. Vermutlich von zu Hause verschwunden.«

»Weiß man irgendetwas?«

»Wenig. Die Mutter hat mir viel erzählt, aber dabei so gut wie nichts gesagt.«

»Eltern wissen oft nicht mehr Genaueres über ihre Teenager-Kinder.«

»Dem ist wohl so.«

»Abgehauen? Selbstmord? Opfer eines Verbrechens?«

»Die Reihenfolge deiner Aufzählung ist interessant. Schauen wir mal. Abgehauen, negativ. Glaube ich zumindest. Er hatte zwar Streit mit dem Vater, aber das kommt wohl ab und zu vor, kein Grund, gleich alles zu verlassen. Vor allem da er weder Geld noch sonst Besitz hat. Wohin sollte er gehen mit nichts? Selbstmord, ebenfalls unwahrscheinlich. Macht einen durchschnittlichen, netten und gesunden Eindruck. Unter psychischen Krankheiten scheint er nicht zu leiden. Jedenfalls gibt es keine Geschichte diesbezüglich. Ich habe mir auch sein Zimmer angeschaut. Ein paar Poster von Bergen und Bergsteigern und Schulbücher. Viel mehr hat das nicht hergegeben. Interessant wäre sein Telefon oder der Laptop. Aber das Telefon wurde bis jetzt nicht gefunden, und der Computer ist schreibgeschützt. Müssen wir erst die Bewilligung der Staatsanwaltschaft einholen, bevor wir ihn knacken dürfen. Die Ortung des Handys verlief ergebnislos. Entweder es ist aus oder kaputt. Kommen wir also zu Nummer drei. Opfer eines Verbrechens. Das schließe ich nicht aus.«

»Ja?« Ida klingt ungeduldig, was Megan nicht entgeht und worauf sie demonstrativ erneut einen Schluck Wein trinkt.

»Die Mutter hat mir seine Klassenliste gegeben, du darfst dreimal raten, wessen Name ich darauf entdeckt habe.«

»Ravichandra Kumara.«

»Bist du meine Tante oder bist du meine Tante?« Megan hebt ihr Glas. »Auf dich. Und auf mich.«

»Das ist allerdings ein spannender Zufall.«

»Wenn's denn ein Zufall ist.«

»Nimmst du bitte die Teller und das Besteck? Das Essen ist fertig.«

»Kann ich einen Kaffee kriegen?«

»Aber dann wirst du nicht schlafen.«

»Wer redet von schlafen? Ich habe noch viel vor.«

Auf Idas fragenden Gesichtsausdruck sagt Megan: »Die Klassenliste. Wenn jemand etwas über Silvan weiß, dann von seinen Klassenkameraden. Zudem kann ich auch gleich ein paar Fragen zu Ravichandra stellen. Do you understand?«

»I do.« Ida nickt. »Ich mache dir einen Kaffee.«

»Danke. Bringst du ihn mir ins Gästezimmer, wenn er fertig ist?«

»Mach ich. Viel Erfolg.«

»Asante.«

Die Mutter hat Megan die Namen genannt, die sie kennt und die Silvan den Eltern gegenüber schon erwähnt hat. Mit denen möchte Megan beginnen. Die ersten zwei Knaben haben nicht viel zu berichten. Sie haben beide nicht einmal mitbekommen, dass Silvan heute nicht in der Schule war. Sie haben an anderen Projekten gearbeitet und, was sie nicht gerade offen zugeben, aber Megan zwischen den Zeilen liest, dass es im Grunde niemanden interessiert, wer wann schwänzt, ganz besonders während dieser Spezialwochen. Die einzig interessante Reaktion aus Megans Sicht kam, als sie Ravichandra erwähnte. Ravichandra? Ja, das wisse jeder, Silvan und Ravi seien ein Paar. Schon seit ein paar Monaten. Eine Tatsache, die Megan nun doch einigermaßen erstaunlich findet. Warum haben das die Eltern nicht erwähnt? Eine Freundin, das ist doch wichtig! Dort fragt man als Erstes nach, ob der Sohn da sei. Wissen es Schmids nicht? Sind sie dagegen? Und Kumara? Warum hat er den Jungen nicht erwähnt? Wusste er ebenfalls nicht Bescheid? Wie auch immer, Megan wird sich beide Elternpaare noch einmal vorknöpfen.

Jetzt wählt sie die dritte Nummer. Eine Jungenstimme meldet sich bereits nach dem ersten Klingelton, obwohl er ihre Nummer nicht kennen kann.

»Yo?«

»Hallo, ist da Lenny Hässig?«

»Aber genau. Und wer ist dort?«

»Ich bin Megan Jäger, ich arbeite bei der Kantonspolizei Bern.«

»Und ich bin der Bär vom Bärengraben. Erzähl doch keinen Scheiß. Bist du das, Aline?«

»Nein, ich bin nicht Aline. Ich bin wirklich Megan Jäger und Detektivin bei der Kapo.«

»Ohne Scheiß jetzt?«

»Ohne Scheiß.«

Der Junge klingt wach. »Was ist los? Was wollen Sie?«

»Du kennst Silvan Schmid.«

»Klar, den Vänu. Ich gehe mit ihm zur Schule. Hat er Scheiße gebaut?«

»Das wissen wir noch nicht.« Am anderen Ende bleibt es diesmal still. Also fragt Megan: »Wann hast du Silvan zum letzten Mal gesehen?« Die Antwort kommt vorsichtig: »Gestern in der Schule.«

»Bist du sicher?«

»Ich habe Silvan gestern in der Schule gesehen.«

»Und danach?«

Wieder zögert Lenny. »Warum? Was ist mit Silvan?«

»Hör zu, Lenny, Silvan ist verschwunden. Wir machen uns Sorgen. Wenn du etwas weißt, ist jetzt die Gelegenheit, es mir zu sagen.«

»Shit. Verschwunden, sagen Sie?«

»Ja.«

»Seit wann?«

»Seine Eltern haben ihn gestern Abend zum letzten Mal gesehen.«

»Fuck.«

»Kann man sagen. Lenny, was hat Silvan gestern Abend gemacht?«

»Nichts Verbotenes.«

»Lenny! Was?«

»Wir waren unter der Autobahnbrücke. Normalerweise kommt Vänu nicht unter der Woche. Aber gestern war speziell, weil wir Wirtschaftswoche hatten, und er hat gehofft, Ravi käme auch.«

»Kam sie?«

»Wer, Ravi? Nö.«

»Aber Silvan war da. Wer noch?«

»Zwei, drei aus der Klasse und dann ein paar Mädels, die wir nicht wirklich kennen.«

»Wie lange war Silvan da?«

»Ich weiß nicht genau.«

»Denk nach Lenny.«

»Circa 23.30 Uhr?«

»Ist er danach nach Hause?«

»Nein.«

»Nein? Wohin dann?«

»Da war diese Leandra, der ging's gar nicht gut.«

»Leandra und wie weiter?«

»Keine Ahnung. Ich hab die zum ersten Mal gesehen.«

»Was hatte sie?«

»Zu viel gesoffen. Getrunken, meine ich.«

»Und dann?«

»Hat sie gekotzt. Aber wir haben der das nicht gegeben, keinen blassen Schimmer, was die intus hatte. Aber sicher nichts von uns.«

»Ich glaube dir. Was habt ihr dann gemacht?«

»Man musste die nach Hause bringen. Die konnte nicht mehr alleine gehen.«

»Ihr habt euch um sie gekümmert?«

»Der ging's echt dreckig. Die hätte nicht allein heimgefunden.«

»Es war nett, dass ihr sie nicht ihrem Schicksal überlassen habt.«

»Nein, das war klar. Die hätte die Nacht nicht überlebt bei diesen Temperaturen.« Als ginge ihm plötzlich etwas auf, fragt Lenny: »Weiß man gar nichts über Silvan? Aber er lebt doch noch?«

»Das hoffen wir. Und es ist deshalb so wichtig, dass du mir alles erzählst, was du über gestern Nacht und Silvan weißt.«

»Ja.« Der Junge klingt plötzlich viel jünger.

»Was kannst du mir über diese Leandra sagen?«

»Ich kenn die wirklich nicht. Die geht nicht ans Gymnasium.« Lenny überlegt, Megan hat das Gefühl, dass sie fast hören kann, wie es in seinem Gedächtnis arbeitet. Jetzt kommt er mit einer Erinnerung: »Sie wohnt in Spiez. Silvan hat sie nach Hause begleitet.«

»Weißt du das mit Sicherheit?«

»Nein. Wenn ich es mir recht überlege, weiß ich gar nichts darüber, wie es weiterging. Silvan hat sich mit Leandra in Richtung Bahnhof auf den Weg gemacht. Und das ist das Letzte, was ich von ihm gesehen habe.«

»Gehört auch? Hat er sich nicht mehr gemeldet?«

»Nein. Ich bin dann auch bald heim und hab mich aufs Ohr gelegt.«

»Und als Silvan am nächsten Tag nicht zur Schule kam, hast du dir nichts gedacht?«

»Ach, wissen Sie. Wirtschaftswoche und so … und dann war es spät. Und wir haben vielleicht alle ein bisschen über den Durst getrunken … da kann so etwas schon mal vorkommen.«

»Ich verstehe. Wer könnte Leandra kennen?«

»Sie war mit einem anderen Mädchen da, aber die kenne ich auch nicht. Sie hieß Sarah.«

»Sarah und weiter?«

»Ich weiß nicht.«

»Lenny! Hat sie nichts gesagt? Oder dir ihre Telefonnummer gegeben?«

»Nein, mir nicht. Aber vielleicht einem meiner Klassenkameraden?«

»Sag mir, wer sonst noch da war. Ich werde sie selbst anrufen.«

Lenny nennt Megan drei weitere Namen, die sie auf der Klassenliste ankreuzt. Und die sie nach der Verabschiedung von Lenny sofort zu erreichen versucht.

SAMSTAG

28.

Als Megan die Augen aufschlägt, hört sie Rumoren aus der Küche. Schön, wenn man nicht allein ist. Sicher hat Ida bereits frischen Kaffee gemacht. Sie reckt sich wohlig. Soll sie aufstehen oder noch ein Weilchen im warmen Bett bleiben? Draußen ist es kalt. So kalt, dass sie bis auf die Knochen durchgefroren sein wird. Megan hasst den Winter. Aber immerhin ist es in der Wohnung warm. Und es hilft ohnehin nichts, sie muss aufstehen. Obwohl Samstag ist, steht ihr ein Arbeitstag bevor. Ein vermisstes Kind ist zu finden.

Mit Schwung schlägt sie die Decke zur Seite, steht auf und reißt naiv das Fenster auf. Die Kälte springt sie an wie ein gemeines Raubtier. Augenblicklich schlägt Megan das Fenster wieder zu. Bei allem guten Willen, es ist zu kalt. Fast genauso schnell gibt sie auch die Morgengymnastik auf. Zwei Kniebeugen, das reicht, mehr ist zu viel. Ein andermal. Jetzt hat sie Wichtigeres zu tun.

Als sie aus dem Bad kommt, riecht es in der Küche verheißungsvoll nach Kaffee und Toast. Ida sitzt mit der Samstagszeitung am Tisch. Vor sich den Teller mit zwei Scheiben Brot und daneben die dampfende *French Press.*

»Einen schönen guten Morgen.« Megans Laune steigt angesichts einer Stärkung augenblicklich.

»Guten Morgen. Nimm dir einen Teller. Toast ist im Gefrierfach. Kaffee ist gleich fertig.«

»Wunderbar. Gut geschlafen?«

»Ja, danke. Und selbst?«

»Zu wenig.« Zur Bekräftigung gähnt Megan. »Aber das Aufbleiben hat sich gelohnt.«

»Du hast etwas herausgefunden?«

»Indeed.«

»Hier nimm. Ich mach mir frischen.« Ida schiebt Megan ihren Teller mit den Toastscheiben hin und steht auf. »Willst du Honig oder Konfitüre?«

»Honig, bitte.«

Das gewünschte Glas wird aus dem Schrank geholt, und Ida drückt sich zwei Scheiben Brot in den Toaster. »Also, was ist?«

»Immerhin weiß ich, wo Silvan am Donnerstagabend war und teilweise mit wem.« Megan erzählt vom Telefonat mit Lenny. Leider ist sie danach nicht weitergekommen. Die vollständigen Namen von Leandra oder Sarah konnte ihr niemand sagen, und sie wird heute noch einmal diverse Telefonanrufe tätigen müssen. Immerhin ist das eine Spur.

Was auch Ida feststellt: »Das ist doch etwas.«

»Eben. Auf jeden Fall gehe ich heute Morgen noch einmal bei Familie Schmid vorbei. Ich muss erneut mit der Mutter reden und ich will mir Silvans Zimmer genauer anschauen.«

Ida trinkt nachdenklich einen Schluck Kaffee und sagt plötzlich: »Mir fällt da noch etwas ein. Etwas, das ich zufällig mitgekriegt habe. Möglicherweise hat es nichts mit dem Fall zu tun, aber manchmal lohnt es sich, jede noch so winzige Kleinigkeit abzuklären.«

»Ja?« Megan beißt herzhaft in ihren Honigtoast und krümelt dabei auf den Tisch.

»Unser Chefgärtner hat sich darüber beklagt, dass jemand den Lieferwagen genommen hat, ohne sich einzutragen. Und ihn dabei offenbar beschädigt hat.«

»Mmhm.« Megan kaut, schluckt und fragt: »Kommt das sonst nicht vor?«

»Ernst war ziemlich aufgebracht, offenbar nicht. Schau es dir doch mal an, wenn du ohnehin wieder rauffährst.«

»Wo steht der Wagen?«

»Gewöhnlich auf dem Parkplatz rechts vor dem Haus, du kannst ihn unmöglich übersehen. Weiß, groß und beschriftet.«

»Danke, gut, das mache ich.«

Eine knappe halbe Stunde später ist Megan unterwegs. Sie ist sich sicher, dass Mutter Schmid etwas zurückhält. Hat sie doch über Ravichandra Bescheid gewusst? Gestern hat sie noch behauptet, der Name sage ihr nichts. Megan glaubt ihr nicht mehr.

Aber vorher will sie sich diesen Lieferwagen anschauen. Als sie 15 Minuten später vor das *Tropenhaus* fährt, sieht sie den Wagen sofort. Genau da, wo Ida gesagt hat. Schwungvoll parkt Megan neben dem Gefährt und steigt dann aus, um sich die Vorderseite des Lieferwagens anzuschauen. Tatsächlich, da sind eindeutige Spuren eines Unfalls. Wogegen ist der Wagen geprallt? Gut, dass sie im Dienstwagen den Spurensicherungskoffer dabeihat. Megan zieht sich Handschuhe über und beginnt, allfällige Kontaktstellen mit dem durchsichtigen Klebeband zu bearbeiten. Wenn sie Glück hat, bringt's was.

Von allen Seiten macht sie ein paar Handyaufnahmen des Schadens. Aus reiner Neugierde kontrolliert sie danach, ob der Wagen offen ist. Er ist. Sie sieht sich in der Führerkabine um. Dabei entdeckt sie eine angebrochene Packung Kaugummis, einen alten Kugelschreiber und das Fahrtenbuch, wo offenbar gewöhnlich die gefahrenen Kilometer eingetragen werden sowie der jeweilige Chauffeur. Die letzte eingetragene Fahrt hat ein gewisser Felix gemacht. Megan pfeift leise durch die Zähne. Zwischen den aufgeschriebenen Kilometern und der effektiven Kilometerzahl im Auto besteht eine Diskrepanz von über 130 Kilometern. Das ist eine ziemliche Strecke. Wenn sie nicht alles täuscht, weiter als bis nach Bern und zurück. Da hat jemand eine lange Tour gemacht, heimlich. Das könnte tatsächlich interessant sein. Megan fotografiert sowohl Fahrtenbuch wie auch Kilometerstand und geht dann nach hinten, wo sie in den Gepäckraum sehen will. Kräftig reißt sie an der rechten Tür und bringt sie mit dem ersten Ruck auf. Da liegt eine schmutzige Plastikplane. Wahrscheinlich nichts Außergewöhnliches in einem Auto, das Pflanzen transportiert. Trotzdem sieht sie sich die Plane etwas genauer an. Also Erde sind diese braunrötlichen Spritzer nicht. Blut? Megan fährt mit dem behandschuhten Zeigefinger darüber, es färbt nicht ab. Getrocknet. Dann nimmt sie die Plane in die Hand und riecht daran. Sofort verzieht sie das Gesicht. Fischgestank ist etwas, das sie gar nicht mag. Aber auch dieser Geruch ist in einer Fischzucht nicht weiter verwunderlich, möglicherweise wird das Auto ab und zu für einen Fischtransport gebraucht. Also ist es wahrscheinlich Fischblut, was sie da sieht. Andererseits, wer sagt, dass es das tatsächlich ist? Es könnte durchaus von einem Mensch sein. Wenn es denn Blut ist. Aber mittlerweile ist sich Megan fast sicher, und wie zur Bestätigung sieht sie einen schlecht gereinigten Fleck am Boden des Lieferwagens. Das ist Blut, darauf würde Megan wetten. Und wenn nun Silvan hier drin war? Verletzt? Entführt? Gehen jetzt die Nashörner völlig mit ihr durch? Wie auch immer, Gewissheit kann sie nur kriegen, wenn sie auch hier Spuren nimmt. Wieder macht sie zusätzlich ein paar Fotos von der Plane und dem verschmierten Schmutzfleck darunter. Weiter gibt das Auto nichts her. Megan schlägt die Tür zu, zieht sich die Handschuhe aus und wirft sie in ihrem Auto auf den Boden. Dann macht sie sich auf den Weg zurück nach Reichenbach und zu Familie Schmid.

Wieder öffnet Brigitte Schmid die Haustür. Hoffnung steht in ihrem Gesicht geschrieben, Megan muss sie zerstören: »Ich habe leider keine Neuigkeiten zu Silvan. Aber ich möchte mich gern noch einmal in seinem Zimmer umschauen.«

»Ja.« Brigitte nickt. Wenn sie sich auch nichts davon verspricht. Sie hat Silvans Zimmer gründlich durchsucht, was soll die Polizistin finden? Das Foto jedenfalls nicht mehr, das hat sie zerstört. Plötzlich fühlt sie sich schlecht, hätte sie das nicht tun sollen? Wenn's hilft, ihren Sohn zu finden? Muss sie davon erzählen?

»Darf ich?« Megans Frage unterbricht Brigitte in ihren Überlegungen. Sie nickt, und Megan geht in den oberen Stock, sie weiß, wo Silvans Zimmer ist. Brigitte geht hinterher, und noch einmal fragt Megan: »Darf ich? Vielleicht lässt sich in Silvans Sachen etwas finden, das uns hilft.« Wieder nickt Brigitte und gibt damit ihr Einverständnis für die Durchsuchung. Diesmal geht Megan strategisch vor. Beginnt im Büchergestell und nimmt jedes einzelne Buch heraus, öffnet es und hofft auf irgendetwas. Außer zwei Notizen zu Vulkanologie und einem über Membranen aus dem Geografie- und dem Bio-Buch, findet sie nichts. Weiter geht's mit den Unterlagen auf dem Schreibtisch. Auch hier nimmt sie jedes Buch, jedes Heft, jedes Mäppchen in die Hand und blättert sie durch. Brigitte steht untätig im Türrahmen und sieht ihr zu. Innerlich tobt ein Sturm, was soll sie der Frau erzählen? Ist es besser, nichts zu sagen und damit vielleicht den einzigen Hinweis, den sie liefern könnte, um Silvan zu finden, zurückzuhalten? Oder soll sie das Bild erwähnen und damit riskieren, dass Silvan für immer damit behaftet sein wird?

Megan ist enttäuscht, sie findet nichts. Dann muss sie wenigstens etwas von der Mutter erfahren. Sie benimmt sich ohnehin eigenartig. Ihr Gesichtsausdruck ist natürlich sorgenvoll, aber da ist noch etwas anderes. Sie hält etwas zurück. Megan ist sich sicher. Vorsichtig beginnt sie mit Ravichandra. »Sie haben gestern gesagt, Ihr Sohn habe keine Freundin. Kann es sein, dass er es einfach daheim nicht erzählt hat?«

»Eine Freundin? Nein. Silvan hat keine Freundin.«

»Aber vielleicht ein Mädchen, das er besonders mag?«

Die Mutter zuckt mit den Schultern. »Ich weiß nicht.«

»Hat er nie jemanden besonders erwähnt? Oder Bilder gezeigt?«

»Nicht direkt. Aber …«

»Ja?«

»Da ist dieses dunkelhäutige Mädchen.« Die Mutter schaut verunsichert. Wie sagt man das heute politisch korrekt? Und dann noch einer Polizistin, die selbst dunkelhäutig ist? Hat sie sich richtig ausgedrückt? Offenbar schon. Jedenfalls sagt die Polizistin ermutigend: »Ja? Ein dunkelhäutiges Mädchen?«

»Ich erinnere mich nicht genau an den Namen, aber ich glaube, sie ist auf der Klassenliste.«

»Ravichandra?«

»Ja, genauso heißt sie.« Die Mutter klingt erleichtert.

»Und was ist mit Ravichandra? Hat Silvan sie gern?«

»Das weiß ich wirklich nicht. Aber es könnte sein. Er hat ziemlich viele Bilder auf seinem Handy von ihr.« Brigitte macht eine kurze Pause, gibt sich einen Ruck, geht zum Bett und zieht diesen Prospekt darunter hervor. »Und dann habe ich das noch entdeckt.«

Megan nimmt ihn, weiß nicht so recht, was sie damit anfangen soll. Ein aufgemotzter Ferienprospekt. Aber die Mutter erklärt sofort: »Da, sehen Sie? Ein Eselsohr.«

Megan sieht's auch, fährt mit dem Finger hinein und schlägt die Seite über Sri Lanka auf.

»Aha. Ja, die Eltern des Mädchens kommen aus Sri Lanka. Wollte Silvan dahin?«

»Das hat er nie gesagt, aber ja, vielleicht?«

»Gut, Ravichandra gefällt Ihrem Sohn. Soviel wissen wir jetzt. Was können Sie mir sonst noch erzählen?«

Brigitte Schmid steht verloren da. Aber Megan ist sich sicher, dass sie noch etwas zurückhält. Über das Verhältnis mit Ravichandra, oder gibt es sonst etwas? Sie muss die Frau zum Reden bringen. »Frau Schmid, Sie müssen mir helfen. Ohne Ihre Mithilfe werden wir Silvan nicht finden. Oder es dauert viel zu lange. Verstehen Sie?«

Brigitte Schmid schaut sie an. Ist das Verzweiflung, was Megan in ihrem Gesicht liest? Jetzt fährt sie grobes Geschütz auf: »Frau Schmid, Ravichandra ist tot. Wenn

Sie mir irgendetwas noch nicht gesagt haben, jetzt ist der Zeitpunkt. Wir wollen Silvan lebend finden.«

Die Mutter schlägt sich die Hand vor den Mund. »Also doch.«

»Was, also doch?«

»Ich habe den Vater angerufen, und er hat gesagt, dass seine Tochter tot ist, aber ich habe geglaubt, ich hätte ihn missverstanden oder er mich.« Die Frau ist kurz davor, in Tränen auszubrechen. »Warum ist sie tot? Was ist passiert?«

»Das wissen wir noch nicht. Und es muss nicht sein, dass Silvan ebenfalls etwas zugestoßen ist, aber Sie müssen mir helfen.«

»Also gut.« Das innere Ringen hat ein Ende. Die Frau ist bereit zu erzählen.

29.

Heute ist so ein Tag, in welchem depressive Winterverstimmungen wurzeln. Ein Tag, an dem es gar nie richtig hell werden wird. Aber Daniel ist entschlossen, dem Grau zu trotzen. Sibylle braucht dringend eine Aufmunterung.

Er weiß, wie sehr ihr das *Tropenhaus* am Herz liegt und wie einsam so ein Job als Geschäftsführerin macht. Sie ist beliebt bei allen, aber sprechen kann sie mit niemandem über ihre Sorgen. Nur mit ihm. Und er versucht, für sie da zu sein, so gut es geht. Manchmal gelingt es besser, manchmal schlechter. Aber heute, heute wird er alles geben.

Er ist vor Sibylle aufgestanden, hat den Frühstückstisch besonders liebevoll vorbereitet, sogar mit Blumen. Die Gipfeli sind frisch vom Bäcker, und die Kaffeemaschine wartet nur darauf, dass er den Knopf drückt. Sie soll merken, dass er mit ihr fühlt. Ihr in dieser schwierigen Zeit beisteht, am liebsten etwas von ihren Sorgen abnehmen würde.

Jetzt hört er die Badezimmertür. Eine Mischung aus Deo, Bodylotion und Shampoo weht in die Küche. Er liebt diese Düfte, die sich sofort intensivieren, als Sibylle im Bademantel hereinspaziert. Befriedigt stellt er fest, wie die Sonne in ihrem Gesicht aufgeht, als sie den gedeckten Tisch entdeckt. »Du bist ein Schatz.« Sie gibt ihm einen Kuss auf die Nasenspitze, bevor sie sich hinsetzt.

»Alles für dich.«

»Womit habe ich das verdient?«

»Du bist meine Frau. Ich will dich verwöhnen.«

»Du bist viel zu gut für mich.«

Daniel lächelt. »Nein, natürlich nicht.« Ernsthaft fragt er: »Wie geht's dir?«

»Schon viel besser. Mit dieser Aussicht.« Sibylle deutet auf den sorgfältig gedeckten Tisch.

»Dann habe ich das Ziel erreicht.«

»Danke.«

»Musst du heute etwas machen?«

»Ich werde bei der Polizei anrufen. Diese Detektivin. Und mich erkundigen, was man herausgefunden hat. Am Mittwoch will ich wieder öffnen. Wir müssen.«

»Das ist sicher möglich.«

»Hoffentlich. Am Montagmorgen mache ich eine Info-Veranstaltung für die Angestellten. Da muss ich sagen können, wie es weitergeht. Die muss vorbereitet werden.«

Daniel nickt. »Das halte ich für eine gute Idee. Ungewissheit ist schwierig auszuhalten. Die Mitarbeiter auf dem Laufenden zu halten, ist sicher die beste Idee.«

»Denke ich auch.«

»Willst du Kaffee?«

»Gern.«

Daniel steht auf und lässt einen Kaffee aus der Maschine. Gleichzeitig holt er ein glänzend eingepacktes Geschenk hinter dem Wasserbehälter hervor. Mit der Kaffeetasse stellt er beides vor Sibylle hin. Sie schaut ihn erstaunt an. »Was ist das? Habe ich etwas vergessen? Ich habe weder Geburtstag noch ist heute unser Hochzeitstag.«

»Nein. Aber ich liebe dich. Und brauche keinen anderen Grund, um dir ein Geschenk zu machen.«

»Okay, wenn du meinst.« Sibylle lächelt wieder. Nimmt erst einen Schluck Kaffee, dann aber neugierig das Päckchen in die Hand. Sie schüttelt es. »Was ist da drin?«

»Schau halt nach.«

Sibylle entfernt vorsichtig die Klebstreifen, um das Papier nicht zu zerreißen. Daniel liebt es, ihren geschickten Fingern zuzuschauen. Und er freut sich auf ihr Gesicht, wenn sie sieht, was sie bekommt. Sibylle nimmt die Schachtel aus dem Papier.

»Eine *IWC*?«, sie klingt ungläubig. »Bist du verrückt?«

»Nein.« Daniel betrachtet seine Frau liebevoll. »Es ist die, die du dir nicht geleistet hast.«

»Die *Portofino* mit den Mondphasen?« Sibylle stößt einen Schrei aus. »Du *bist* verrückt! Die Uhr kostet 24.000 Franken!«

»Na und? Ist das nicht egal? Sie ist schön, sie gefällt dir. Alles andere zählt nicht.«

Sibylle öffnet die Schachtel und fährt fast ehrfürchtig über das Zifferblatt und dann über das dunkelblaue Lederarmband. »Stimmt, sie ist wunderschön. Noch viel schöner, als ich sie in Erinnerung hatte.«

»Zieh sie an.«

Sibylle lässt sich nicht zweimal bitten.

»Wie für dich gemacht.« Daniel stellt es zufrieden fest. Sibylles Freude ist jeden Rappen wert. Das hat er gut gemacht.

30.

Natürlich liebt sie Molly. Aber manchmal wird ihr das einfach zu viel. Hedi beschließt, ihren Sohn zu bitten, eine Wochenplatzstelle auszuschreiben. Soll ein nettes Mädchen oder ein braver Junge mit Molly im Wald herumkraxeln. »Molly! Komm her! Du wirst das Eichhörnchen nicht erwischen und den Vogel noch weniger!« Aber selbstverständlich hört Molly nicht. Zu sehr hat sie das Jagdfieber gepackt. Hedi ruft erneut: »Molly, komm her!« Aber sie hört selbst, wie ihre zittrige Altweiberstimme nicht überzeugend befiehlt. Sie hasst diese Alterserscheinungen. Wütend mahnt sie ihren kleinen Hund: »Wenn du nicht kommst, gehe ich ohne dich nach Hause!« Molly interessiert das einen feuchten Dreck. Außerdem kennt sie die leeren Drohungen ihrer Herrin. Niemals würde sie allein nach Hause gehen. Und weil auch Hedi das weiß, versucht sie es jetzt schmeichelnd: »Komm, Schätzeli, komm. Gehen wir heim. Mir ist kalt und dir sicher auch. Gehen wir in die warme Stube.« Ja, da will Hedi hin. Und sich einen heißen Tee machen. Zudem hat sie einen Rest Gerstensuppe von gestern, den wird sie sich aufwärmen. Gerstensuppe schmeckt am zweiten Tag besser als am ersten. Sie freut sich. Und spürt, wie sie Hunger bekommt. Obwohl es noch viel zu früh fürs Abendessen ist. Aber das ist egal. Die Kinder sind lange ausgezogen, und seit Johann vor fünf Jahren starb, isst sie, wann sie Hunger hat. Ob das nun um 15 Uhr oder 18 Uhr ist. Eine Freiheit, die Hedi genießt. Genauso macht sie es mit dem Schlafen. Wenn ihr am Vormittag nach einem Schläfchen ist, dann legt sie sich hin, und wenn sie bis um 24 Uhr aufbleiben will, macht sie das auch. Molly interessiert das auch nicht. Die will ihr Futter und raus, wenn sie muss, und sonst ist sie pflegeleicht und eine liebe Gesellschaft. Hedi schaut sich um. Keine Spur von Molly. »Wo bist du? Komm jetzt her! Mir verleidet's.«

Aber Molly denkt nicht daran, zu Hedi zu kommen. Sie hat etwas entdeckt! Das muss sie Hedi zeigen! Freudig bellt sie.

»Molly, bitte! Ich kann da nicht hoch!«

Und ob du kannst. Molly ist sich sicher, und sie ist entschlossen, ihren Fund nicht zu verlassen. Hedi geht halbherzig weiter und ruft ihrem Hund zu: »Ich gehe jetzt!« Molly zeigt sich unbeeindruckt und intensiviert nur ihr Bellen. Seufzend kehrt Hedi um und starrt unglücklich die steile Böschung hoch. Am Boden liegen Blätter zwischen den dicken Buchenstämmen. Das ist rutschig und eigentlich viel zu gefährlich für eine alte Frau wie sie. »Wenn ich umfalle, bist du schuld!« Noch etwas, das Molly herzlich wenig beeindruckt. Sie bellt und bellt. »Also gut, dann komme ich halt«, stellt Hedi resigniert fest und macht den ersten Schritt querfeldein weg vom Weg. Schon nach zwei Metern bleibt sie außer Atem stehen, ist das steil! Sie wird niemals bis zu Molly hochkommen. Tapfer macht sie ein paar weitere Schritte. Leuchtet da etwas Buntes hinter dem dunklen Stamm? Und da ist ja Molly. Der kleine Hund hat sie ebenfalls gesehen, freudig hüpfend springt er auf Hedi zu. »Ja, ist ja gut. Du dummer, dummer Hund, bringst eine alte einfältige Frau dazu, hier heraufzukraxeln. Was hast du denn gefunden?« Sofort rennt Molly wieder zu ihrer Beute. Hedi folgt ihr, und was sie jetzt sieht, versetzt sie in einen Schock. Da liegt jemand! Um Gottes willen. »Molly! Was hast du da entdeckt?« Hedi geht näher. Zweifellos, das ist ein junger Mann. Sein Gesicht ist voller Blut. Die Augen offen. Hedi ist sich sicher, er ist tot. Genauso hat auch Johann sie angeschaut, an jenem Morgen, als er nicht mehr aufwachte. Trotzdem fragt Hedi: »Hallo, können Sie mich hören?« Natürlich kommt keine Antwort. Berühren will sie ihn nicht. Muss sie? Um herauszufinden, ob er auch wirklich nicht mehr lebt? Vielleicht ist er nur bewusstlos. Aber hätte er dann die Augen nicht zu? Hedi reißt sich zusammen, macht einen Schritt auf den Körper zu, rutscht auf dem nassen Laub aus und fällt. Ein stechender Schmerz durchzuckt sie. Es ist das Becken. Hoffentlich ist es nicht gebrochen. Sie weiß, wie sehr sie aufpassen muss mit ihrer Osteoporose. Hedi versucht aufzustehen, aber es geht nicht. Molly kommt zu ihr und leckt ihr das Gesicht. »Siehst du? Das war eine schlechte Idee. Was machen wir denn jetzt?« Molly winselt. »Du bist mir eine schöne Hilfe, sobald es schwierig wird, beginnst du zu weinen.« Noch einmal versucht Hedi, sich aufzurichten. Aber der Schmerz ist zu groß. Sie lässt sich sofort wieder fallen. Dabei spürt sie etwas Hartes in der Manteltasche. Natürlich das Telefon! Wie gut, dass Stefan darauf bestanden hat, dass sie sich eines kauft und es auch immer mitnimmt. Jetzt ist sie tatsächlich einmal froh darum. Ungeschickt versucht sie, es mit ihren steifen Fingern aus der Manteltasche zu klauben. Endlich gelingt es ihr. Sie schafft es sogar, den Code einzutippen, aber kaum hat sie den Kontakt ihres Sohnes gefunden, rutscht ihr das blöde Ding aus der Hand und kullert den Abhang hinunter. Gerade so weit, dass sie es unmöglich erreichen kann.

31.

Was ihr Kateryna da gestern erzählt hat, ist spannend. Und eröffnet womöglich ganz neue Perspektiven. Jelena hat Ideen. Aber Kateryna kann sie die nicht erzählen. Die macht sich ja schon in die Hose, wenn sie einen Kaffee nicht bezahlt. Nein, das wird sie allein durchziehen. So gern sie Kateryna mag, und so gut sie gestern gearbeitet hat, mutig ist sie nicht.

Das Wichtigste ist jetzt, dass sie sie davon abhält, noch mehr Leuten zu erzählen, was sie gesehen und gehört hat. Vor allem nicht der Polizei, das kommt nicht infrage. Aber das wird ihr schon gelingen. Kateryna hört auf sie.

Mal schauen, wie es ihr geht und was sie überhaupt macht. Jelena wirft einen Blick auf den Wecker. Es ist schon beinahe Mittag. In der Wohnung ist es ruhig. Wie gut, dass ihre Söhne groß und selbstständig sind. Die versorgen sich selbst, wenn sie Hunger haben, essen sie, und ihr Tagesprogramm gestalten sie ebenfalls eigenständig, dafür brauchen sie keine Mutter mehr. Zudem wissen sie, dass sie am Wochenende lange arbeitet und deshalb auch lange schläft. Sie nehmen Rücksicht und verhalten sich still. Sie liebt ihre Söhne und ist so stolz auf sie.

Als Jelena im Pyjama in die Küche kommt, ist die sauber aufgeräumt. Sie füllt Wasser in den Wasserkocher und stellt ihn an. Keine Spur ihrer Söhne. Das erstaunt Jelena nicht, vermutlich sind sie unterwegs. Aber wo ist Kateryna? Als das Wasser heiß ist, macht sie einen Instantkaffee mit Milch und Zucker. Mit der großen Tasse geht sie in den Korridor und hält ihr Ohr an Katerynas Zimmertür. Ist die Freundin wach? Sie hört nichts. Vorsichtig klopft sie an das Holz und fragt leise: »Kateryna, bist du wach?«

Sie meint, eine Antwort zu hören und drückt die Türklinke. Sie späht durch einen Spalt ins Zimmer und sieht die Freundin am Schreibtisch sitzen. »Du bist auf«, stellt sie fest. »Warum bist du denn hier drin? Was machst du?«

»Ach, ich wollte ein bisschen lernen.«

»Lernen?«

»Ja, fürs Studium.«

»Ich verstehe.« Nein, eigentlich versteht Jelena das nicht. Sieht Kateryna nicht, dass sie sich das sparen kann? Was will sie zurück in die Ukraine und ihr anspruchsvolles Studium fertigmachen? Wer weiß, wann das überhaupt möglich sein wird? Warum plant sie nicht eine Zukunft hier? Sie kann genug Geld im *Belvédère* verdienen, um unabhängig zu sein. Und sie ist hübsch, dann gibt es da immer noch die Möglichkeit, sich einen Mann zu suchen. Aber Jelena ist klar, dass sie anders mit der Freundin reden muss. »Hier, ich bringe dir einen Kaffee.«

»Lieb! Danke.«

»Kommst du in die Küche? Ich mag nicht allein frühstücken.« Und Kateryna soll nicht allein in ihrem Zimmer sitzen und auf dumme Gedanken kommen.

»Ja, klar.«

»Wo sind die Jungs?« Jelena geht zurück in die Küche, und Kateryna folgt ihr. »Gesehen habe ich nur Mischa und Maxim. Ich glaube, Nika schläft noch.«

Jelena nickt. Ihr Ältester genießt es, wenn er am Wochenende länger im Bett bleiben kann. »Gut möglich. Und die Kleinen?«

»Haben gesagt, sie gingen zu einem Freund gamen. Ich nahm an, das ist okay?«

»Natürlich.« Jelena nickt wieder, dazu öffnet sie den Kühlschrank. Er gibt nicht viel her. Nach kurzem Überlegen entscheidet sie sich für den Ananasjoghurt. Aus der Schublade holt sie sich einen Löffel und beginnt zu essen. »Hast du gut geschlafen?«

»Es geht. Und du?«

»Ich habe wunderbar geschlafen. Wie ein Baby.« Jelena löffelt den Joghurt und betrachtet ihre Cousine nachdenklich. »Warum hast du nicht gut geschlafen?«

»Dies und das ist mir durch den Kopf gegangen.«

»Dies und das?«

»Du weißt schon. Der Krieg. Meine Eltern. Meine Freunde.«

»Ja, das ist schwierig.« Jelena streichelt der Freundin über die Hand. »Du wirst dich ein bisschen daran gewöhnen.«

»Denkst du?«

»Ja, und du verdienst Geld. Das wird ihnen helfen.« Jelena weiß genau, was sie sagen muss, um Kateryna aufzumuntern. Schon lächelt sie. »Stimmt, das ist gut.«

»Und du hast es fantastisch gemacht gestern!«

»Meinst du?«

»Absolut.« Sie muss noch ein bisschen mutiger und weniger schüchtern werden, aber das wird schon, davon ist Jelena überzeugt. »Die Chefin war voll des Lobes über dich. Und du hast selbst gesehen, wie die Gäste dich gemocht haben.« Es stimmt, Kateryna macht sich gut hinter der Bar, sie ist jung und hübsch und geschickt, freundlich und aufmerksam. Und die Selbstsicherheit wird damit von allein kommen.

»Ja, vielleicht.«

»Nicht vielleicht, zweifellos!«

Das Lächeln ist wieder da. »Du bist so lieb, Jelena, ich weiß nicht, was ich ohne dich täte.«

»Siehst du, Cousinen sind das Beste.«

»Sicher.«

»Und bald schon wirst du wieder daheim bei deiner Familie sitzen, dein Studium aufnehmen und nicht mehr daran denken, dass es einmal anders war.« Nicht, dass Jelena dies glaubt, aber Kateryna braucht diese Vorstellung.

»Hoffentlich.«

Zuversichtlich nickt Jelena. »So bald, dass du dich schon sehr schnell gar nicht mehr an die Schweiz erinnern wirst und deine alte Cousine wieder vergisst.«

»Niemals!«

»Ich mache nur Spaß.« Jelenas Joghurt ist fertig. Sie kratzt den letzten Rest mit dem Löffel heraus und schmeißt den Becher dann in den Abfall. »Ich werde schon dafür sorgen, dass du mich nicht so schnell vergisst. Heute gehen wir nach Thun, und ich kaufe dir bessere Schuhe. Mit denen von gestern hältst du keine Woche durch.«

»Ach was, das geht schon.«

»Von wegen, zeig deine Zehen. Sie sind blau, nicht wahr? Du hast größere Füße als ich, das geht nicht mit meinen.«

»Aber Schuhe sind so teuer.«

»Und du wirst haufenweise Trinkgelder bekommen, wie oft soll ich das noch sagen? Und von meinem Trinkgeld kaufe ich dir heute ein tolles Paar.«

»Das kann ich nicht annehmen.«

»Und ob du kannst, keine Widerrede.« Jelena ist entschlossen. »Noch ein Kaffee?«
»Nein, danke.«
»Dann lass uns gehen. Ich brauche fünf Minuten im Bad, dann geht's los. Klar?«
»Klar. Danke, Jelena.«
»Hör auf, wir sind Familie, und Familie ist alles.«

32.

Wieder kriegt Megan den Anruf im denkbar ungünstigsten Moment. Wieder muss sie abrupt weg. Wieder hätte sie gern noch etwas mehr erfahren. Aber man hat einen jungen Mann im Wald hinter dem Spiezwilertunnel zwischen Kies- und Wasserkraftwerk gefunden. Tot. Megan graut davor. Und sie weiß nicht, ob sie hoffen soll, dass es Silvan ist. Natürlich will sie nicht, dass er tot ist. Aber andererseits will sie schon gar nicht, dass noch ein Verbrechen geschehen ist. Auf jeden Fall darf sie sich vor Brigitte nichts anmerken lassen. Sie sagt nur, dass es dringend ist und sie sich später wieder meldet.

Zwei tote junge Menschen im Berner Oberland innerhalb zweier Tage? Was ist hier los? Was ist aus der Bilderbuchidylle geworden? Das Berner Oberland, besungen und geliebt in der ganzen Schweiz, das darf nicht plötzlich mit so schaurigen Verbrechen assoziiert werden. Das passt einfach nicht.

Kaum sitzt Megan im Auto, wechselt sie die Schuhe. Für solche Fälle hat sie immer ein paar Turnschuhe dabei. Ihr Problem wird es sein, den richtigen Ort zu finden. Mit ihrer Orientierung wird sie im Wald herumirren wie ein blindes Huhn. Ohne exakte Adressangabe für das Navi ist sie verloren. Schließlich gibt sie Wasserkraftwerk ein und sieht, dass man sie über Spiezwiler führt. Wenn sie Glück hat, findet sie die richtige Straße im Wald.

Sie setzt ihr Blaulicht aufs Dach und fährt sportlich los. Der Verkehr ist am Samstagmorgen bereits dicht, allerdings vor allem auf der Gegenseite. Viele erhoffen sich blauen Himmel über der Nebeldecke, wenn sie nur hoch genug gehen.

Bis hinter den Tunnel hat Megan keine Schwierigkeiten. In Spiezwiler folgt sie der Abzweigung Richtung Wimmis. Am Kieswerk vorbei. Megan fährt schnell. Scheiße, da vorne sind bereits die BKW*, wo war dieser verdammte Abzweiger? Sie hört die Sanität. Hat der Junge doch noch gelebt? Warum heult die Sirene? Sie wendet und fährt zurück. Noch immer hört sie das Martinshorn der Sanität auf dem Weg ins Spital. Also muss da vorne auch der Weg in den Wald hineinführen. Natürlich, hinter dem Kieswerk. Diesmal findet sie das richtige Sträßchen, nur für Zubringer, was womöglich erklärt, warum sie vorhin daran vorbeigefahren ist. Sie muss ihr Tempo drosseln. Diesmal kann sie die Stelle, wo die anderen geparkt

---

*Bernische Kraftwerke

haben, nicht verfehlen. Ein Polizeiauto steht da und mehrere Zivilfahrzeuge. Waren alle vor ihr da. Macht nichts. Da steht ein Uniformierter und winkt ihr zu. Gut, sie stellt den Wagen ab und geht auf ihn zu. »Hallo, Urs. Bist du die Detektivin?« Er schaut sie neugierig an. Megan nimmt's ihm nicht übel. Alle sind sie überrascht, wenn sie zum ersten Mal der dunkelhäutigen Ermittlerin gegenüberstehen. Sie ist die Einzige im ganzen Kanton, deren Haut ein paar Nuancen dunkler ist als die des Rests. »Ja. Megan Jäger. Was hast du für mich?«

»Circa 18-Jähriger, männlich, AGT*. Liegt vermutlich noch nicht allzu lange hier. Wurde vom Hund einer alten Frau gefunden.«

»Wo ist sie?«

»Auf dem Weg ins Spital.«

»Warum?«

»Sie hat sich verletzt, wahrscheinlich als sie zu ihrem Hund wollte, als er die Leiche entdeckt hat. Die Frau lag eine ganze Weile im Wald. Ist stark unterkühlt.«

»Wer hat sie gefunden?«

»Ihr Sohn. Wollte sie anrufen, sie ging nicht ran, da hat er ihr Telefon geortet und gesehen, dass sie im Wald ist. Hat ihm nicht gefallen und er ist gleich hin.«

»Gott sei Dank. Eine Nacht hier draußen hätte die Frau im November nicht überlebt.«

»Nein.«

»Zurück zum Jungen. Was kannst du mir sonst noch sagen?«

»Die Spurensicherung ist da. Ein Arzt hat den Tod festgestellt, die Todesursache natürlich noch nicht. Brandtour ist auch schon da.«

---

*Außergewöhnlicher Todesfall

»Danke. Ich nehme an, du hast die Personalien aller Anwesenden?«

»Klar.«

Megan nickt. »Sind sie da oben?«

»Korrekt.«

Ohne sich etwas anmerken zu lassen, steigt Megan tapfer den Abhang hoch. Es ist sehr steil. Das Laub feucht und rutschig. Kein Wunder ist die alte Frau hingefallen. Nach wenigen Metern keucht Megan wie ein altes Flusspferd und nimmt sich vor, unbedingt wieder mehr Sport zu treiben, zwei Kniebeugen am Morgen reichen nicht. Sie sieht die Gruppe der Anwesenden rasch. Als sie sie erreicht, muss sie zuerst wieder zu Atem kommen. Dann gibt sie jedem die Hand und kann sich schließlich dem Jungen widmen. Kein schönes Bild. Der Kopf ist blutverschmiert. Aber es besteht kein Zweifel, sie erkennt ihn nach den Fotos sofort: Es ist Silvan Schmid.

Einer der Arme liegt in einem seltsamen Winkel, muss gebrochen sein. Auch an den Jeans befindet sich Blut.

Megan sieht sich um und fragt: »Kam er von da oben?«

»Vermutlich.« Peter von der Spurensicherung nickt.

»Ein Sturz?«

»Schwierig zu sagen. Aber die Verletzungen sehen schwerwiegender aus. Wir werden dir mehr sagen können, wenn er untersucht wurde.«

»Natürlich.« Es ist steil hier im Wald. Aber wo hätte sich der Junge den Kopf so anschlagen können? Ist er unglücklich auf einen Stein geprallt? Aber warum überhaupt? Oben ist die Schnellstraße, auf der sie soeben gefahren ist. Da gibt es keine Fußgänger. Zudem ist der Wald mit einem Maschendrahtzaun von der Straße getrennt, damit keine Tiere zufällig auf die Fahrbahn geraten. Einfach so stürzt man also das Tobel nicht hinunter. Hat sie mit dem Lieferwagen recht gehabt? War Silvan da drin?

33.

Die Zugfahrt wird knapp eineinhalb Stunden dauern. Zeit genug, sich einen Plan zurechtzulegen. Es hat sich wunderbar ergeben, dass sie in Thun zufällig mit dieser Bekannten von Kateryna zusammengetroffen sind. Jelena hat sich für Kateryna gefreut. Sie hat Kateryna dazu ermuntert, gleich mit der Frau etwas trinken zu gehen. Die Schuhe können warten. So eine Begegnung ist viel wichtiger und tut Kateryna sicherlich gut. Sie kennt ja kaum jemanden in der Schweiz, und dass ausgerechnet eine alte Schulkameradin nun ebenfalls im Berner Oberland gelandet ist, ist eine glückliche Fügung. Die beiden können sich austauschen, sich trösten, erleben das Gleiche. Jelena ist auch froh, dass nicht mehr alles und jedes an ihr hängen bleibt. Endlich wird Kateryna vielleicht ein bisschen unabhängiger.

Das Beste ist aber, dass sie sich nun ohne lange Erklärungen auf den Weg machen kann. Kateryna ist noch ein paar Stunden beschäftigt.

Das Haus in Gstaad wird sie finden. Es ist Samstagnachmittag, da wird Bruce daheim sein.

Sie wird nur ein paar Tausender verlangen. Sie will nicht unverschämt sein. Etwas, um ihren Söhnen endlich einmal ein Weihnachten zu bescheren, das sie nicht vergessen werden. Einmal sollen sie alles bekommen, was sie sich wünschen. Sie hat so tolle Kinder, sie haben es verdient, dass es ihnen einmal besonders gut geht. Zudem will sie ein großartiges Essen. Und Wodka. Und einen schönen Baum! Und ein Geschenk für Kateryna. Und natürlich auch für sich selbst. So einen Anhänger mit kleinen Diamanten. Davon träumt sie schon lange. Und vielleicht die passenden Ohrringe dazu.

Ein Mädchen lässt sich gegenüber auf den Sitz plumpsen. Jelena beobachtet einen großen Unterschied zwischen Schweizern und Schweizerinnen über 40 und darunter. Am Anfang hat es sie verunsichert, dass manche gefragt haben, ob im Abteil noch frei sei, obwohl das offensichtlich war, und andere nicht. Mittlerweile weiß sie, dass die jüngeren nicht mehr so höflich sind.

Sie betrachtet das Mädchen verstohlen in der Scheibe. Sie kennt es. Sie war schon in der *Captain's Bar* obwohl sie dafür viel zu jung ist. Natürlich in Begleitung. Jetzt wendet das Mädchen den Kopf, sie streift Jelena mit einem Blick, hält eine Sekunde irritiert inne, so als versuche sie, sich zu erinnern, ob sie Jelena schon einmal gesehen hat. Offenbar entscheidet sie, dass das nicht der Fall ist. Sie wendet sich ab und tut, als wäre Jelena nicht da. Jelena ist nicht erstaunt, sie ist ganz anders angezogen als bei der Arbeit und zudem in einer völlig anderen Umgebung. Aber sie, Jelena, merkt sich jedes Gesicht, eine Stärke von ihr, die ihr schon oft gelegen kam. Auch sie beachtet aber die Kleine nicht, sondern schaut gelangweilt zum Fenster hinaus.

Es dauert nicht lange, und das Mädchen kriegt einen Anruf. Jelena will gar nicht zuhören, aber es geht ja nicht anders, wenn man im gemeinsamen Abteil sitzt.

»Hey bitch, was gibt's?« Wie kann man sich nur so anreden? Niemals würde sie ihrer Tochter erlauben, so mit einem anderen Mädchen zu reden. Aber sie hat ja keine Tochter. Eigentlich ist Jelena ganz froh, Söhne sind unkomplizierter in der Handhabung.

»Nein. – Was?« Das Mädchen schreit. Jelena wirft ihr einen Blick zu. Sie ist nicht lärmempfindlich, überhaupt nicht, aber das war nun doch ein bisschen laut.

»Shit!« Das Mädchen sieht, dass Jelena sie anschaut und senkt sofort die Stimme.

»Ist nicht wahr!« – »Scheiße.« – »Oh mein Gott.« – »Scheiße.« – »Aber was soll ich jetzt tun?« – »Meinst du?« – »Soll ich nicht warten, bis die sich bei mir melden?« – »Und wenn sie glauben, ich habe etwas damit zu tun?« – »Nein.« – »Keine Ahnung.« – »Scheiße.« – »Was mache ich nur?« – »Ja. Vielleicht.« – »Auf dem Weg nach Zweisimmen.« – »Ja.« – »Okay. Ich schaue.« – »Hilfst du mir?« – »Danke.« – »Okay. Also, bis später.« Sie hängt auf. Aber Jelena sieht, dass sie völlig aufgelöst ist. Sie fragt: »Alles okay?« Es ist weder in der Schweiz noch in der Ukraine üblich, ein fremdes Mädchen einfach so anzusprechen. Aber die Kleine tut Jelena leid, das Telefongespräch hat sie ganz offensichtlich aus der Bahn geworfen. Sie schaut Jelena perplex an. »Was? Ja. Ja, alles in Ordnung.« Nun blickt sie mit leerem Blick zum Fenster hinaus. Ihr Gesicht spiegelt sich, und Jelena sieht absolute Ratlosigkeit und noch etwas anderes: Angst?, im Gesicht des Mädchens. Plötzlich dreht sie sich um und schaut Jelena an. »Nein. Scheiße. Wissen Sie was? Nichts ist in Ordnung.« Jelena zieht fragend ihre Augenbrauen in die Stirn, das reicht offenbar als Aufforderung. »Jemand ist verschwunden.«

»Wer?«

»Ein Junge.«

»Hast du ihn gekannt?«

»Nein, eigentlich nicht.«

»Was ist das Problem?«

»Vermutlich bin ich die Letzte, die ihn gesehen hat.«

34.

Ida hat sich überlegt, was sie der Familie mitbringen könnte. Zufällig fand sie eine *Camellia Sinensis Assamica* im Schrank und erinnert sich, dass sie die im *Länggass-Tee-Laden* gekauft hat, bei ihrem letzten Besuch in Bern. Sie liebt den Laden, trinkt aber eigentlich viel zu wenig Tee, um regelmäßige Kundin zu sein. Obwohl sie davon überzeugt ist, dass es wenig gibt, das nicht bei einer Tasse Tee besprochen und gelöst werden kann. Familie Kumara aus Sri Lanka, einem Land, das selbst wunderschöne Teeplantagen besitzt, das passt. Vielleicht kommt sie grad richtig zur Teatime.

Sie will Balachandran und seiner Frau ihr Beileid aussprechen. Aber natürlich nicht nur. Es ist Samstagnachmittag, und Ida rechnet damit, dass die Familie daheim ist. Das *Tropenhaus* ist geschlossen, das heißt, Balachandran muss nicht arbeiten.

Auf Idas Klingeln vergehen ein paar Sekunden, dann hört sie Stimmen, und schließlich öffnet sich die Tür. Es ist ein Junge. Das muss der kleine Bruder sein. Ein hübsches Kind. Ida lächelt und sagt: »Hallo, Dinesh. Ich bin Ida und ich arbeite am selben Ort wie dein Vater. Ist er hier?« Der Junge nickt schüchtern und ruft dann etwas in die Wohnung, das Ida nicht versteht. Eine Frauenstimme antwortet und der Junge rennt davon. Ida weiß einen Moment nicht, ob sie eintreten oder warten soll. Wieder hört sie rasch gesprochene Worte, und noch bevor sie entscheiden kann, was sie tun will, erscheint Balachandran. Er kommt mit ausgestreckter Hand auf sie zu. »Ida.«

Ida drückt die Hand und sagt: »Ja, hallo, Balachandran. Bitte entschuldige den Überfall. Ich möchte euch mein Beileid aussprechen, es tut mir unendlich leid.« Balachandrans Gesicht fällt zusammen. Er schließt für Sekunden die Augen, öffnet sie wieder, und es kommt Ida vor, als würde sie in einen schwarzen Schacht ohne Boden blicken. Hoffentlich war es kein Fehler herzukommen. »Darf ich kurz reinkommen?«

»Bitte.«

Ida folgt Balachandran in den engen Korridor. Im Wohnzimmer sitzt Dinesh auf einem Sessel und blickt sie jetzt neugierig an.

»Bitte nimm Platz.« Wieder lächelt Ida Dinesh an und setzt sich dann ihm gegenüber auf das rote Plüschsofa. »Willst du etwas trinken?«

»Gern. Einen Tee? Ich habe euch etwas mitgebracht.« Sie holt die Dose Libellules aus ihrer Tasche und freut sich, dass es das gleiche Rot ist wie das Sofa. Balachandran nimmt sie. »Danke.« Als hätte sie nur auf diesen Augenblick gewartet, erscheint jetzt Anshu in der Tür. Ida hat sie nur ein einziges Mal gesehen, und sie kommt ihr jetzt noch kleiner vor als in ihrer Erinnerung. Ida steht auf und geht auf sie zu. »Anshu, ich weiß nicht, ob Sie mich noch kennen? Ich arbeite im *Tropenhaus*. Es tut mir so leid.« Es sieht aus, als wollte die kleine Frau in Tränen ausbrechen. Sie reißt sich aber zusammen und nickt stattdessen tapfer. Ida legt ihr vorsichtig ihre Hand auf die Schulter. Sie kommt ihr riesig vor und sie muss an ein kleines zartes Vögelchen denken. Das magere Gesichtchen und die feinen Knochen. Balachandran ist ebenfalls aufgestanden und gibt seiner Frau die Teedose. Dazu sagt er etwas, und Anshu nickt. Sie verschwindet. Vermutlich in der Küche. Balachandran setzt sich wieder hin und Ida ebenfalls. »Wie geht es euch?«

»Es geht.«

»Ravichandra war so ein tolles Mädchen.« Balachandran gibt keine Antwort. »Ich habe mich manchmal mit ihr unterhalten. Sie war so freundlich und interessiert.«

»Ja. Sie hat dich auch gemocht. Sie hat von dir erzählt.«

»Das freut mich.«

»Sie hat gesagt, du wissest so viel, und sie könne viel von dir lernen.«

»Mir hat sie auch erzählt. Von einem Feigenbaum im *Tropenhaus*.« Dinesh wird mutiger. Ida lächelt. »Ach ja, die schöne Geigenfeige über dem Störbecken. Kennst du sie?« Eifrig nickt der Kleine. »Ich war schon da und habe die Störe gestreichelt!«

»Prima. Du bist mutig.«

»Ja. Aber nicht so mutig wie Ravichandra.«

»War sie auch mutig?«

»Sehr!« Die Bewunderung ist nicht nur aus der Stimme zu hören, Ida sieht sie auch in seinem Blick. Die große Schwester, das Vorbild. »Und sehr lieb. Sie hat mit mir gespielt und gezeichnet. Soll ich dir etwas zeigen?«

»Ja! Gern.«

»Ich hole es.« Mit diesen Worten wischt er davon. Ida lächelt. »Was für ein fantastischer Junge.«

»Ja.« Balachandrans Blick folgt dem Sohn voller Stolz.

»Die Geschwister haben sich gemocht.« Es ist keine Frage, Ida stellt es fest.

»Sehr. Ravichandra war wirklich lieb mit ihrem Bruder. Und er hat sie vergöttert. Sie hat ihm bei den Schularbeiten geholfen, sie hat ihm Gutenachtgeschichten vorgelesen, weißt du, unser Deutsch ist immer noch nicht so gut, Ravichandra hat …« Seine Stimme bricht, und jetzt glitzern Tränen in seinen Augen.

»Es ist so traurig, ein Kind zu verlieren.«

Balachandran nickt, sprechen kann er nicht. Ida lässt ihm Zeit. Schließlich sagt er: »Und sie war immer so lieb.«

Ida lächelt. »Ja, und gerade in diesem Alter ist das nicht selbstverständlich.«

»Wie meinst du das?«

»Oh, ich kenne andere Eltern von Teenagern, die beklagen sich über ihre Kinder. Weil sie frech sind. Weil sie zu viel Alkohol trinken, weil sie Drogen nehmen.«

Balachandran seufzt tief. »Nie hat sie uns Probleme gemacht.«

Ida fragt sich, wie echt Balachandrans Erinnerungen sind oder wie viel bereits der Verklärung der Vergangenheit zum Opfer fällt. »Und dabei ist es eigentlich ganz natürlich, dass Teenager ihre Grenzen kennenlernen wollen und Dinge ausprobieren.«

»Nicht Ravichandra. Sie wollte das nicht. Sie war immer brav.«

Ida bohrt nicht weiter, stattdessen lenkt sie das Gespräch in eine andere Richtung: »Mir kam sie immer fröhlich und sorglos vor.«

»Ja, das war sie.«

»Hatte sie keine Angst vor Prüfungen? Vor Vorträgen?«

»Sie hat viel gelernt.«

»Schön. Waren die anderen Mädchen nie eifersüchtig auf sie?«

Balachandran zuckt mit den Schultern. »Ich glaube nicht. Ravichandra war sehr beliebt. Sie hat anderen geholfen.«

»Auch wenn sie Probleme hatten?«

»Besonders wenn sie Probleme hatten.«

»Und wurde ihr das nie zu viel?«

»Was meinst du?«

»Nun ja, man hört von Teenagern mit Depressionen und Angststörungen.«

»Aber Ravichandra nicht.«

Anshu kommt mit einem Tablett – drei Tassen, Milch, Zucker und einer Teekanne – ins Zimmer. Vorsichtig stellt sie alles auf den Tisch und setzt sich dann in den Sessel, in welchem vorher Dinesh saß. Jetzt ist der kleine Junge zurück: »Sieh nur! Sie hat mir ein Rennauto gezeichnet!«

»Oh, das ist aber schön.«

»Ja, nicht wahr?« Treuherzig setzt er sich jetzt neben Ida. »Ich durfte mir immer wünschen, was ich haben wollte, und sie hat es mir gezeichnet.«

»Konnte sie alles zeichnen?«

»Lastkräne nicht so gut. Aber sonst alles.« Er nickt zufrieden. »Brauchst du auch eine Zeichnung?«

»Eine Zeichnung kann ich immer brauchen.«

»Was gefällt dir?«

»Hm. Ich mag Blumen und Vögel.«

»Das kann Ravi sehr gut!« Einen Moment hat der Kleine vergessen, dass seine Schwester nicht mehr zeichnen kann. Ida sieht sofort, wann die Erkenntnis ins Bewusstsein dringt. Ein Schatten zieht über das Gesicht, aber er verschwindet sofort wieder. Dinesh hat eine Lösung. »Ich kann auch gut Blumen und Vögel zeichnen. Soll ich dir eine Zeichnung machen?«

»Würdest du? Das wäre eine riesige Freude!«

»Klar!« Er strahlt. Wetzt wieder davon und lässt die drei Erwachsenen zurück. Anshu bewegt sich als Erste und schenkt Tee ein.

»Darf ich?« Ida gießt ein wenig Milch dazu und nimmt die Tasse dann in die Hand. »Danke. Dinesh muss euch viel Freude bereiten.«

»Das tut er.« Als hätte der Junge seinen Namen gehört, rennt er jetzt wieder ins Zimmer und pflanzt sich vor Ida auf. »Komm«, sagt er und nimmt sie an der Hand. Ida lässt sich nicht zweimal bitten. Die Kinderhand ist warm und klein, und Dinesh zieht heftig und ungeduldig. Ida folgt ihm in sein Zimmer. Ein fröhliches Kinderzimmer. Einfach eingerichtet, aber in heiteren Farben. Auf dem Bett hockt ein großer Hund. »Ist das dein Freund?«

»Bello, ja.«

»Bello. Ein schöner Name. Hast du noch mehr Freunde?«

»Mein richtiger Freund heißt Lino.«

»Okay, und wo ist Lino?«

»Das weiß ich nicht, daheim?«

»Geht Lino mit dir in den Kindergarten?«

»Ja. Aber sieh! Eine Blume für dich. Du musst mir sagen, welche Farben dir gefallen.«

»Die Blume ist schön. Ich mag Gelb und Blau.«

»Genau, was ich genommen habe!« Dinesh strahlt.

»Richtig. Malst du mir noch eine?«

»Welche Farbe?«

»Rot?«

»Ja, rot.«

»Hatte Ravichandra auch Freunde?«

»Sie hatte sehr viele Freunde.«

»Mädchen oder Jungen?«

»Mädchen.«

»Keine Jungen.«

»Nein.« Dinesh schüttelt entschieden den Kopf.

»Kennst du einen Pasquale?«

»Nein!« Dinesh lacht. »Was soll das sein, Pasquale?«

»Kennst du den Namen nicht?«

»Nein.« Wieder gluckst Dinesh und wiederholt: »Pasquale. Pasquale.«

»Das ist ein italienischer Name. Und Silvan? Kennst du einen Silvan?«

»Nein. Kein Silvan.«

Dann nicht. Ida fragt nicht weiter, sondern konzentriert sich auf das Kunstwerk, das ihr bald gehören soll. »Zeichnest du mir auch noch einen Vogel?«

35.

Es ist Nachmittag geworden. 15 Uhr, aber im Haus drin brennt bereits Licht. Megan steht vor der Tür. Es ist zu viel. Zwei Mal in einer Woche Eltern sagen müssen, dass ihr Kind tot ist, das ist zu viel.

Trotzdem drückt sie jetzt auf die Klingel. Wartet auf die Schritte drinnen. Es dauert. Grade als sie zum zweiten Mal auf den Knopf drücken will, regt sich etwas. Sie hat keine Schritte gehört, aber Brigitte Schmid öffnet die Tür. Wieder der hoffnungsvolle Blick. Megan schüttelt fast unmerklich den Kopf. Die Augen der Mutter werden ängstlich. Megan möchte, dass sie sitzt, wenn sie die schlimme Nachricht formuliert. Am liebsten will sie es den Eltern gemeinsam sagen. Nicht zweimal den Zusammenbruch anstoßen. Frau Schmid versteht. Sie tritt zurück ins Haus, Megan folgt ihr. Diesmal nicht in die Küche, sondern ins Wohnzimmer. Der Fernseher läuft. Alfred Schmid hat Fußball geschaut. Als er sieht, wer kommt, drückt er auf die Fernbedienung, sofort wird es totenstill im Raum. Megan ärgert sich, dass sie *totenstill* denkt. Sie wartet, bis die Mutter sich gesetzt hat, hält es aber auch diesmal für das Beste, den Eltern sofort zu sagen, worum es geht: »Ihr Sohn Silvan ist tot.«

»Was, nein!« Die Frau schreit. »Nein! Nein, das kann nicht sein! Wo ist er? Was ist mit ihm?«

»Man hat ihn im Wald hinter Spiezwiler gefunden.«

»Aber er ist doch nicht tot, bitte sagen Sie, dass er nicht tot ist.« Der Schmerz in den Augen der Frau ist unerträglich. Megan schaut den Mann an. Sein Gesicht ist wie versteinert. Sie holt das Effektensäcklein aus ihrer Tasche. Zum zweiten Mal diese Woche. Wortlos legt sie es vor den Eltern auf den Tisch. Die Frau beginnt, laut zu schluchzen. Greift mit der rechten Hand nach dem durchsichtigen Ding und beginnt, das Portemonnaie durch das Plastik zu streicheln. »Nein, nein. Bitte nicht.« Sie ist leise geworden. Tränen kullern über ihre Wangen.

»Woran ist er gestorben?« Diesmal ist es der Vater, der spricht.

»Das kann ich Ihnen leider noch nicht sagen.«

»Selbstmord?« Megan muss genau hinhören, der Vater hat es fast geflüstert.

»Auch das weiß ich nicht. Aber ich glaube es nicht, die Stelle eignet sich nicht für einen Suizid.« Eigentlich hätte sie das nicht sagen dürfen, sie hat zu wenig Fakten, um so etwas weiterzugeben. Aber sie will den Eltern helfen.

Wenigstens ein ganz kleines Stückchen vom Schmerz oder eventuellen Selbstvorwürfen wegnehmen. Die Mutter weint still vor sich hin. Der Vater reißt sich noch zusammen, fragt: »Wie geht's jetzt weiter?«

»Jemand von Ihnen wird Ihren Sohn identifizieren müssen.«

Der Vater nickt. Megan fährt weiter: »Ihr Sohn wird untersucht. Man hat die Spuren gesichert und wird sie auswerten. Sobald die Rechtsmedizin Ihren Sohn frei gibt, können Sie ihn begraben.«

Ein tiefer, tiefer Seufzer entringt sich der Brust des Mannes. Sein Blick wirkt erloschen.

»Ich werde alles tun, um möglichst bald herauszufinden, was mit Silvan passiert ist.« Mehr kann Megan nicht tun. »Wenn Sie Fragen haben oder wenn Ihnen etwas einfällt, irgendetwas, dann melden Sie sich bitte. Meine Karte haben Sie.« Sie hat sie der Mutter schon beim ersten Besuch hiergelassen und zweifelt nicht daran, dass sie sie noch hat. »Es tut mir sehr leid.« Die Eltern reagieren nicht. Beide sitzen sie wie Inseln an ihren Plätzen und versuchen, mit dem unerträglichen Verlust umzugehen. »Möchten Sie, dass ich jemanden für Sie organisiere? Den Pfarrer, eine Psychologin?«

Der Vater schüttelt den Kopf. Die Mutter kriegt offensichtlich nichts mit. Sie streichelt wie in Trance das Telefon, blickt ins Leere und merkt wohl auch nicht, wie ihr Tränen übers Gesicht laufen.

In Kenia würde man jetzt sagen: Ich bete für euch. Aber in der Schweiz passt das nicht, das weiß Megan inzwischen. Zudem glaubt sie ja selbst nicht an Gott, weiß aber auch, dass der Glaube vielen Menschen hilft. Sie lässt es sein. Steht auf und sagt: »Ich gehe jetzt. Wie gesagt, Sie können mich jederzeit erreichen. Und sonst melde ich mich wieder.« Der Vater macht einen halbherzigen Versuch, sich zu erheben, aber Megan winkt ab. »Lassen Sie nur. Ich finde allein hinaus.« Sie macht ihren Mantel zu. »Auf Wiedersehen.« Der Mann nickt, die Frau reagiert nicht. Leise geht Megan hinaus. Vorbei an der Garderobe, an der diverse Jacken und Mäntel hängen. Sicherlich gehört eine Silvan. Megans Herz ist bleischwer. In solchen Momenten hasst sie ihren Job. Sie war diejenige, die Familie Kumaras und Familie Schmids Leben für immer einen Schatten gegeben hat. Auch wenn sie nichts für den Tod der Kinder kann, so war sie doch diejenige, die sie getötet hat, weil sie es den Eltern sagte. Vorher war die Welt noch in Ordnung – im Fall Kumara – oder zumindest hoffnungsvoll – bei Schmids – nach Megans Besuch ist da nur noch Traurigkeit, Schmerz und Verlust.

Im Auto ist es eiskalt. Megan beschließt, dass sie jetzt selbst etwas für ihr Wohlergehen tun muss, und entscheidet sich heimzufahren. Heim? Ist Idas Zuhause ihr Daheim? Nein, eigentlich nicht. Auch wenn es sich offenbar so anfühlt. Jedenfalls freut sich Megan auf die Gesellschaft der Tante. Sie ist nie gern allein, aber in solchen Momenten schon gar nicht. Da braucht man Familie. Und ihre ist so weit weg. Spontan beschließt sie, ihre Mutter anzurufen. Und sie meldet sich sofort: »Megan! Ist etwas passiert?«

»Nein. Mama, ich wollte nur deine Stimme hören.«

»Mein Kind. Geht es dir nicht gut? Was machst du? Es ist Samstag, bist du allein?«

»Doch, Mama, es ist alles in Ordnung. Ich fahre jetzt zu Tante Ida.«

»Das ist gut. Kocht sie für dich?«

»Das weiß ich nicht. Aber wir werden sicherlich etwas essen.«

»Gut.« Ihre Mutter klingt zufrieden. Ein voller Magen und Gesellschaft, zwei Dinge, die essenziell für das Leben sind. Und Megan gibt ihrer Mutter recht. Ihr geht's gut. Und wenn sie ihre Arbeit gut macht, ist das alles, was sie tun kann, um auch das Leben von Kumaras und Schmids erträglicher zu machen. Ein paar Fragen zu den Hunden: Sind gesund! Ein paar Fragen zum Land: Die Politiker korrupter den je! Das Wetter? Es regnet! Gott sei Dank. Die Familie? Dem Vater geht's gut! Aber Onkel Erastus hat diesen Husten, der nie weggeht, und Cousine Susan ist unglücklich verliebt. Was hat sie sich auch diesen Expat ausgesucht, war doch klar, dass der irgendwann weggeht.

Die Geschichten der Mutter tun Megan gut, setzen alles wieder in die richtigen Relationen, und während das herbstliche Oberland an ihr vorbeizieht, stellt sie sich vor, wie die Mutter in Nairobi auf dem Sofa vor dem Feuer sitzt, wie draußen der Regen in die Dachrinnen pladdert und die Köchin in der Küche das Abendessen zaubert. Es wäre schön, da zu sein. Aber der zweitbeste Platz ist bei Ida.

Sie ist da. Gibt Grüße an Verwandte und Freunde weiter und verabschiedet sich lächelnd von ihrer Mutter. Es ist im Grunde alles, wie es sein muss.

36.

Kateryna fühlt sich so gut. Fast ist sie glücklich. Das Treffen mit Yulia war genau, was sie gebraucht hat. Sie summt leise vor sich hin, obwohl die Einkaufstaschen schwer sind. Auch das macht ihr Freude. Sie will heute Abend kochen. Vareniki soll es geben. Gefüllt mit Kartoffeln, Speck und Zwiebeln. Jelena soll nichts tun, sich einfach verwöhnen lassen. Sie tut so viel für sie. Und gibt sich solche Mühe. Und sie hat recht, alles wird gut kommen. Bald kann sie zurück nach Hause, ihr Studium aufnehmen und leben, wie sie immer gelebt hat. Und bis dahin wird sie so viel Geld wie möglich verdienen und sich die Schweiz ansehen und besser Deutsch lernen und sich mit Yulia treffen. Am Ende werden das richtig gute Monate sein. Und an alles andere wird sie ganz einfach nicht denken. Jelena wird ihr dabei helfen. Sie ist eine Meisterin darin, nur das Gute und Schöne und überhaupt nur das zu sehen, was sie will.

Endlich ist sie vor der Mietwohnung angekommen. Sie stellt die schweren Einkaufstaschen auf den Boden und kramt nach dem Wohnungsschlüssel. Dann lacht sie leise, warum macht sie das? Jelena ist doch daheim. Natürlich ist die Wohnung offen. Beim Eintreten ruft sie laut: »Pryvit! Ich bin wieder da!« Eine Antwort kriegt sie allerdings nicht. Noch einmal ruft sie, jetzt eine Spur lauter: »Pryvit!« Dazu schleppt sie die Einkäufe in die Küche. Seltsam, wo ist Jelena? »Jelena! Ich bin hier!«

Aus Maxims Zimmer ruft eine Stimme: »Mumiya ist nicht da.«

Nein? Kateryna ist ein bisschen enttäuscht. Fasst sich aber rasch, eigentlich ist das doch ganz gut, dann kann sie alles vor- und zubereiten, und wenn Jelena heimkommt, kann sie sich gleich hinsetzen. Kateryna zieht Mantel und Schuhe aus und beginnt, die Zutaten zu richten. Sie wird mit dem Teig beginnen. Aber zuerst geht sie zu Maxim und klopft an seine Tür. »Darf ich reinkommen?«

»Ja, klar.«

Sie öffnet, Maxim liegt auf dem Bett, hört offenbar Musik. »Hallo, Maxim, wie geht es dir?«

»Gut, alles bestens.«

»Wo ist Jelena?«

»Keine Ahnung. Sie war schon nicht da, als ich heimkam. Einkäufe?«

»Ja, vielleicht. Und deine Brüder?«

»Mischa und Nika haben eine Verabredung.«

»Okay, denkst du, sie kommen zum Abendessen heim?«

Maxim zuckt mit den Schultern: »Weiß nicht. Aber ich glaube nicht.«

»Na gut, dann gibt es mehr für uns! Ich mache heute Vareniki.« Kateryna strahlt Maxim an. Er schaut sie nur mit gerunzelter Stirn an. »Vareniki! Kennst du keine Vareniki?«

»Keine Ahnung.«

»Die wunderbaren Teigtaschen?«

»Sind das die großen Ravioli, die Mama manchmal macht?«

»Mit einer sauren Soße?«

»Kann sein.«

»Mein Gott, Maxim. Du musst doch Vareniki kennen! Sonst bist du kein echter Ukrainer.« Das scheint Maxim nicht zu kümmern, jedenfalls zuckt er wieder mit den Schultern. »Mein Vater ist Schweizer.«

»Natürlich. Aber komm, du kannst mir helfen. Lass uns gemeinsam Vareniki für deine Mutter machen.«

Maxim zögert nur kurz. Gutmütig steht er auf und folgt Kateryna in die Küche. Wenn es sie glücklich macht, kann er ein bisschen mithelfen. Er hat ja sonst nichts zu tun. Allerdings verwandelt sich Kateryna in der Küche in einen General. Einen Augenblick bereut Maxim seine Entscheidung. Chillen auf dem Bett wäre eindeutig gemütlicher gewesen. Kateryna streckt ihm eine Schürze hin und befiehlt: »Hände waschen. Wir beginnen mit dem Teig.«

Milch, Salz, Ei und Öl stehen bereits bereit. »Das kannst du verquirlen.«

Verquirlen? Was um Gottes willen ist verquirlen? Maxim rührt und hofft, alles richtig zu machen. Kateryna nickt zufrieden und gibt dann Mehl und etwas Backpulver dazu. »Einfach weiterrühren, bis wir einen glatten, dickflüssigen Teig ohne Klümpchen haben. Klar?«

Maxim nickt. Und rührt. Irgendwann ist der Teig tatsächlich schön glatt. »Sehr gut.« Kateryna ist zufrieden. »Jetzt mit einem Küchentuch abdecken.« Sie hat inzwischen Kartoffeln geschält und ins kochende Salzwasser gegeben. Für Maxim hat sie Zwiebelhacken vorgesehen. Noch bevor sie wirklich fein sind, muss er heulen. »Da musst du durch. Ein bisschen kleiner müssen sie noch sein.« Kateryna ist gnadenlos. Jetzt erhitzt sie Speck in der Bratpfanne, und Maxim wird erlaubt, die Zwiebel hineinzugeben. »Gut, du kannst sie jetzt glasig dünsten.«

Als ob er eine Ahnung von glasig dünsten hätte. Und diesmal kommt es tatsächlich nicht gut. »Was machst du denn da! Die sind ja schwarz! Schnell weg vom Feuer!«

Feuer? Brennt es irgendwo? Maxim ist überfordert. Kateryna reißt ihm die Pfanne aus der Hand. »Na ja, macht nichts. Wir nehmen zwei neue. Du weißt ja jetzt, wie klein geschnitten sie sein müssen.« Seufzend nimmt Maxim zwei neue Zwiebeln und schnipselt, bis er vor lauter Tränen kaum noch etwas erkennen kann. Kateryna hat derweil die verbrannten aus der Pfanne genommen und lobt ihn: »Super, jetzt noch einmal. Stell die Platte nicht mehr so hoch ein, und dann die Zutaten einfach ein bisschen in der Pfanne hin und her schieben, bis sie glänzen und gut riechen.« Okay, das ist verständlicher. Maxim rührt in seinen Zwiebeln und dem Speck, und diesmal verbreitet sich ein appetitanregender Duft. Kateryna hat derweil eine Knoblauch-Nussbutter hergestellt. Geschäftig geht sie hin und her, wirft einen Blick auf Maxims Zwiebeln, schaut rasch, wie der Teig aussieht und gießt dann das Wasser der Kartoffeln ab. Allmählich beginnt das Ganze richtig Spaß zu machen. »Richtig so?«

»Perfekt. Stell die Platte ab und lass die Pfanne da stehen. Jetzt kannst du die Kartoffeln durch die Presse drücken.«

»Autsch, die sind heiß!«

»Was hast du denn gedacht? Die waren in kochendem Wasser.«

Schließlich werden Speck und Zwiebeln unter das Kartoffelmus gemischt und mit Salz und Pfeffer abgeschmeckt. »Mal sehen, wie der Teig ist.«

Kateryna bestäubt die Arbeitsfläche mit Mehl und legt den Teig darauf. Dann beginnt sie, ihn auszuwellen.

»Ausgezeichnet. Genau die richtige Konsistenz. Übernimm du, möglichst fein soll er sein.«

»Alles klar.« Aber so einfach, wie es bei Kateryna aussah, ist auch das wieder nicht. Immer zieht sich der blöde Teig wieder zusammen und Maxim kommt richtig ins Schwitzen, bevor Kateryna mit dem Resultat zufrieden ist. »Hier nimm diese kleinen Teller, die haben die richtige Größe. Dem Rand entlang schneiden, damit wir schöne Kreise bekommen. Auf die eine Hälfte legst du Füllung, nicht zu nah an den Rand, siehst du? Dann außen mit Wasser bestreichen, damit sie gut zukleben und jetzt falten. Ist das nicht eine wunderschöne Vareniki?« Kateryna betrachtet die Kreation voller Stolz. Maxim muss ihr recht geben, appetitlich das Ganze. Sobald sie alle Taschen gefüllt haben, werden sie in reichlich Salzwasser während circa sieben Minuten gekocht.

Mittlerweile ist es draußen dunkel geworden. Wo bleibt nur Jelena? Gut, dass Kateryna den Backofen auf 80 Grad Celsius vorgeheizt hat, da drin bleiben die Vareniki schön warm. »Danke, Maxim, hast du toll gemacht. Den Rest schaffe ich allein. Jetzt müssen wir noch auf deine Mutter warten.« Maxim nickt, überlegt einen Moment, ob er zurück in sein Zimmer gehen soll, entscheidet sich dann aber dafür, in der Küche zu bleiben. Es ist gemütlich hier, und er schaut Kateryna gern zu, wie sie aufräumt, noch einen Salat macht und danach den Tisch deckt.

»So. Jetzt dürfte sie aber wirklich kommen. Hast du auch Hunger?«

»Und wie!«

37.

Nichts kam so, wie sie es sich gewünscht hat. Zuerst dieses aufgelöste Mädchen, das sie wieder beruhigen und auf den Boden der Realität bringen musste, und dann Bruce. Er hat so ganz anders reagiert als gedacht. Einen richtigen Plan hatte sie ohnehin nicht, zu wenig Zeit. Und trotzdem hat man eine gewisse Vorstellung, wie etwas ablaufen könnte. Nun, so ist es nicht gekommen. Aber das macht nichts. Jelena ist flexibel. Und so schnell lässt sie sich nicht entmutigen. Sie wird ein paar Vorkehrungen treffen und dann erneut zuschlagen. Das wird schon klappen. So einfach lässt sie sich nicht abspeisen, nicht, wenn easy money so nah scheint. Und zudem ist sie jetzt im Grunde in einer viel stärkeren Position.

Das alles hat auch länger gedauert als gedacht. Außerdem hat es zu regnen begonnen. Aber macht nichts, sie wird bald daheim sein, und es ist Zeit genug, um etwas zu essen, bevor sie zur Arbeit gehen müssen.

Was hat sie noch im Kühlschrank? Mit drei Söhnen ist das immer ein bisschen trügerisch. Aber vielleicht hat einer etwas eingekauft. Sie zweifelt zwar daran, wenn sie keine Aufträge und Geld verteilt, wird einfach gegessen, was der Vorrat hergibt. Jelena seufzt. Ihre Männer fressen sie noch zu armen Tagen. Aber irgendwie reicht es immer. Für Maxim wird ohnehin noch bezahlt. Martin, ihr Ex-Ehemann und Vater von Maxim, überweist den Unterhalt gewöhnlich pünktlich. Außerdem verdienen

Nika und Mischa bereits ihr eigenes Geld. Trotzdem wird es schön sein, dieses Weihnachten mal etwas mehr zu haben und sich etwas zu leisten, was sonst nicht drin liegt. Die Vorfreude lässt Jelena schneller gehen.

Von der Straße aus sieht sie, dass Licht in der Wohnung brennt. Schön, dann ist jemand daheim. Mindestens Kateryna.

Im Treppenhaus riecht es verführerisch. Fast könnte man glauben nach Vareniki. Aber da spielt ihr ihr Gedächtnis wohl einen Streich. Jelena öffnet die Wohnungstür und ruft sofort: »Pryvit! Ich bin zu Hause!«

»Pryvit, wir sind in der Küche!«

Riecht sie doch Vareniki? Jelena entledigt sich ihres Mantels und der Schuhe und geht sofort in die Küche. »Mensch! Vareniki! Kateryna, weißt du, wann ich die zum letzten Mal gegessen habe?«

»Vor viel zu langer Zeit, wenn dein Sohn nicht einmal weiß, was Vareniki sind.«

»Und ob, und ob! Du bist der größte Schatz!« Jelena gibt Kateryna einen dicken Kuss auf die Wange. »Das wird ein Festessen! Und dabei ist noch nicht einmal Weihnachten.«

»Komm, setz dich, ist alles bereit.«

»Oh, Kateryna.« Jelena kriegt verdächtig glänzende Augen, als sie den gedeckten Tisch entdeckt. »Maxim, hast du geholfen?«

»Natürlich, Mumiya.«

»Ihr macht mich glücklich.«

»Schnell, ich nehme sie jetzt aus dem Ofen.«

»Schau dir das an! Perfekt! Und mit Knoblauch-Nussbutter.« Jelena lässt schon einmal das Wort auf der Zunge zergehen. »Wie damals Babusyas.«

Jetzt geht die Tür, und jemand kommt rein. »Mischa? Bist du das?«

»Ja.«

»Komm sofort in die Küche, du glaubst nicht, was wir kriegen!«

Mischa ist ein hübscher Junge, Jelena denkt es immer wieder. Groß und breitschultrig, blond und blauäugig, die Mädchen liegen ihm zu Füßen. Aber das Wichtigste ist, dass er Frauen mit Respekt behandelt, und darauf ist Jelena stolz. »Komm, setz dich, dein Bruder und deine Tante haben gekocht.«

Mischa lächelt. »Maxim? Dann bestelle ich mir eine Pizza.« Er schlägt dem jüngeren Bruder spielerisch mit der Hand auf den Kopf und dieser wehrt sich empört: »Du! Ich kann kochen! Frag Kateryna! Nicht wahr, Kateryna?«

»Und ob! Aber setzt euch jetzt an eure Plätze. Sonst wird alles kalt.«

Kateryna verteilt die halbmondförmigen Teigtaschen auf den Tellern. Und ein paar Minuten hört man nur Messer und Gabeln auf den Tellern schaben und ab und zu ein wohlig zufriedenes Schmatzen.

Jelena blickt in die Runde und ist tatsächlich glücklich.

SONNTAG

38.

Der Blick auf den Niesen ist zu jeder Jahreszeit schön. Ida denkt es jeden Morgen und jeden Abend, wenn sie die Fensterläden öffnet oder schließt und sich ihr die perfekte Bergpyramide präsentiert. Aber am allerschönsten ist sie, wenn oben der erste Schnee liegt und unten die Wälder noch bunt sind. Genauso wie heute. Der Regen beziehungsweise Schneefall hat einem klaren Morgen Platz gemacht. Als hätte ein Künstler seine Hände im Spiel gehabt, liegt der Schnee genau bis zur Baumgrenze. Eine weiße Spitze und dann die dunklen Hänge mit den noch dunkleren Tannen, vorgelagert der Hondrichhügel mit seinen gelben Laubbäumen. Aber kalt ist es! Fünf Minuten lüften müssen genügen.

Sie spürt ein Schmeicheln um die Beine. »Tizian, du hast mich gehört. Ich komme gleich, und du kriegst dein Frühstück. Und offensichtlich ich auch. Das riecht ja hier in der Wohnung wie am Morgen in einer Safari-Lodge. Komm, lass uns nachsehen, was das zu bedeuten hat.«

»Megan, was ist denn in dich gefahren?«

Megan steht am Herd, es brutzelt und kocht, und sie hat ihre liebe Mühe, Würstchen, Speck, Bohnen und Pilze nicht anbrennen zu lassen. »Da staunst du, was? Auntie, heute gibt's ein full english breakfast. Du kommst genau richtig, wie willst du dein Ei?«

»Das ist ja unglaublich. Sunny side up.«

»Kommt sofort. Kannst du bitte den Tisch decken? Dazu bin ich noch nicht gekommen.«

»Mach ich.« Ida holt Teller und Besteck und wird dabei von Tizian daran erinnert, dass er noch nichts bekommen hat. »Klar, wenn es schon so verführerisch duftet, musst du natürlich auch etwas haben.« Sie füllt sein Geschirrchen mit Fisch aus der Tüte und füllt ihm dann frisches Wasser nach.

»Ei ist gleich soweit. Kaffee kommt ebenfalls, bitte setz dich. Von allem?«

»Von allem!«

Megan häuft Idas Teller großzügig voll. Für sich selbst nimmt sie mit Bedauern nur die Hälfte. Kaum hat sie die Teller auf den Tisch gestellt, springen zwei Toastscheiben aus dem Toaster, die sie ebenfalls auf den Tisch bringt.

»Mensch, womit habe ich das verdient?«

»Wenn du mich schon hier duldest, sollst du auch etwas davon haben. En Guete.«

»En Guete. Und danke. Auch Kaffee?«

»Unbedingt.«

Ida lässt Megan ein paar Minuten Zeit, bevor sie zum Thema kommt. »Nachdem wir ja nun Selbstmord bei Ravichandra ziemlich sicher ausschließen können und sie auch keine Drogen nahm oder alkoholisiert war, bleiben nur noch ein Unfall oder eben Mord.«

»Die Spurensicherung wird mir morgen mehr sagen können, aber ein Unfall? Was soll sie da gemacht haben um diese Zeit? Vor allem, da ja ihre Freundin bereits im

Auto auf sie gewartet hat. Hätte es nicht dieses Missverständnis zwischen dem Vater und dieser Emma gegeben, beide im Glauben, Ravichandra fahre mit dem anderen, hätte man sie schon viel früher entdeckt.«

»Und vielleicht hätte man sie sogar retten können?«

»Womöglich.« Megan schiebt sich eine Gabel voll Rührei in den Mund. »Aber was wäre, wenn, gewesen, bringt uns nicht weiter.«

»Richtig. Wie gehst du vor?«

»Ich muss diverse Leute zur schriftlichen Einvernahme ins Büro bestellen.«

»Pasquale, Servicepersonal, Küche?«

»Ja. Und dann muss ich mich um die Gäste kümmern.«

»Aber du weißt, dass die Gäste eigentlich hinten nicht rauskommen?«

»Nein?«

»Nein. Dafür braucht man ein Ticket oder einen Badge. Abgesehen vom Notfall-Exit natürlich.«

»Notfall-Exit?«

»Die Tür kann mittels eines Notfallhebels schon geöffnet werden, muss ja möglich sein.«

»Klar. Aber trotzdem, dann werde ich mir erst mal diejenigen mit Ticket oder Badge vorknöpfen. Den anderen kann ich mich später noch widmen, sollte ich nicht erfolgreich sein. Damit scheidet ein großer Teil aus, und du hast mir viel Arbeit erspart. Danke. Noch einen Kaffee?«

»Gern. Kann ich dir dafür noch etwas Speck und Bohnen schöpfen?«

»Ich wünschte. Aber ich darf nicht.« Megan schüttelt bedauernd den Kopf. Tapfer nimmt sie die Kaffeetasse in die Hand und hofft, dass stimmt, was man sagt. Nämlich, dass Kaffee den Appetit zügelt. »Mich nimmt wunder, wie der Tod von Silvan Schmid mit dem von Ravichandra Kumara zusammenhängt.«

»Und da gibt es einen Zusammenhang. Ich bin mit dir völlig einig. Zu viele Zufälle. Beide mögen sich, beide sterben sie in der gleichen Nacht.«

»Eben.« Megan nippt am Kaffee. »Etwas habe ich dir noch nicht erzählt.«

»Ja?«

»Frau Schmid habe ich gestern endlich geknackt.« Megan nickt stolz und wissend.

»Geknackt?«

»Ich hatte von Anfang an das Gefühl, dass sie mit etwas hinter dem Berg hält.«

»Sehr passend.«

Megan grinst. »Natürlich, wenn wir hier schon im Kandertal hinter all dem Gebirge ermitteln. Also, die Frau Schmid hat einen schrecklichen Verdacht. Dass sie mir das überhaupt erzählt hat, zeugt von großer Verzweiflung.«

»Sie hat es dir gesagt, bevor ihr den Jungen gefunden habt?«

»Ja, ich zweifle daran, dass sie es mir nachher noch mitgeteilt hätte.«

»Was denn?«

»Sie hat dieses Foto im Schreibtisch ihres Sohnes gefunden.«

»Was für ein Foto? Mensch, Megan, du machst mich wahnsinnig.«

»Schon gut, schon gut. Die Mutter hat das Bild zerstört, und ich habe es nicht sehen können, aber angeblich waren darauf …«

»Ja? Raus mit der Sprache!«

»Nackte Jungs.«

»Ach.« Ida verschlägt es einen Moment die Sprache. Dann wiederholt sie leicht perplex: »Nackte Jungs? Waren wir uns nicht einig, dass Ravi und Silvan ein Pärchen waren?«

»Doch. Aber…«

»Klar, du hast recht, Silvan kann natürlich bi sein.«

»Nein, es ist anders. Es waren kleine Jungs.«

»Oha.«

»Ja, oha. Der Mutter war elend.«

»Natürlich. Und daher auch nicht verwunderlich, dass sie nicht früher damit herausgerückt ist.« Ida schaut bekümmert. »Sie glaubt, ihr Sohn sei pädophil?«

Megan wiegt ihren Kopf. »Möglicherweise.«

»Hat sie die Knaben gekannt?«

»Nein, gar nicht.«

»Oje, das klingt nicht gut.«

»Nein. Zu dumm, dass die Mutter das Bild zerstört hat.«

»Aber verständlich. Es muss ein Schock gewesen sein, so etwas beim eigenen Sohn zu entdecken.«

»Natürlich. Aber trotzdem! Sehr ärgerlich für mich.«

»Ja. Allerdings.«

»Stell dir vor, vielleicht bin ich jetzt auch noch einem Pädophilen-Ring auf der Spur!«

»Du legst wirklich eine steile Karriere hin. Ich bin beeindruckt. Aber ernsthaft. Ich finde, das passt nicht ins Bild.«

»Im Grunde bin ich mit dir einig. Aber was wissen wir von Silvan?« Auf die rhetorische Frage gibt Megan selbst die Antwort: »Nur, was uns seine Mutter bisher erzählt hat und dieser Lenny, sein Freund.«

»Natürlich. Aber trotzdem.«

»Silvans Mutter sagt, Silvan besitze teure Kleider. Kleider, die er sich von seinem Taschengeld nicht leisten kann.«

»Was hat das mit Pädophilie zu tun?«

»Auf den ersten Blick nichts. Aber wir sind uns einig, dass Silvan nicht der Typ des Pädophilen ist.«

Ida verkneift es sich zu sagen, dass sie eigentlich kein Bild des typischen Pädophilen hat, und fragt stattdessen: »Du meinst, er könnte einfach mit den Bildern dealen?«

»Möglicherweise?«

»Die Bilder waren eindeutig sexuell?«

»Was meinst du mit sexuell?«

»Na ja, es könnte ja auch sein, dass es einfach nackte Kinder waren. Kleine Kinder baden manchmal nackt. Auch im Freien, nicht nur in der Badewanne.«

»Sorry, aber die Mutter wird doch wohl harmlose Kleinkinderbilder von pädophiler Ware unterscheiden können?« Megan klingt zweifelnd.

»Ja, sollte man annehmen. Aber ich staune manchmal, was andere Menschen für Vorstellungen haben. Und sagst du nicht immer, nichts ausschließen, sich mit eigenen Augen überzeugen?«

»Hm, du hast völlig recht. Mit eigenen Augen überzeugen geht ja nun nicht mehr, da es das Bild nicht mehr gibt. Aber wir haben ohnehin Silvans Computer und werden sehen, was sich darauf finden lässt. Derweil muss ich mir die Mutter noch einmal vorknöpfen. Sie muss mir beschreiben, was auf den Fotos überhaupt zu sehen war.«

»Siehst du, gut, dass du mich hast.«

»Daran zweifle ich nie! Allein schon dein Besuch bei Kumaras war Gold wert. Dein Hinweis zum Hintereingang des *Tropenhauses*, und jetzt das hier! Ida, ohne dich wäre ich aufgeschmissen.«

»Wir wollen nicht übertreiben.« Ida stellt es trocken fest. »Aber mein Frühstück habe ich mir verdient. Hat es noch Pilze?«

»Soviel du willst!«

39.

So gern Megan noch sitzen geblieben wäre, eigentlich ist sie ganz froh, dass sie den Tisch mit den halb vollen Schüsseln Ida überlassen konnte. Wer weiß, wie lange sie noch ihre Selbstdisziplin aufrechterhalten hätte. Der Anruf ist also grad zur rechten Zeit gekommen. Eine gewisse Leandra Egger hat sich bei der Polizei gemeldet und behauptet, sie hätte Silvan in der Nacht von Donnerstag auf Freitag spät noch gesehen. Das muss das Mädchen sein, das Lenny erwähnt hat. Und Leandra lebt in Spiez, sodass sich Megan sofort auf den Weg gemacht hat, nachdem ein kurzes Telefongespräch bestätigte, dass das Mädchen zurzeit daheim sei und Megan erwarte.

Auf ihr Klingeln öffnet eine blonde gepflegte Frau jenseits der 40. Leandra? Megan hegt Zweifel. Obwohl dieser Silvan immer wieder für Überraschungen sorgt. Die Frau trägt einen Mantel und Schuhe, entweder ist sie soeben nach Hause gekommen oder auf dem Sprung zu gehen. »Hallo.« Sie blickt überrascht, wieder jemand, der nicht damit gerechnet hat, dass Detektivinnen im Berner Oberland dunkelhäutig sein können. Sie fasst sich allerdings erstaunlich rasch und sagt mit nur leicht fragendem Unterton: »Sie müssen von der Polizei sein.«

»Richtig.« Megan lächelt freundlich. »Jäger, mein Name. Ich habe ein paar Fragen an Leandra Egger.«

»Meine Tochter. Genau. Kommen Sie doch rein.« Sie dreht sich leicht von Megan ab und ruft dann: »Leandra, die Frau von der Polizei ist hier!«

Rechts öffnet sich eine Zimmertür, und zögernd erscheint ein Mädchen. Auch sie blond. Megan schätzt sie auf 17, 18 Jahre. Silvans und Ravichandras Alter. Das passt schon besser. »Hallo, Leandra. Megan Jäger.« Megan streckt dem Mädchen ihre Hand entgegen und fragt dann: »Können wir uns irgendwo ungestört unterhalten?«

Bevor das Mädchen etwas sagen kann, meint die Mutter: »Das Wohnzimmer ist frei. Ich gehe jetzt sowieso. Brauchen Sie mich noch?«

»Soweit ich weiß, haben Sie Silvan nicht getroffen?«

»Nein, ich hatte noch ein Geschäftsessen am Donnerstagabend und kam erst spät nach Hause. Als ich heimkam, war Leandra in ihrem Zimmer. Allein.«

»Wann war das?«

»Hm.« Die Frau runzelt die Stirn. »Schätzungsweise um 0.30 Uhr?«

Langes Geschäftsessen. Aber Megan behält den

Gedanken für sich, stattdessen sagt sie: »Das ist okay. Dann dürfen Sie gehen. Ich werde mich mit Leandra unterhalten.«

»Sehr gut.« Die Frau nickt. An die Tochter gewandt, sagt sie: »Ich bin am frühen Abend zurück.«

»Ja.«

»Bis dann. Tschüs.«

»Tschüs.«

Nah stehen sich Mutter und Tochter nicht. Oder die Mutter ist wegen irgendetwas verstimmt. Jedenfalls fällt die Verabschiedung kurz, knapp und kühl aus. Megan versucht, die Stimmung zu erwärmen und beginnt sofort, mit Leandra zu plaudern, sobald die Tür hinter der Mutter ins Schloss gefallen ist. »Es ist kalt! Zum Glück ist es bei euch drin so schön warm.«

»Ja.«

»Entschuldige, darf ich du sagen?«

Das Mädchen nickt.

»Gut. Was meinst du, kann ich vielleicht etwas Warmes zu trinken haben? Ich bin zu Fuß gekommen, und es war kälter und weiter, als ich gedacht habe.«

»Ja, natürlich. Was möchten Sie? Tee, Kaffee?«

»Kaffee hatte ich heute schon viel.« Megan lacht. »Ein Tee wäre sehr nett.«

»Klar. Kommen Sie, ich mache heißes Wasser in der Küche.«

Megan folgt Leandra die Treppe hoch in eine offene Wohnküche mit riesiger Fensterfront und Blick bis über den See. Beeindruckt stellt sie fest: »Schön habt ihr's hier!«

»Die Aussicht? Ja stimmt, die ist schön.« Leandra sagt es, ohne einen Blick aus dem Fenster zu werfen.

»Ich schätze, man gewöhnt sich daran und sieht gar nicht mehr, was für eine Schneekugelszene einem hier geboten wird.« Jetzt zuckt Leandra die Schultern. »Ja, das ist wohl so.«

Megan geht ans Fenster. Obwohl sie natürlich anderes zu tun hat, und obwohl auch das Panorama von Tante Idas Wohnung im ehemaligen Parkhotel Bubenberg beachtlich ist, muss sie einen Blick hinauswerfen. Rechts der Spiezberg mit den Reben, unten das Schloss direkt am Hafen, die vertäuten Segelschiffe schaukeln lustig auf dem Wasser. Sonnenlicht glitzert auf dem See, und dahinter ragt das Niederhorn neben dem Justistal in den Himmel. Ein Tag wie fürs Wandern geschaffen. Wenn sie denn wandern würde. Megan hört, wie das Wasser im Wasserkocher blubbert, und reißt sich vom Panorama los.

»Du warst also am Donnerstagabend mit Silvan unterwegs.«

»Na ja, so kann man das nicht sagen.« Das Mädchen druckst etwas herum.

»Nein? Wie denn?«

Sie öffnet eine Schranktür und deutet auf diverse Teepackungen. »Was wollen Sie?« »Schwarztee?« Das Mädchen nickt, sucht kurz und zieht dann eine grün-schwarze Packung Tee aus dem Schrank. Sie hält sie Megan hin, die einen Beutel herausfischt und in die bereitgestellte Tasse hängt. Leandra füllt mit kochendem Wasser auf. »Du nimmst keinen?«

»Nein. Ich mag Tee nicht so.«

»Ja. Ich vergesse oft, dass nicht alle Tee lieben wie wir.« Wieder lächelt Megan. »Ich komme aus Kenia, und wir sind die größten Teeexporteure der Welt.«

Das Mädchen blickt erstaunt. »Das wusste ich nicht.«

»Das weiß kaum jemand. Aber genug von mir. Erzähl mir lieber von dir.«

»Was wollen Sie wissen?«

»Bleiben wir doch bei Donnerstagabend. Was hast du da gemacht?«

MONTAG

40.

Sibylle hat die Infoveranstaltung sehr gewissenhaft vorbereitet. Sie will ihre Leute richtig informieren. Sie will Vertrauen aussenden, Zuversicht. Vermitteln, dass sie alle im selben Boot sitzen und gemeinsam dafür kämpfen, dass es im *Tropenhaus* gut läuft. Deshalb ist es wichtig, dass mit der Polizei zusammengearbeitet wird, dass jede und jeder sagt, was er oder sie weiß, damit so rasch wie möglich geklärt werden kann, was mit Ravichandra geschehen ist, und man hier wieder zum Normalbetrieb zurückkehren kann.

Alle sind sie da. Zwei Absenzen wurden nur gemeldet. Balachandran Kumara und Heinz Herrmann, der Techniker. Natürlich darf Balachandran daheim bleiben. Er kommt wieder zur Arbeit, wenn er sich dazu in der Lage fühlt. Und Heinz. Heinz' Gehirnerschütterung ist doch ernsthafter, als sie im ersten Moment gedacht haben. Aber in ein paar Tagen wird auch er wieder fit sein.

Sibylle schaut in die erwartungsvollen Gesichter. Einen Moment fühlt sie sich völlig überfordert. Hat alles vergessen, was sie sagen wollte, und plötzlich Angst, in Ohnmacht zu fallen. Aber dann sieht sie sich die Gesichter genauer an. Sie schauen zwar gespannt, vielleicht neugierig, eventuell ängstlich, aber alle sind sie ihr wohlgesonnen. Und als ihr Blick schließlich bei Ida ankommt, lächelt diese ermutigend, und sofort beginnt Sibylle mit der Begrüßung. Das hat sie gebraucht. Menschen, die sie mögen und an sie glauben. Auch sie lächelt, natürlich nicht zu stark und nicht zu strahlend. Der Anlass, dessentwegen sie hier sind, verbietet das. Aber dennoch so, dass die Leute merken, sie hat das im Griff, alles wird gut werden.

Nach der Begrüßung beginnt sie daher mit ein paar Mitteilungen, wie sie es immer macht an Infoveranstaltungen, über das Haus, was wichtig ist, wie es läuft, was sie freut, wie stolz sie auf die Leute, das gesamte *Tropenhaus*-Team ist.

Genauso wie sie immer mit einem Ausblick in die Zukunft aufhören wird. Nur ist diesmal der mittlere Teil gefüllt mit Informationen, die ihr die Polizei gegeben hat. Sie hört wieder, wie die junge Detektivin ihr am Telefon erklärt hat: »Bis zum jetzigen Zeitpunkt können wir nicht sagen, was genau zum Tod von Ravichandra Kumara geführt hat. Die Todesursache muss im Institut für Rechtsmedizin festgestellt werden. Aber ich erwarte heute ihren Bericht sowie denjenigen der Spurensicherung. Das wird einiges Licht ins Dunkel bringen und auch klären, ob weitere Befragungen stattfinden müssen.«

Natürlich wüsste Sibylle gern Genaueres. Aber sie muss sich gedulden, wie alle anderen auch. Und so bleibt sie vage, was Ravichandra angeht, aber versichert, dass man es ihnen sagen wird, sobald mehr bekannt ist. Kurz erwähnt sie, dass man einen jungen Mann gefunden hat, ebenfalls tot, und es Gegenstand der polizeilichen Ermittlungen ist, ob die beiden Todesfälle zusammenhängen. Die meisten der Anwesenden wussten das schon. Es kommt selten vor, dass gleich zwei Jugendliche ihren Tod im Kandertal finden, und solche Dinge sprechen sich gewöhnlich schnell herum.

»Wie gesagt, ich erwarte von euch allen, dass ihr mit der Polizei kooperiert und wir ihnen damit bei ihrer Arbeit helfen, was wiederum auch für uns bedeutet, dass wir so rasch wie möglich diese schrecklichen Vorkommnisse hinter uns lassen können. Frau Jäger von der Kriminalpolizei ist hier und wird anschließend erneut ein paar Fragen stellen müssen. Ich bin also froh, wenn ihr nicht gleich davonrennt, wenn ich fertig bin.« Einige der Anwesenden nicken. »Balachandran habe ich persönlich mein Beileid ausgesprochen. Ich werde im Namen von uns allen einen Kranz am Grab spendieren, und sobald wir wissen, wann die Beerdigung stattfindet, steht es jedem und jeder frei, daran teilzunehmen, das ist selbstverständlich.« Sibylle macht eine kurze Pause und fährt dann weiter: »Wie geplant, werden wir am Mittwoch das Haus wieder öffnen, und abgesehen vom Aquarium wird man alles besuchen können. Ich gehe nicht davon aus, dass wir besonders viele Besucher haben werden. Leider wurden die beiden geplanten Car-Fahrten gestrichen, das heißt, die vorgesehenen Führungen finden am Mittwoch nicht statt. Wie es diesbezüglich gegen Ende der Woche aussieht, weiß ich noch nicht, bisher haben wir keine abschlägigen Bescheide bekommen, weswegen ich vorsichtig optimistisch davon ausgehe, dass die Veranstaltungen stattfinden werden. Sollte ich Gegenteiliges hören, werdet ihr natürlich sofort informiert.« Wieder schaut Sibylle ihre Leute an und fragt dann: »Sind Fragen bis hierher?«

»Was sagen wir den Leuten, wenn sie wissen wollen, was passiert ist?«

»Guter Hinweis. Wir verweisen auf die Aussagen der Polizei und dass wir keine Informationen darüber haben, wie und warum Ravichandra gestorben ist. Natürlich betonen wir, wie leid es uns tut, und dass es ein Unglück ist.«

»Wenn jemand fragt, ob es gefährlich sei am Aquarium? Wegen Ertrinkungsgefahr?« Ein paar Lacher erklingen, und die Vorstellung, dass das Aquarium gefährlich sein könnte, erscheint Sibylle auch absurd. »Wir geben den Leuten immer das Gefühl, dass wir sie ernst nehmen, aber bei uns sind sie keinerlei Gefahr ausgesetzt. Alles ist geprüft und wurde für sicher empfunden. Okay?«

»Okay.«

»Weitere Fragen?«

»Kann ich die Fische im Aquarium füttern?«

Einen Moment ist Sibylle überfragt, das hat sie mit der Polizistin nicht besprochen, aber was sein muss, muss sein. Die Fische brauchen Futter. »Ich gehe davon aus. Wir können die Tiere nicht verhungern lassen.«

»Müssen wir damit rechnen, von der Polizei aufgeboten zu werden? Als Zeugen?«

»Ja, einige von euch werden wohl noch im Detektivbüro vorbeigehen müssen und ihre schriftlichen Aussagen unterschreiben. Aber wie bereits gesagt, Frau Jäger ist heute im Haus und kann euch diesbezüglich Genaueres sagen.« Leises Gemurmel setzt ein.

»Das dürfte weder heute noch sonst ein Problem sein. Ihr erzählt einfach, was ihr wisst, und kommt dann wieder an eure Arbeit zurück.« Sibylle wartet, und als offenbar keine weiteren Unklarheiten auftauchen, meint sie abschließend: »Ich danke denjenigen, die heute extra gekommen sind, und auch allen anderen für eure Aufmerksamkeit. Wie gesagt, ich bin davon überzeugt, dass die Polizei gute Arbeit leistet und bald geklärt sein wird, was geschehen ist. Nun wünsche ich uns trotz allem einen guten Start in die Woche. Kaffee und Gipfeli gehen wie gewöhnlich aufs Haus. Wir sehen uns.«

41.

Ida wartet mit zwei Tassen Kaffee, bis Sibylle bei ihr ist. »Ist die für mich? Wie nett.«

Ida hält Sibylle die eine Tasse hin, und die beiden Frauen stellen sich an einen der kleinen Stehtische hinter der Bar. »Gut hast du's gemacht.«

»Meinst du?«

»Auf jeden Fall. Du hast Sicherheit ausgestrahlt, uns gezeigt, dass ein Unglück geschehen ist, wir das aber durchstehen und es uns nichts anhaben kann.«

Sibylle atmet tief aus. »Wenn mir das gelungen ist, habe ich das Ziel erreicht.«

»Hast du, glaub mir. Sieh dir die Leute an, es wird gelacht, es wird geplaudert, fast fühlt es sich an wie nach jeder Info-Veranstaltung.«

»Stimmt.«

»Aber wie geht's dir?«

»Ach du. Natürlich ist es schwierig und ich mache mir Sorgen.«

»Ja. Worüber genau?«

»Dass der Schatten doch länger ist, als er jetzt wirkt. Dass er über uns hängen bleibt. Dass Gäste fernbleiben, unsere Produkte nicht mehr gekauft werden. Es könnte schlimm ausgehen für uns.«

»Aber du glaubst es nicht, oder?« Ida liegt es auf der Zunge zu sagen, dass sie polizeilich in den besten Händen sind, aber sie will eigentlich noch immer nicht, dass jemand weiß, dass sie mit der Detektivin verwandt ist. Nicht einmal Sibylle hat sie es bisher verraten.

»Nein, im Grunde bin ich tatsächlich davon überzeugt, dass wir mit einem blauen Auge davonkommen, aber eben das setzt voraus, dass der Fall so rasch wie möglich gelöst werden kann.« Sie trinkt einen Schluck Kaffee und meint dann: »Und eigentlich macht mir die Frau von der Polizei einen kompetenten Eindruck. Sie wirkt überzeugend, und ich glaube ihr, was sie sagt.«

»Ich auch.«

»Gut, dann sind wir uns da einig.«

»Kannst du schlafen?«

»Nicht gut. Aber ich habe ja Daniel, meinen Mann, er hilft, wo er kann. Massiert mich, kocht, macht mir Geschenke. Er ist wirklich ein Schatz …«

»Aber?«

»Ach, nichts aber. Ich hoffe nur, er übernimmt sich

nicht. Er kriegt manchmal diese schrecklichen Migräne-Anfälle, dann hat er völlige Knockouts, und ich wünsche ihm nicht, dass er meinetwegen gestresst ist.«

»Sieht es so aus?«

»Nein, im Moment eigentlich nicht.«

»Dann genieß es. Lass dich von ihm verwöhnen. Auch du musst irgendwo auftanken können.«

»Ja, du hast recht. Und du selbst? Wie geht es dir?«

»Ganz gut.« Vielleicht müsste sie jetzt doch erwähnen, dass ihre Nichte bei ihr eingezogen ist? Bevor Ida allerdings von Megan erzählen kann, kommt Ernst an den Tisch. »Darf ich schnell stören?«

»Ja klar, was gibt's?«

»Ich war grad bei den Fischen und glaube, mir fehlen zwei.«

»Bist du sicher? Lass uns nachschauen gehen.« Sibylle trinkt rasch den letzten Schluck Kaffee und sagt zu Ida: »Sorry, ich muss. Aber wir sehen uns.«

»Natürlich. Heute Abend bei der Chorprobe?«

»Stimmt. Hab ich ganz vergessen. Ich weiß allerdings nicht …«

»Doch, du kommst, es wird dir guttun. Du weißt, singen macht glücklich.« Ida nickt Sibylle aufmunternd zu. »Lass die Tasse stehen. Ich werde sie in die Küche bringen.«

»Danke, Ida.« Sibylle lächelt dankbar. »Nicht nur dafür.«

»Gern. Bis später.«

»Tschüs, bis dann.« Sibylle packt ihre Tasche und folgt Ernst in Richtung Hinterausgang. Dazu hört Ida, wie sie fragt: »Wann hast du die Fische zum letzten Mal gezählt?«

Ernsts Antwort kann Ida nicht mehr verstehen. Sie schaut sich um und sieht, dass Charlotte und Miriam vom Shop Anstalten machen zu gehen. Sie können nach Hause, da der Shop natürlich erst wieder am Mittwoch geöffnet sein wird. Bevor sie verschwinden, hastet Ida ihnen hinterher. »Charlotte, hast du ganz kurz?«

»Ida. Ja klar, was gibt's?«

»Kann ich ausnahmsweise noch ein Chayamat erstehen? Ist mir dummerweise ausgegangen, und ich kriege Besuch und möchte gern damit würzen.«

»Natürlich. Brauchst du eine Quittung? Sonst nimmst du dir einfach eins und legst das Geld hin. Ich werde es am Mittwoch verrechnen.«

»Sehr nett, danke. Nein, Quittung brauche ich keine.« Gemeinsam gehen sie in Richtung Ausgang. »Schon eine verrückte Geschichte.«

»Wem sagst du das. Und dann ausgerechnet Ravichandra, so ein nettes Mädchen.«

»Ja.« Ida nickt. Und fragt dann ganz beiläufig: »Hatte eigentlich jemand von den Gästen ein Billett? Ist jemand vor dem Essen durchs Haus gegangen?«

»Am Donnerstag meinst du? Nein, deine Gruppe war die letzte. Danach haben wir keine Tickets mehr rausgelassen.«

Die Amerikaner. Stimmt. Die hat Ida ganz vergessen. Theoretisch wäre es möglich, dass die etwas mit Ravichandras Tod zu tun haben. Ohne Weiteres hätten sie nach der Führung unbemerkt zurückgehen können und mit ihrem Ticket hätten sie auch hinten raus gekonnt. Aber warum hätten sie das tun sollen?

42.

Megan krallt sich als Erstes Richard vom Service. Aber auch die anderen hat sie vorgewarnt, dass sie sie nachher noch braucht. Richard: Endfünfziger, Bauchansatz, aber offenbar immer noch flink auf den Beinen.

»Die Befragung wird nicht allzu lange dauern, und dann sind Sie erlöst.«

»Gut, habe ja nur die zwei freien Tage, und einer ist jetzt schon wieder halb flöten.«

»Immerhin war diesmal das Wochenende ebenfalls frei.«

»Stimmt, everything has its bright side.« Er lacht meckernd los. Erschrocken hört er aber sofort auf, als er merkt, wie geschmacklos die Bemerkung in diesem Zusammenhang ist. »Sorry, tut mir leid. Ich habe Ravichandra sehr gemocht und finde furchtbar, was mit ihr geschehen ist.«

»Ja. Legen wir doch grad los. Man hat mir gesagt, der Sitzungsraum sei frei.«

»Wird so sein. Kann ich Ihnen etwas zu trinken mitnehmen?«

»Ein Espresso wäre toll.«

»Gern.« Richard geht zur Kaffeemaschine, drückt den entsprechenden Knopf, und schon rinnt das Gewünschte heraus. Megan geht vor und setzt sich an einen der Tische. Richard nimmt ihr gegenüber Platz und stellt die Tasse vor sie hin.

»Ihre Personalien habe ich bereits. Jetzt bin ich froh,

wenn Sie mir den Donnerstagabend noch einmal genau schildern.«

Richard legt los und malt das gleiche Bild des Abends, das Megan bereits kennt. Alle waren sie glücklich und zufrieden. Sie braucht Details. »Danke, soweit war ich schon. Legen wir mal den Schwerpunkt auf das Verhalten der Anwesenden aus dem Haus. Soweit ich weiß, waren das die Einzigen mit Zugang zum Rest des Hauses?«

»Ja, hinten ist geschlossen, das heißt, da können nur Leute raus mit entsprechendem Access.«

»Und davon war am Donnerstag wer da?«

»Na, wir natürlich vom Service.«

»Namen bitte?«

»Meine Wenigkeit, Claudia Rüegsegger, Melanie Schwegler, Sandro Pichler.«

»Das waren alle?«

»Mit Badge, ja. Wir hatten zwar Unterstützung, aber die können hinten nicht raus.«

»Gibt es nirgends einen Ersatzbadge oder Schlüssel oder Ähnliches?«

»Nö, wir tragen ja unsere alle auf uns. Und für den Notfall gibt's …«

»Den Notfallhebel, ich weiß. Gut, dann weiter.«

»Die Küche.«

»Ja, die habe ich bereits, danke. Geschäftsleitung?«

»Lassen Sie mich überlegen – natürlich die Chefin.« Megan nickt. »Dann die Finanzleitung, Josef Gruber, und die Verkaufsleiterin, Jasmin Mayer.«

»Stellvertreterin Geschäftsführung?«

»Das ist ein Mann, Martin Brunner, aber der wurde schon seit Ewigkeiten nicht mehr gesehen.«

»Warum nicht?«

»Krank.«

»Krank?«

»Burn-out oder so.«

»Er war also nicht da.«

»Nein, auch der Leiter der Fischzucht war nicht dabei.«

»Für uns gar nicht schlecht. Schränkt ein. Also: Josef Gruber, Jasmin Mayer, Sibylle Röthlisberger. Hat sich irgendjemand von den dreien auffällig benommen?«

»Auffällig?«

»Sie wissen schon, den Tisch verlassen, besonders aufgedreht gesprochen oder das Gegenteil, sich gar nicht am Geschehen beteiligt?«

»Hm. Jasmin Mayer hat den Tisch mehrmals verlassen.«

»Ja?«

»Sie raucht, ich nehme an, die ging süchteln.«

»Okay, dann kann man dieses Verhalten wohl als ›normal‹ bezeichnen.«

»Ja, würd ich schon sagen. Josef? Der benimmt sich eigentlich immer sehr korrekt. Ein Zahlenmensch halt, typischer Buchhalter.« Wieder lacht Richard meckernd los, und als Megan nicht einstimmt, bricht er das Lachen ebenso abrupt ab wie vorher. »Der war höchstens mal auf der Toilette. Kann mich gar nicht speziell an ihn erinnern.«

»Gut, das bedeutet wohl, dass er sich wie immer benommen hat.«

»Richtig. War's das?«

»Die Chefin?«

»Sibylle? Ach, wissen Sie, wir alle lieben Sibylle. Die kann nichts falsch machen.«

»Lieben?« Errötet Richard? Eindeutig. Leicht verstimmt sagt er jetzt: »Sie ist eine wunderbare Chefin. Und ja, wir mögen sie alle sehr.«

»Heißt?«

»Was wollen Sie von mir? Die Chefin haue ich nicht in die Pfanne.«

»Müssen Sie auch nicht. Schildern Sie mir ganz einfach, wie sie sich im Verlauf des Abends verhalten hat.«

»Total professionell. Sie hat umwerfend ausgesehen, souverän durch den Abend geführt, sie war charmant zu den Gästen, hatte aber auch immer ein nettes Wort für uns, gegen Sibylle kann man nichts sagen.«

»Ich sehe. Wunderbar, wenn das so ist.«

»So ist es.« Jetzt klingt er trotzig. »Kann ich jetzt? Mehr fällt mir beim besten Willen nicht mehr ein.«

»Nur noch kurz zu Ihren Kolleginnen.« Megan schaut auf ihre Notizen. »Claudia Rüegsegger, Melanie Schwegler, Sandro Pichler.«

»Was glauben Sie? Wir hatten alle Hände voll zu tun. Von uns hatte niemand Zeit, mal eben kurz hinten rauszuschleichen und einen umzubringen.«

»Spricht jemand von Mord?«

»Hören Sie, ich bin doch nicht blöd. Warum sollten Sie uns sonst befragen wollen? Wenn's nur ein Unfall gewesen wäre, müssten Sie meine Zeit nicht mehr vergeuden.« Jetzt ist er definitiv wütend, was Megan ganz lieb ist. Sie hat genug von diesem Friede-Freude-Eierkuchen-Getue: Wir sind alle immer lieb und nett zueinander. Richard ist aus der Reserve gelockt, vielleicht endlich bereit, noch etwas anderes zu erzählen. Megan lehnt sich leicht über den Tisch und sagt fast verschwörerisch leise: »Sie haben natürlich völlig recht.« Dazu nickt sie wissend. »Und deshalb ist es auch so wichtig, dass Leute wie Sie, die hier seit Jahren arbeiten, über eine außergewöhnliche Beobachtungsgabe verfügen und jeden kennen, meine Augen und Ohren sind. Verstehen Sie?«

»Ja klar«, brummt Richard, aber schon viel freundlicher.

»Danke.« Wieder nickt Megan bestätigend. »Kommen wir noch kurz zu Ravichandra. Das war nicht das erste Mal, dass sie ausgeholfen hat.«

»Nein. Sonst kam sie eigentlich nur am Wochenende. Der Vater ist streng, will, dass seine Tochter genug schläft.«

»Wichtig.«

»Ja.«

»Also kannten Sie auch Ravichandra. Was ist Ihnen an ihr aufgefallen?«

»Sie ist zu spät gekommen. Das passt nicht. Eigentlich ist sie immer sehr gewissenhaft.«

»Aha. Um wie viel zu spät?«

Richard zuckt mit den Schultern. »Nicht sehr, vielleicht fünf Minuten, aber sonst ist sie immer zu früh da.«

»Und wie war sie? Aufgeregt? Bedrückt? Fröhlich?«

»Vielleicht ein bisschen aufgeregt?«

»Hat sie etwas gesagt?«

»Nicht zu mir. Wenn, dann zu ihrer Freundin.«

»Emma Serschön.«

»Ja, Emma. Auch ein nettes Mädchen.«

»Und sie? Auch wie immer?«

»Wie immer.«

»Okay. Dann lassen wir es mal dabei. Ich danke für Ihre Auskünfte. Sollte ich mehr wissen müssen, melde ich mich. Und sollte Ihnen noch etwas einfallen, hier meine Karte. Bitte rufen Sie mich an. Es kann uns alles helfen.«

Richard nimmt die Karte, wirft einen kurzen Blick drauf und verstaut sie dann im Portemonnaie. »Mach ich.«

»Schicken Sie mir bitte Claudia Rüegsegger.«

Richard nickt. »Ich kann heim, oder?«

»Ja. Für Sie ist es im Moment erledigt.«

Richard lässt die Tür hinter sich offen. Megan liest ihre Notizen durch. Befriedigend war das nicht. Wenn man eine junge Frau umbringt, kommt man doch nicht zurück an den Tisch, als wäre nichts passiert? So abgebrüht ist hier niemand. Das kann Megan nicht glauben. Und doch muss es theoretisch jemand der vorerwähnten Personen gewesen sein.

»Hallo, darf ich reinkommen?«

»Klar, gern.« Claudia Rüegsegger. Kurze rote Haare, freundliches Gesicht, durchschnittliche Größe.

43.

Drei Espressi und eineinhalb Stunden später fühlt es sich an, als wäre Megan kein Stück weiter. Mittlerweile ist sie leicht frustriert, was zu unterschwelliger Aggressivität führt und wozu das Koffein seinen nicht unerheblichen

Anteil beiträgt. Am liebsten hätte sie jetzt einen Boxsack zur Verfügung und würde auf ihn eindreschen. Die Stunden haben nichts gebracht und wie Richard bereits festgestellt hat: Waren nichts als vergeudete Zeit. Rüegsegger, Schwegler, Pichler alle erzählen sie das Gleiche. Die Befragung der Küche schenkt sie sich. Die haben alle ein bestätigtes Alibi. Der Service hat übereinstimmend gesagt, dass aus der Küche niemand auch nur für ein paar Minuten unbemerkt hätte verschwinden können.

Und jetzt? Hunger hat sie auch. Ob Ida noch da ist? Kurzentschlossen wählt sie Idas Nummer.

»Ja?«

»Wo bist du?«

»Schon daheim.«

»Klar.« Jetzt klingt Megan sauer. »Heute geht nichts wie gewünscht.«

»Kein Erfolg?«

»Nichts. Aber wirklich gar nichts. Und doch, jemand muss das arme Mädchen getötet haben. Der Bericht des Instituts für Rechtsmedizin ist eindeutig.«

»Du weißt, woran Ravi gestorben ist?«

»Heute Morgen bekommen.«

»Und?«

»Sie ist an einem Schädel-Hirn-Trauma verstorben.«

»Kann das nicht durch einen Sturz verursacht worden sein?«

»Doch. Aber wie hätte sie dann noch ins Aquarium steigen können?«

»Richtig. Kaum möglich.« Ida seufzt. »Also doch jemand aus dem *Tropenhaus*?«

»Sieht ganz so aus. Dabei beteuern mir ständig alle, wie lieb ihr euch habt, wie nett alle sind.«

»Das ist auch so. Es tut mir leid, dass ich dir nichts anderes sagen kann, aber auch ich möchte nicht, dass es jemand von uns war.«

»Klar, kann ich ja verstehen. Nur mir hilft's halt so gar nicht.«

»Was machst du jetzt?«

»Habe einen grausamen Hunger und könnte mal wieder ein ganzes Gnu verschlingen. Aber wenn ich schon hier bin, muss ich mir den Tatort noch einmal ansehen.«

»Wie lange dauert das?«

»Halbe Stunde?«

»In einer Stunde kriegst du hier Ugali* und Grünzeug.«

»Ist das dein Ernst?«

»Natürlich.«

»Oh, Auntie. Das war der Booster, den ich gebraucht habe. Gehe gleich los und bin in einer Stunde bei dir. Gibt's noch Speck und Würstchen von gestern? Die nähme ich dazu.«

»Wird alles bereit sein.«

Glücklich unterbricht Megan die Verbindung, packt ihre Sachen zusammen und macht sich auf den Weg an den Tatort. Irgendwie erwischt sie einen falschen Ausgang, jedenfalls landet sie mitten im Bananenhaus. Wieder entwickeln der Geruch und die Aussicht auf die herrlichen Pflanzen ihre ganz eigene Dynamik. Hätte Megan einen vollen Magen, würde sie sich jetzt hier unter eine der Stauden legen und ein Schläfchen halten. Und wäre glücklich. Davon ist sie überzeugt.

Stattdessen muss sie sich den Ort eines Verbrechens anschauen. Aber wie kommt sie von hier dahin? Sie ist

---

*Maisbrei

eindeutig im falschen Haus. Erst mal durch die Schiebetür zurück in die Mitte. Hier folgt sie dem Pfad, vorbei am Störteich. Wieder ist sie beeindruckt, wie groß diese Fische sind! Tief atmet sie ein. Liest beim Vorbeigehen die Täfelchen: Vanille, Zimt, Pfeffer. Und ist das etwa Tamarinde? Wie lange hat sie keinen Tamarindensaft getrunken! Sanft fährt sie mit der Hand über die filigranen Blätter. Sie liebt diesen Baum. Wenn sie in Lamu in den Ferien waren, saßen sie immer auf dieser Terrasse unter dem schattenspendenden Tamarindenbaum.

Da vorne ist jemand. Schweren Herzens reißt sich Megan aus ihren Erinnerungen. Der Mann im grünen Gewand muss einer der Gärtner sein. »Hallo! Können Sie mir sagen, wie ich zum Aquarium komme?«

»Einfach dem Weg folgen, er führt Sie automatisch hin.«

»Ah, sehr gut. Können Sie trotzdem kurz mitkommen? Ich komme ja da hinten nicht raus, oder?«

»Richtig. Klar, kommen Sie mit mir.«

»Sie sind hier der Chefgärtner?«

Der Mann lacht leise. »Nein. Lassen Sie das Ernst nicht hören. Er ist der Chef. Ich bin nur zweiter Gärtner, sozusagen. Felix.«

»Freut mich, Felix. Ich bin Megan Jäger.«

»Freut mich auch, Megan.« Soll sie ihn darauf aufmerksam machen, dass sie nicht per Du ist mit Leuten, die sie verdächtigt? Gehört er zu den Verdächtigen? »Ernst ist also der Chef.«

»Unbedingt. Und jetzt ist er grad sowieso nicht bester Laune.«

»Warum nicht?«

»Jemand hat den Lieferwagen gefahren, nichts eingetragen und einen Unfall gebaut.«

»Man weiß noch nicht, wer es war?«

»Nein. Und das wird schwierig.«

»Warum? Wer hat den Schlüssel?«

»Der hängt bei uns im Büro.«

»Lass mich raten: Und da kann jeder rein?«

»Genau. Wir schließen nie ab.«

»Das ist blöd.«

»Jetzt schon, sonst nicht.«

»Klar. Theoretisch könnte also jeder den Wagen genommen haben und damit eine Tour gefahren sein? Jeder, der im Haus ist, könnte zu euch ins Büro?«

»Ja. Abends sind die Türen ins Bruthaus geschlossen, da kommt man nur mit Badge rein. Aber es gibt eine Tür, die ist immer offen.«

»Bruthaus?«

»Da, wo unser Büro ist und alles andere Material.«

»Aha, und das ist also zu. Ab wann?«

»Wahrscheinlich sobald der Shop zu ist und der Abendeingang offen. 17.30 Uhr? Und zudem gibt es wie gesagt noch einen anderen Zugang, der offen ist.«

»Und tagsüber kann ohnehin jeder rein.« Und die Gäste vom Donnerstag waren ja den ganzen Tag im Haus, also hätten sie ins Büro reingehen können. »Ist das Büro oft besetzt?«

»Nein, wir sind eher selten da drin, meist sind wir im Garten.«

Schade, dann sieht es tatsächlich so aus, als müsste sie den Kreis der Verdächtigen offen halten.

»Wann machen die Gärtner Feierabend?«

»Meist gegen 17 Uhr.«

»Letzten Donnerstag auch?«

»Ich ging um 16.30 Uhr.«

»Und die anderen?«

»Ernst war da schon weg, das weiß ich. Unser Praktikant auch. So, hier sind wir.« Felix hält seinen Badge an die vorgesehene Stelle, und die Tür öffnet sich. Er hebt die Hand zum Gruß und verabschiedet sich: »Toi, toi, toi. Ich hoffe, du kriegst den Kerl. Tschüs, Megan.«

»Tschüs, Felix. Das werde ich.« Megan sagt's mit mehr Überzeugung, als sie im Moment fühlt. Auch sie winkt und tritt dann in die Kälte hinaus. Oh Gott, wie schrecklich. Sie beißt die Zähne zusammen und geht die Treppe runter. Vorstellbar, dass jemand Ravichandra mit Kraft und Wucht gegen den Tritt vor dem Aquarium gestoßen hat. Sie ist gefallen und mit dem Kopf auf den Beton geprallt. Die Spurensicherung hat die Stelle gefunden, an welcher sie mit dem Kopf aufgeschlagen ist. Dann muss man sie ins Wasser geworfen haben. Ravichandra war kein kleines Mädchen. Aus dem Bericht der Rechtsmedizin kennt Megan ihre Maße. 1,70 Meter und 52 Kilo. Eine Frau scheidet als Täterin aus. Wie will sie über 50 Kilo die Leiter neben dem Aquarium hochwuchten und ins Becken werfen. Immerhin, damit schränkt sich der Täterkreis wieder etwas ein.

Megan stellt fest, dass glücklicherweise das Räumchen neben dem Aquarium nicht verschlossen ist. Da stehen Fässer und Plastikboxen, hängen Handschuhe und Kleider, Netze, um Fische zu fangen. Nennt man sie nicht Kescher? Sie geht hinein. Nach ein paar Schritten steht sie unter freiem Himmel, der Raum ist nach oben offen. Da ist die Leiter, die sie auch von draußen sehen konnte. Über die muss Ravichandra ins Wasser gestemmt worden sein. Was auch aus der Nähe einen Kraftakt nahelegt. Nein, eine Frau schafft das nicht. Überraschungen oder Geheimnisse verbergen sich hier nicht. Und auch nichts, das den Tod von Ravi auf den ersten Blick erklären würde. Das bringt Megan nicht weiter.

Immerhin hat sie jetzt eine Theorie, wie die Tat ziemlich sicher abgelaufen ist.

Nach 15 Minuten ist Megan so durchfroren, dass sie abbricht. Die Kälte dominiert alles, und sie kann sich nicht mehr konzentrieren. Alles, was sie jetzt braucht, ist eine warme Stube und ein Teller Ugali.

44.

»Ugali, wie ihn Minnie nicht besser hätte zubereiten können.« Wohlig lehnt sich Megan im Sessel zurück. »Und jetzt noch eine Tasse kenianischen Kaffee, und ich kann meine Arbeit wieder in Angriff nehmen.«

»Damit kann ich dienen.« Ida steht auf, kocht Wasser auf und mahlt eine Handvoll Arabica-Bohnen, importiert aus Meru County in Kenia. Während der Kaffee in der *French Press* zieht, räumt sie den Tisch ab und setzt sich dann wieder zu ihrer Nichte.

»Erzähl mal, wie's aussieht.«

Megan seufzt. »Heute Morgen war mehr oder weniger für die Katz. Niemand hat mir etwas Neues erzählt. Nein, halt, das stimmt nicht ganz. Dieser Felix hat mir immerhin erzählt, dass euer Wagen im Prinzip von allen gefahren werden kann. Da der Schlüssel für jeden zugänglich im Büro hängt.«

»Das stimmt.«

»Was mich natürlich nicht freut. Von der Spurensicherung habe ich erfahren, dass die Fasern, die ich an der Stoßstange des Autos sichergestellt habe, mit Silvans Kleidern übereinstimmen. Mit ziemlicher Sicherheit können wir also davon ausgehen, dass jemand mit eurem Lieferwägeli den Jungen überfahren hat. Rekonstruieren wir mal, wie Silvans Abend ausgesehen hat: Er hatte daheim Streit mit seinem Vater. Ist wahrscheinlich wütend, denkt, die können mir mal alle den Buckel runterrutschen, geht nach Interlaken und hofft, dass seine Freundin Ravichandra womöglich ebenfalls da sein könnte. Diesbezüglich wird er enttäuscht, seine Freundin taucht nicht auf, und auch sonst entwickelt sich der Abend zu einem Reinfall. Es ist kalt und ihn interessiert keine der jungen Frauen. Vielleicht ja sogar aus einem bestimmten Grund, ich muss nachher seine Mutter wegen der Kinderfotos anrufen, hilfst du mir, daran zu denken?«

Ida nickt. Megan fährt weiter: »Gut. Der Gipfel ist, als eine der jungen Frau beinahe über ihn erbricht. Es reicht ihm, er will nach Hause. Beziehungsweise man hält es für angebracht, wenn er die kotzende junge Frau heimbringt. Da es für Silvan ohnehin nichts mehr zu erleben gibt, lenkt er ein. Gentleman, der er ist, bringt er sie bis vor die Haustür in Spiez. Inzwischen hat er seinen letzten Zug verpasst. Also nimmt er all seinen Mut zusammen und fragt Leandra, ob er bei ihr übernachten darf. Sie macht große Augen und fragt, was ihm einfalle. Sie ist nicht so. Und von ihm hätte sie das auch nicht erwartet. Sie ist wütend, Silvan hält sofort abwehrend seine Hände in die Höhe. Nein, so hat er das nicht gemeint. Er hat an den Boden gedacht oder ein Sofa. Aber sein letzter Zug ist weg. Okay. Leandra beruhigt sich. Allerdings geht nicht. Wenn ihre Mutter merkt, dass sie Besuch hat, kommt sie in Teufels Küche. Das gäbe echt Trouble. Und kommt nicht infrage. Das schlechte Gewissen mag sie plagen, aber sie gibt nicht nach. Vielleicht schlägt sie vor, ein Taxi zu bestellen. Aber das ist ihm zu teuer. Er hofft darauf, von jemandem mitgenommen zu werden. Worin sie ihn bestärkt. Autostopp, das geht doch. Jetzt müssten noch jenste Autos nach Reichenbach fahren. Leandra will Silvan loswerden. So schnell wie möglich. Er merkt, dass er nicht mehr erwünscht ist. Verabschiedet sich und geht die Straße wieder runter in Richtung Autobahn. So eine Scheiße. Es ist kalt, und er hat null Bock darauf, nach Hause zu laufen. Am besten ist es wohl tatsächlich, wenn er sich an die Schnellstraße stellt. Das ist zwar gefährlich, aber da könnte er am ehesten Glück haben. Nach circa 20 Minuten ist Silvan am Stadtrand angekommen und endlich auf der Schnellstraße in Richtung Reichenbach. Viel Verkehr hat es nicht mehr um diese Zeit. Vor allem nicht von Spiez her. Aber sobald er im Tunnel ist, sind auch die Heimkehrer aus Thun oder Bern auf der Strecke, hofft er. Im Auto kommt ihm der Tunnel immer sehr kurz vor, jetzt scheint er sich ewig hinzuziehen. Es müssen Autos kommen. Schnell wird er sich ihnen zuwenden und den Daumen zeigen. Doch kein Auto hält. Im

Gegenteil, vermutlich hupen die Fahrer laut. Was er hier macht, ist gefährlich. Und niemand traut sich anzuhalten. Aber Silvan ist schon mal hier, jetzt gibt es nichts anderes mehr, als weiterzugehen. Womöglich macht er sich auch Sorgen. Hoffentlich kennt ihn niemand und verrät seinen Eltern, was er hier macht. Das gäbe verdammt Ärger. Seine Mutter mag es ohnehin nicht, wenn er nach Interlaken in den Ausgang geht und schon gar nicht unter der Woche. Aber er weiß genau, mit welchem Blick er sie jeweils rumkriegt. Und diese Woche, wo sie weder Hausaufgaben noch Tests haben und ein Drittel der Schülerinnen und Schüler sowieso blaumacht, wird sie nicht viel sagen, selbst wenn sie's herausfinden sollte. Silvan geht schnell. Ich stelle mir vor, wie ihm mittlerweile richtig warm geworden ist. Er hört, dass sich erneut ein Auto nähert. Hoffentlich hat er diesmal Glück. Wieder dreht er sich um und hält hoffnungsvoll den rechten Daumen in die Höhe. Aber nein, wieder braust der Wagen vorbei. Arschloch. Es kommt weit und breit keiner nach, der hätte problemlos rasch anhalten können. Wieder marschiert Silvan weiter. Seine Hände steckt er in die Taschen. Dabei streift er das Handy. Kann er jemanden anrufen? Einen älteren Kumpel, der ihn abholen könnte? Er nimmt das Handy aus der Tasche und scrollt durch die Nummern. Gregor, der Bruder? Nein, der muss morgens immer so früh raus und tut ohnehin nichts hinter Vaters Rücken, der würde ihn höchstens verraten. Lenny? Ja, der ist ihm nach dieser Aktion heute Abend etwas schuldig. Grade als er auf das Telefon drücken will, hört er, wie sich ein Auto nähert. Es muss schnell fahren oder sehr hochtourig, der Lärm im Tunnel ist ohrenbetäubend. Da kommt es in Sicht, der muss halten! Silvan stellt sich nah an die Fahrbahn und streckt zum dritten Mal Hand und Daumen in die Höhe. Diesmal hält der Wagen, aber erst nachdem er ihn getroffen hat. Jemand ist mit dem *Tropenhaus*-Lieferwagen mit überhöhter Geschwindigkeit unterwegs, sieht den Jungen, der halb auf der Fahrbahn steht, zu spät und trifft ihn. Der Fahrer hält in Panik, fährt rückwärts, steigt aus, erkennt die tödlichen Verletzungen, packt den Jungen in den Kofferraum. Fährt beim nächsten Parkplatz raus. Horror. Er hat einen Toten im Auto. Was tun? Loswerden. Am einfachsten geht das, wenn man ihn hier ins Tobel runterschmeißt. Gedacht, getan. Der Junge gilt zwei Tage als vermisst, Zeit genug, das Auto zurückzustellen und grob zu reinigen.« Megan schaut Ida erwartungsvoll an, und Ida nickt anerkennend. »Durchaus vorstellbar. So anschaulich, wie du das wiedergibst. Könnte Sinn machen. Die Frage ist nur …«

»… Warum war man mit dem Lieferwagen auf dieser Strecke, und vor allem, wer hat ihn gefahren?«

»Genau.«

Megan verzieht ihr Gesicht zu einer unzufriedenen Grimasse. »Noch weniger bin ich mit Ravichandra vorangekommen. Das Einzige, was ich bisher habe, ist ein einigermaßen plausibler Ablauf, wie sie zu Tode kam. Aber warum? Da ist immer noch weit und breit kein Motiv. Hat sie sich mit jemandem verabredet? Ist sie in Streit geraten mit der Person? Hat sie jemanden überrascht? Bei etwas beobachtet, das nicht für ihre Augen bestimmt war? Ich habe null Ahnung.« Frustriert haut sie mit der Faust auf den Tisch.

»Mir ist da noch etwas eingefallen. Meine Gäste. Die Amerikaner.«

»Was ist mit ihnen?«

»Ich weiß es nicht, aber sie hätten mit ihren Billetten zurück zum Aquarium können. Und hast du nicht erwähnt, dass eine beachtliche Kilometerzahl auf dem Zähler war? Sie wohnen in Gstaad.«

»Gstaad könnte im Radius liegen.« Megan sieht Ida nachdenklich an. »Für deine Idee spricht, dass, falls Ravichandra die Amerikaner gesehen hat, sie neugierig nachschauen wollte, was sie tun, da sie um die Zeit da hinten Fremdkörper waren. Was gegen deine Idee spricht, warum sollten sie den Lieferwagen nehmen, wenn sie mit den eigenen Autos da waren? Und vor allem, was hätten sie für ein Interesse gehabt, nachts beim Aquarium herumzuschleichen?«

»Vielleicht fragst du sie ganz einfach mal?«

»Das werde ich tun. Haben wir Namen?«

»Sie haben eine Führung gebucht, da haben wir mindestens einen Namen und eine Telefonnummer. Die kriegst du beim Event.«

»Gut, das mache ich. Aber zuerst rufe ich Frau Schmid wegen der Knabenfotos an. Doch ein Pädo-Ring?«

»Das klingt nach einem Plan.«

»Ziemlich dünn und fast schon verzweifelt, aber ja, ein Plan. Danach muss ich ins Büro, Schreibkram erledigen. Ich komme abends wieder. Hast du etwas vor?«

»Ja, heute ist Chorprobe.«

»Stimmt, Montag. Wann kommst du heim?«

»Gegen 22 Uhr.«

»Da bin ich noch auf.« Megan erhebt sich. »Soll ich dir helfen?«

»Heute nicht, danke. Mach du deine Anrufe.«

»Danke. Auch fürs Essen. Appreciate it.«

»Gern. Viel Erfolg.«

»We shall see.« Megan geht hinaus und sucht auf dem Handy die Nummer von Frau Schmid. Im Wohnzimmer lässt sie sich aufs Sofa plumpsen und drückt gleichzeitig auf den richtigen Kontakt. Es dauert, bis sich Brigitte Schmid meldet. »Ja, Schmid?«

»Frau Schmid? Ich bin's, Frau Jäger, von der Polizei.«

»Ja?« Frau Schmid klingt müde.

»Ich würde Ihnen gern noch ein paar Fragen zu dem Foto, das Sie bei Silvan gefunden haben, stellen. In Ordnung?«

»Ach ja, deswegen wollte ich Sie auch schon anrufen.«

»Ja?« Megan setzt sich sofort aufrecht hin. »Warum?«

45.

»Ja, selbstverständlich, noch einen Whisky on the Rocks.« Kateryna lächelt freundlich. Aber es fällt ihr schwer, obwohl die Gäste wirklich nett sind und zu ihrem Glück bisher auch nicht zu zahlreich. Ständig hat sie Angst, dass Bruce, Andrew oder Jayden durch die Tür treten könnten. Was macht sie dann? Sie hat die Schicht allein übernommen. Die Chefin war zwar alles andere als begeistert, was ihr Kateryna nicht übelnehmen kann, sie ist noch eine blutige Anfängerin und traut es sich im Grunde selbst nicht zu, alle Gästewünsche zufriedenstellend auszuführen. Aber Jelena ist verschwunden.

Heute Nachmittag hat sie gesagt, sie wolle noch etwas erledigen. Natürlich hat Kateryna nicht nachgefragt. Ist sie Jelenas Mutter? Nein. Aber sie hätte fragen sollen. Sie hat keinen blassen Schimmer, wo Jelena ist, was sie vorhatte, wo sie geblieben ist.

Jelena nimmt kein Telefon ab, sie liest die *WhatsApp*-Nachrichten nicht, kein Mensch hat eine Ahnung, wo sie stecken könnte. Zusammen mit Maxim hat Kateryna überlegt, was Jelena aufhalten könnte. Beide sind sie auf keine plausiblen Lösungen gekommen. Was weiß sie über das Leben der Cousine? Wenig. Und Maxim hat sich ebenfalls nicht als große Hilfe erwiesen. Mumiya geht einkaufen. Manchmal trifft sie sich mit einer Freundin. Wie heißt die Freundin? Im besten Fall kennt Maxim den Vornamen. Adresslisten oder Telefonnummern suchen sie vergeblich. Jelena hat alles im Handy gespeichert. Maxims Vater? Maxim winkt ab, die Eltern sprechen kaum noch miteinander. Eine Nachbarin? Die Leute im Haus kennen sie nur vom Sehen.

So unberechenbar Jelena manchmal ist, was die Arbeit betrifft, ist sie 100-prozentig zuverlässig. Dass sie nicht auftaucht, passt überhaupt nicht zu ihr. Trotzdem hat Kateryna versucht, ruhig zu bleiben, allein schon wegen Maxim. Irgendwann hat sie ein kleines Abendessen gerichtet. Jelena ist immer noch nicht gekommen. Kateryna hat es allein mit Maxim gegessen. Mischa und Nika sind ebenfalls aufgetaucht, haben sich zu ihnen gesetzt und die Reste verputzt. Nur Jelena kam nicht.

Als es Zeit war zu gehen, hat Kateryna kurz überlegt, ob sie die Polizei anrufen sollte. Hat es aber nicht getan. Da, wo sie herkommt, macht das Auftauchen der Polizei die Probleme gewöhnlich nur größer. Und vielleicht gibt es eine ganz einfache Lösung? Jelena hat jemanden getroffen und die Zeit vergessen? Aber bis jetzt? Es geht auf Mitternacht zu. Mittlerweile fühlt sich Kateryna fast krank vor Sorge. Wenn sie nur daran denkt, was Jelena womöglich zugestoßen ist, wird ihr schlecht.

»Hallo, Fräulein!« Verdammt, sie hat den Whisky vergessen. Sie nickt in Richtung des Mannes. Rasch füllt sie Eis in das Glas und gießt anschließend den Whisky darüber. War das zu viel? Egal, lieber zu viel als zu wenig. Sagt Jelena auch. Gibt ein besseres Trinkgeld. Geschickt bewegt sich Kateryna zwischen den Tischen durch und stellt das Glas vor den Mann. »Danke.« Er nickt gnädig und widmet sich dann sofort wieder seiner Begleitung. Eine hübsche junge Frau. Andere Generation als er. Aber was geht das Kateryna an. Jetzt winken die drei Asiaten. »Bringen Sie bitte die Rechnung.«

»Sofort.« Was hatten die Männer? Wo hat sie nur den Zettel? Stimmt das? Fünf Biere? Sie runzelt die Stirn und versucht, sich zu erinnern. Nein, das waren die zwei Männer daneben.

Das hier, das muss es sein. Ein *Godfather*, ein *Golden Cadillac* und *Belvédère-Special.*« Sie geht zurück an den Tisch. Einer der Männer wedelt mit der Kreditkarte. Auch das noch. Hoffentlich kommt sie mit dem Kästchen klar. Es klappt. Und sie kriegt auch etwas Trinkgeld auf die Hand. Erleichtert zieht sich Kateryna wieder hinter die Bar zurück. Ein Blick über die Gäste, im Moment scheinen alle zufrieden. Eigentlich ist es schon sehr schön hier.

Manchmal hat Kateryna in der *Captain's Bar* tatsächlich das Gefühl, auf einem Schiff zu sein. Der matt glänzende Holzdielenboden, rechts die dunkle Täferwand, links das Panorama über die Terrasse und den See. Das warme Licht, die gedämpften Stimmen, die blauen Ledersessel, die runden Bullaugen an der Wand, alles gaukelt die richtige Stimmung vor, und die Reise auf einem Ozeanriesen ist plötzlich nah. Wüsste sie all die fancy drinks auswendig und könnte auch die Bedienung aus dem FF, müsste es hier richtig Spaß machen. Kateryna kann schon verstehen, dass Jelena ihren Job liebt.

Aber Himmel noch mal, wo bleibt sie denn? Hat sie einen Unfall gehabt? Liegt sie irgendwo in einem Straßengraben oder im Spital? Oder hat sie eine richtige Dummheit gemacht? Etwas, woran Kateryna nicht einmal denken will?

46.

Es passiert Megan selten, dass sie nicht einschlafen kann. Schon gar nicht, wenn sie noch einen Schlummertrunk gehabt hat. Heute ein Calvados. Gut hat er geschmeckt.

Speziell in Idas Gesellschaft. Ida war nach der Chorprobe bestens gelaunt, und so hat es sich ganz natürlich ergeben, dass die beiden Frauen den Abend gemeinsam mit einem Drink ausklingen ließen. Megan findet es fabelhaft hier, was will sie eigentlich einen Mann? Sie kann sich sehr gut vorstellen, bei Ida wohnen zu bleiben. Ob Ida allerdings mit gleicher Begeisterung an ihre Mitbewohnerin denkt, ist zweifelhaft, wie Megan sich ehrlich eingesteht.

Aber zurück zum Einschlafen. Es ist fast Mitternacht, gewöhnlich schläft sie um diese Zeit längst. Aber heute ist es, als läge etwas in der Luft.

Dabei ist sie rechtschaffen müde. Der Tag hat früh im Büro begonnen, wo sie die Berichte des IRM und der Spurensicherung studieren konnte. Danach folgte der Ausflug ins *Tropenhaus* mit den Befragungen und dann die Telefongespräche. Frau Schmid hat sie ein bisschen wütend gemacht. Es ist, als wäre ihr mittlerweile alles egal. Natürlich ist es schlimm, dass Silvan tot ist, aber hat sie kein Interesse daran, dass man die Täter findet und bestraft? Jemand ist schließlich schuld daran, dass Silvan nicht mehr nach Hause kommt. Aber offenbar will die Mutter das gar nicht mehr wissen. Sie hat es nicht einmal für nötig befunden, Megan zu erzählen, dass diese Frau sie angerufen hat. Megan hat schon die Amerikaner verdächtigt, in der Pädophilie drinzustecken! Aber da ist sie zweifellos tatsächlich übers Ziel hinausgeschossen. Vor allem, da sich nun so eine harmlose Lösung präsentiert hat. Hätte Megan das Foto von Anfang gesehen, wäre sie nie auf die abstruse Idee gekommen, es könnte sich um ein pädophiles Bild handeln. Die zwei Knaben sind einfach nackt im Garten herumgetollt. Warum die Mutter solche Einfälle hatte, ist Megan schleierhaft. Aber andererseits, in der Verzweiflung bringt das Hirn manchmal die verstörendsten Anwandlungen zutage. Wie gut, dass die Mutter der Jungs vom Tod Silvans gelesen hat und Brigitte Schmid ihr Beileid aussprechen wollte. Ihre zwei Knaben würden Silvan sicherlich enorm vermissen, so geliebt haben sie den Babysitter. Brigitte Schmid hat sich nicht anmerken lassen, wie überrascht sie von der Eröffnung war. Und wie erleichtert. Eine so simple Antwort auf die teuren Kleider und das Bild! Silvan hat mindestens einmal in der Woche bei Familie Wimmer die zwei Knaben gehütet. Wenn die Eltern länger arbeiten mussten, oder einen freien Paarabend wollten, hat Silvan sich ihrer rührend angenommen. Geschichten erzählt, Lieder gesungen, gebastelt, sie ins Bett gebracht. Sehr zuverlässig und liebevoll. Sie haben Silvan auch ein paar Bilder der Knaben geschenkt. Vielleicht hat Frau Schmid sie gefunden? Die ganze Familie sei traurig, und wenn die Eltern an die Beerdigung kommen dürften, würden sie sich freuen. Natürlich sei das möglich, hat Brigitte Schmid gestottert. Megan kann es sich lebhaft vorstellen. Und auch, dass es Silvan offenbar peinlich war, daheim von seiner Nebenbeschäftigung zu erzählen. Angst davor, von Vater und Brüdern ausgelacht zu werden. Wahrscheinlich hat er auch die Fotos weggeworfen, und nur das eine ist am Mäppchen haften geblieben und hat für die ganze Aufregung gesorgt. Aber wie auch immer. Darüber braucht sich Brigitte Schmid keine Sorgen mehr zu machen und Megan nicht weiter den Kopf zu zerbrechen. Dieses offene Ende hat sich erledigt.

Anders ist es mit den Amerikanern. Megan hat die Nummer des einen bekommen und diesen Bruce Jones sofort angerufen. Unfreundlich war er nicht, aber besonders kooperativ auch nicht. Er hat etwas unwirsch darauf reagiert, als sie die Namen und Nummern der anderen der Gruppe haben wollte. Ist aber schließlich mit allem herausgerückt, und als wäre es abgesprochen, haben sie alle die gleiche Geschichte erzählt. Damit geben sie sich gegenseitig ein hieb- und stichfestes Alibi. Eigentlich wollten sie im *Tropenhaus* nach der Führung etwas essen, aber das war nicht möglich, weil eine geschlossene Gesellschaft bewirtet wurde. Jones war deswegen nicht zufrieden. Seiner Meinung nach hätte es durchaus Platz und Kapazität für seine Freunde und ihn gehabt. Aber so sind sie halt einmal mehr im *Belvédère* in Spiez gelandet und ließen sich da verköstigen. Das war auch nicht schlecht. Er hat sogar Fisch bekommen, aber Dorsch ist nun einmal nicht Stör. Und den hätten sie gern gehabt. Dafür war die Vorspeise, das Foie Gras mit Trüffel, ausgezeichnet, und das hätten sie in Frutigen sicherlich nicht bekommen. Danach sind sie nach Hause in Gstaad gefahren, wo noch ausgiebig gefeiert wurde. Außer ihnen waren zwei junge Frauen an der anschließenden Feier ebenfalls dabei. Und da die beiden in Spiez leben, hat man sie gleich mitgenommen. Die vollständigen Namen der beiden Frauen hatte Jones nicht, aber immerhin eine Telefonnummer und die Vornamen: Jelena und Kateryna. Die beiden arbeiten in der Bar des *Belvédère*, da hat man sich vor einiger Zeit kennengelernt und gut verstanden, und deshalb wurden sie dazu geladen.

Das alles ließ sich leicht überprüfen. Die Gruppe war tatsächlich im *Belvédère* gewesen, hatte da gegessen und war nicht allzu lange geblieben. Natürlich war es möglich, dass mindestens jemand zurückging und Ravichandra am Aquarium getroffen und getötet hat, aber es erscheint Megan reichlich an den Haaren herbeigezogen.

Noch nicht erreicht hat sie diese Jelena. Sie nimmt das Telefon nicht ab. Aber da sie im *Belvédère* arbeitet, hat man Megan bereits den vollständigen Namen und eine Adresse gegeben.

Mittlerweile ist Megan hellwach. Die Gedanken kreisen und kreisen. Im Bett kann sie nicht liegen bleiben. Da wird sie wahnsinnig. Kurzentschlossen steht sie auf und geht in die Küche. Soll sie noch etwas essen? Beinahe stolpert sie über Tizian. »Du Kerl! Was machst du hier? Musst du nicht schlafen?«

Der Kater hat zwar seinen Schwanz in der Höhe, was eine Sympathiebezeichnung ist, das weiß Megan, aber sie lässt sich nicht täuschen. Sein Blick scheint ihr leicht verschlagen. Wenn sie ihm jetzt den Rücken zukehrt, traut sie ihm zu, dass er sie von hinten anfällt. Am besten, sie lässt ihn nicht aus den Augen. Will er was von ihr? »Komm Miezimiezi.« Sie versucht's mit Schmeichelei, er fällt nicht darauf herein, weiß genau, dass sie ihn nicht besonders leiden kann. Jetzt macht er einen Schritt auf Megan zu. Kneift er seine Augen zusammen, weil er einen Angriff plant? Wo hat Ida das Katzenfutter versteckt? »Ist schon gut, ich gebe dir gleich was.« Leicht verzweifelt reißt Megan diverse Küchenkästchen auf, findet nichts. Der Kater kommt näher. Was soll sie tun? Die rettende Idee ist der Kühlschrank. Sie hat nicht allen Speck gegessen, und ein Würstchen muss mindestens noch übrig sein. »Ich komme gleich!« Sie öffnet den Kühlschrank, findet das Tupperware und hält es triumphierend in die Höhe. »Ha! Da haben wir was!«

»Was machst du denn da?«

Statt des Katers steht jetzt Ida hinter Megan. »Kein Wunder nimmst du zu, wenn du solche Mitternachtssnacks zu dir nimmst.« Die Tante schüttelt tadelnd den Kopf.

»So ist das nicht«, versucht Megan zu erklären. Aber da sich der eigentliche Täter längst unsichtbar gemacht hat, beschließt Megan, den Speck doch selbst zu essen. Mit vollem Magen wird es dann auch mit dem Schlafen klappen.

DIENSTAG

47.

Kateryna hat kein Auge zugetan. Als sie nach der Arbeit endlich daheim war, zerschlug sich auch noch die letzte Hoffnung. Sie hat in alle Zimmer geschaut, und immerhin lagen die drei Jungs in ihren Betten. Nur Jelenas Bett war so unberührt wie den ganzen Tag schon. Wo steckt sie? Was ist mit ihr? Katerynas *WhatsApp*-Nachrichten kommen nicht an, schon lange ist nur noch ein Häklein sichtbar. Blau sind sie seit gestern Mittag nicht mehr geworden. Das heißt, seit gestern Mittag hat Kateryna keine Ahnung, wo die Cousine steckt oder was sie im Schilde führt.

Die Angst um Jelena hat sie wachgehalten. Auf jedes Geräusch hat sie gehorcht und gehofft, trotz allem plötzlich die Schritte der Cousine zu hören. Aber sie kam nicht. Jetzt ist es Morgen geworden. Kateryna hat gewartet, bis Nika, Mischa und Maxim aus der Wohnung waren. Sie sind es gewöhnt, allein aufzustehen und zu frühstücken, da ihre Mutter und Kateryna spät heimkommen und ausschlafen. Kateryna will nicht, dass sich die Söhne Sorgen machen. Aber heute muss sie zur Polizei. Ob sie will oder nicht. Jelena muss etwas zugestoßen sein, und sie braucht

Hilfe. Kurz hat Kateryna überlegt, ob sie statt der Polizei zuerst die Chefin in der Bar informieren soll. Den Gedanken aber sofort wieder verworfen. Erstens hätte sie dann gestehen müssen, dass sie gestern über Jelenas Abwesenheit gelogen hat. Und zweitens, wer sagt, dass Jelena nicht aus eigenem Verschulden irgendwo reingeraten ist, und sie das womöglich den Job kosten könnte? Kateryna kennt Jelena lang genug, um zu wissen, dass Jelena fast alles zuzutrauen ist, und dieses alles muss ihr Arbeitgeber nicht unbedingt erfahren. Nein, besser, sie geht direkt zur Polizei.

Im Internet hat sie herausgefunden, dass es in Spiez eine Polizeiwache gibt. Am Kronenplatz, bis dahin braucht sie zu Fuß ungefähr eine Viertelstunde. Was muss sie alles mitnehmen? Braucht sie einen Ausweis? Auch von Jelena? Ein Bild?

Nach einem Kaffee macht sie sich auf den Weg. Es ist kalt und ungemütlich. Die graue Wolkendecke hängt tief und überlässt es der Fantasie, wie grün und lebhaft es zu anderen Jahreszeiten hier aussehen kann. Das kennt Kateryna von daheim. Nur, dass es da um diese Jahreszeit noch viel kälter und doppelt so ungemütlich ist.

Als sie den Kreisel am Kronenplatz erreicht, verlässt sie einen Moment der Mut. Soll sie wirklich zur Polizei gehen? Noch einmal versucht sie, Jelena telefonisch zu erreichen. Sofort kommt die Combox. Die *WhatsApp*-Nachrichten sind genauso wenig angekommen wie vor einer halben Stunde. Es bleibt ihr nichts anderes übrig. Sie macht die Situation nur schlimmer, wenn sie jetzt nichts unternimmt. Sie atmet tief ein und betritt die Wache. Sofort hebt sich einer der Köpfe und betrachtet sie. Skeptisch? Misstrauisch? Gemein? Nein, eigentlich ganz freundlich. Jetzt fragt die Frau hinter der Theke in nettem Tonfall: »Guten Tag, wie kann ich Ihnen helfen?« Das klingt ermutigend. Jelena gibt sich einen Ruck und öffnet der Polizistin ihr Herz.

Eine Stunde später ist Kateryna davon überzeugt, genau das Richtige getan zu haben. Sie sitzt in einem Büro und wartet. Unendlich erleichtert, dass sie ihre Sorge geteilt hat, dass nicht mehr die ganze Verantwortung über Jelenas Verschwinden auf ihren Schultern lastet. Und sie ist optimistisch, dass man ihr helfen kann. Frau Gasser, die Polizistin, macht einen kompetenten und guten Eindruck auf sie. Sie hat Kateryna beruhigt und gemeint, so etwas käme immer mal wieder vor, und sicherlich gäbe es eine einfache Erklärung. Vermutlich hat sie sich vorgestellt, dass Jelena bei einem Mann übernachtet hat. Aber Kateryna hat diesen Verdacht sofort aus dem Weg geräumt. Und offenbar war sie in ihrer Sorge überzeugend, jedenfalls hat Frau Gasser schließlich erklärt, dass verschwundene Personen ein Fall für die Kripo seien. Man aber gewöhnlich nichts unternehme, bis die Person nicht mindestens 24 Stunden verschwunden ist. Jede erwachsene Person hat das Recht, mal eine Nacht nicht heimzukommen. Klar, das ist Kateryna bewusst, aber es passt halt so gar nicht zu Jelena. Frau Gasser hat ein Einsehen gezeigt. Bevor sie allerdings die zuständige Detektivin informiert hat, rief sie alle Krankenhäuser in der Umgebung an und erkundigte sich nach einer unbekannten Verletzten. Ergebnislos. Jelena bleibt verschwunden. Die Lösung ist also tatsächlich nicht so einfach.

Der Anruf bei der Kripo war dann kurz. Es hat sich herausgestellt, dass Frau Jäger, die zuständige Detektivin, glücklicherweise gerade in Spiez ist. Sie wird sich offenbar bald hier einfinden, sodass Kateryna ihr ebenfalls alles erzählen kann.

Frau Gasser bringt Kateryna einen Kaffee. Der Stuhl ist nicht unbequem, der Raum zwar nüchtern, aber nicht unfreundlich. Plötzlich wird die Tür aufgerissen, und eine kleine dunkelhäutige Frau in einem knallgrünen Kleid und hochhackigen Schuhen betritt leicht außer Atem den Raum. Das wird wohl kaum die Detektivin sein, oder? Noch während Kateryna überlegt, streckt ihr die Frau die rechte Hand hin und erklärt: »Hallo, Jäger, Sie haben jemanden als vermisst zu melden.«

»Ja. Richtig.« Etwas überrumpelt drückt Kateryna die Hand.

»Jelena, stimmt's?«

»Ja.« Auf ihren fragenden Gesichtsausdruck lächelt die Frau und sagt: »Ich bin seit gestern ebenfalls auf der Suche nach Jelena und ganz froh, dass Sie jetzt hier sind.«

Kateryna ist verwirrter denn je, was man offensichtlich ihrem Gesicht ansieht.

48.

Jelena fühlt sich elend. Ihr ist kalt, sie hat Hunger und Durst. Warum kann sie ihre Augen nicht öffnen? Und was hat sie am Mund? Ihre Arme und Beine fühlen sich schlimm an. Sie kann sich nicht bewegen. Ist sie gefesselt? Und geknebelt? Eine Welle der Panik droht sie zu überrollen. Sie kriegt keine Luft. Sie will schreien. Es geht nicht. Mit dem Knebel ist das nur ein jämmerliches Stöhnen, sie erschrickt selbst ob dem Geräusch. Hören kann das niemand, der nicht direkt neben ihr steht. Was ist mit ihr? Wo ist sie?

Schlagartig fällt ihr ein, was passiert ist.

Wieder ist ihr Besuch überhaupt nicht so gelaufen wie geplant. Aber wie hätte sie wissen sollen, dass in dem Kerl so viel kriminelle Energie steckt? Sie wäre ja sogar zu Verhandlungen bereit gewesen. Aber nein, er wollte gar nicht mit ihr reden. Diesmal hat sie ihren Besuch telefonisch angekündigt, natürlich in der Erwartung, dass das Geld bereitgelegt werden konnte. Sie wollte es nur abholen und ihn dann in Frieden lassen. Aber als sie kam, war weder Geld noch die Stimmung für Verhandlungen vorhanden. Im Gegenteil, ohne sie anzuhören, hat er sie gleich niedergeschlagen.

Sie ist gefangen. Wie lange schon? Sie zwingt sich, ruhig zu bleiben. Nur nicht hyperventilieren. Langsam ein- und ausatmen. Na also, es geht doch. Vorsichtig versucht sie noch einmal, Arme oder Beine zu strecken. Die Arme hat sie auf dem Rücken. Der Spielraum ist gering, und doch fühlt sie, wie sie hinten an etwas stößt. Eine Wand? Die Beine berühren ebenfalls etwas. Trotzdem macht Jelena Bewegungen, die sie in Richtung ihrer Füße bringen. Sie fühlt sich wie eine Raupe. Nein, wie ein Paket. Die Wand ist massiv, bewegt sich nicht, selbst, wenn sie sich mit den Füßen dagegenstemmt. Nun neigt sie den Kopf nach vorne, so weit es geht und erreicht auch hier eine Wand. Ist sie in einer Kiste? Wieder überfällt sie Panik. Hat er sie in einen Sarg getan? Wurde sie lebendig begraben? Nein, dafür ist ihr Gefängnis zu groß. Sie kann sich bewegen, minimal zwar nur, aber sie kann. In einem Sarg wäre das unmöglich. Zudem spürt sie einen ganz leichten Luftzug. Irgendwo muss eine Öffnung sein. Ersticken lässt er sie also nicht. Jelena hebt den Kopf, sofort berührt er eine Decke. Autsch. Da hat sie schon eine Beule. Die muss daher stammen, als er sie bewusstlos schlug.

Was ist das eigentlich für ein Grobian? Hat er noch nie etwas davon gehört, dass man Frauen nicht schlägt? Und schon gar nicht ohnmächtig. Warum ist sie immer wieder so gutgläubig? Hat sie nicht oft genug erlebt, dass man sie schlecht behandelt oder jedenfalls überhaupt nicht so, wie sie es sich vorstellt? Hat sie so ein falsches Männerbild, weil ihr Vater so ein friedlicher, ruhiger und harmonischer Mensch war? Im Grunde hätte bereits Vlad, der Vater von Nika und Mischa, sie eines Besseren belehren sollen. Schon er war eine Enttäuschung. Aber damals waren sie so wahnsinnig jung und beide mit der Situation als Eltern überfordert gewesen. Eine gemeinsame Zukunft war nicht mehr infrage gekommen, nachdem Vlad sie mehrmals geohrfeigt hatte und die kleinen Knaben anschrie, wenn sie weinten oder zu wild waren. Vlad hat sie längst verziehen, denn auch ihr Verhalten war alles andere als souverän gewesen, und sie nahm einen Teil der Schuld, dass es mit ihnen nicht geklappt hatte, auf sich.

Martin war genau zur richtigen Zeit aufgetaucht. Und er war ihr wie ein Geschenk des Himmels erschienen. Martin hatte sie wie eine Prinzessin behandelt. Natürlich ging sie mit ihm in die Schweiz! Was hätte sie sich Besseres vorstellen können? Eine junge Mutter mit zwei Kindern, einem unzuverlässigen Mann, und dann taucht da ein Schweizer auf, sagt, er sei in sie verliebt und wolle sie mitsamt den Kindern in sein Heimatland mitnehmen. Jelena hatte ihr Glück kaum fassen können. Und es war auch Glück gewesen. Pures Glück. Fast jedenfalls. Die Schweiz hatte sie nicht enttäuscht, unglaublich schönes Land. Und dieser Überfluss überall! Wenn sie daran dachte, wie sie am Anfang einkaufen ging. Sie traute ihren Augen nicht, als sie 20 verschiedene Joghurtsorten sah, 15 Brote und all den Käse! Und immer waren die Gestelle voll. Die Schweizer waren ebenfalls nett zu ihr gewesen. Manchmal ein bisschen zugeknöpft und grau. Die Frauen verstanden es nicht, wie Frauen auszusehen, und zuweilen war da vielleicht ein bisschen Neid gewesen, wenn Jelena hübsch zurechtgemacht von den Männern bewundert wurde. Natürlich hatte sie sich eine Freundin gewünscht. Aber dazu war es nie wirklich gekommen. Man war freundlich, aber distanziert geblieben. An ihr hatte es nicht gelegen, aber offenbar war sie nicht aus dem Material, aus dem frau sich in der Schweiz eine Freundin suchte. Trotzdem war sie glücklich gewesen. Sie hatte einen dritten Sohn geboren, und alles schien perfekt. Bis sie merkte, dass sie mehr wollte. Von daheim war sie es gewohnt zu arbeiten und sie wollte nicht nur

Mutter und Hausfrau sein. Das Inserat im *Berner Oberländer* vom *Belvédère* war ihr wie ein Wink des Schicksals erschienen. Anfangs war Martin auch gar nicht abgeneigt gewesen. Die Haushaltkasse aufzubessern war ihm gelegen gekommen, vor allem, da er merkte, wie teuer eine fünfköpfige Familie war und seine Frau sich zu einer Shoppingqueen entwickelt hatte. Jelena hatte den Job von Anfang an geliebt. Nicht nur, dass sie damit gutes Geld verdienen konnte, sie bekam auch die männliche Aufmerksamkeit zurück, die sie ein bisschen vermisst hatte. Die Männer in der *Captain's Bar* waren niemals aufdringlich oder primitiv, aber nach ein paar Drinks wurden die meisten doch ein bisschen gesprächiger, flirteten und machten Komplimente. Mehr war da nicht. Aber es hatte ihr gutgetan. Martin verstand das nicht und konnte nicht damit umgehen. Sie wollte ihre Arbeit nicht aufgeben, und Martin wollte plötzlich keine Frau mehr, die in einer Bar arbeitete. Wahrscheinlich hatten sie auch sonst allmählich gemerkt, wie verschieden sie waren. Sie hatten sich getrennt.

Martin hat längst eine neue nette Frau gefunden. Trotzdem nimmt er seine Vaterpflichten wahr, aber natürlich liegt die Hauptverantwortung für ihre Söhne bei ihr. Sie sind schon groß und selbstständig, aber trotzdem brauchen sie ihre Mutter. Der Gedanke an Nika, Mischa und Maxim gibt Jelena Kraft. Sie muss hier raus. Sie muss sich befreien.

Sie hat keine Ahnung, wie lange sie schon so verschnürt in dieser Kiste liegt. Allein. Ja, mutterseelenallein. Denn sie hört nichts. Rein gar nichts. Das bedeutet, da ist niemand. Gar niemand. Aber keine Panik, Nika, Mischa, Maxim. Sie wird zu ihren Söhnen zurückkehren.

Erneut versucht Jelena, sich mit den Beinen abzustoßen, und trifft mit dem Kopf an eine Wand. Hier geht's nicht weiter. Entschlossen robbt sie rückwärts, obwohl sie weiß, dass auch da gleich das Ende ihres Gefängnisses kommen wird. Überrascht stellt sie fest, dass sie mit ihren Händen etwas zu fassen kriegt. Was ist das?

49.

Ein Blick auf die Uhr. 8.30 Uhr. Eine halbe Stunde muss er noch durchhalten. Dann kann er gehen.

Er fühlt sich nicht gut. Er hat schon öfters Blödsinn angestellt und ist damit durchgekommen. Aber diesmal ist es nicht nur ein Blödsinn. Das ist alles so verdammt aus dem Ruder gelaufen. Warum nur? Beim ersten Mal lief alles glatt. Es war einfach. Niemand hat etwas gemerkt. Aber nicht beim zweiten Mal, da schlug *Murphy's Law* voll zu. Was schiefgehen kann, geht schief.

Er darf niemandem etwas sagen. Niemandem. Absolut niemandem. Schafft er das? Am besten nicht mehr dran denken. Glauben, dass es niemals passiert ist. Mit jedem Tag war es einfacher geworden. War es nicht immer so? Der erste Tag war der schlimmste. Danach wurde es leichter. Aber er hat sie getötet. Hat er das? Es waren Unfälle. Nicht mehr daran denken. Leben wie jeden Tag. So tun, als wäre alles normal. Manchmal glaubt er es fast. Funktioniert einfach. Verdrängt die Nacht. Erzählt seine Geschichten. Wirkt überzeugend. Es ist so weit gekommen, dass er sich selbst gefragt hat, ob das alles geschehen ist. War er das überhaupt gewesen? Alles nur ein schlechter Traum? Er las keine Zeitung und wenn, tat er so, als handle es sich um andere Personen. Gar nicht so schwierig.

Und dann taucht diese Jelena auf und sagt, sie weiß alles. Das war doch nicht möglich. Nicht nach Tagen, in welchen er sich bereits sicher gefühlt hatte. Aber sie hat es ihm erzählt, am Telefon. Verlangte Geld. Blitzschnell hatte er reagieren müssen. Sie zu sich bestellt und dann gleich unschädlich gemacht.

Aber jetzt? Wie weiter? Wird sein Plan aufgehen? Er muss ihn durchziehen, eine andere Möglichkeit gibt es nicht, oder doch? Kann er noch? Steht er das durch? Und dann? Wirklich so tun, als hätte er das alles nicht getan? Sein ganzes Leben lang? Ist er stark genug dafür?

Morgen wird es überstanden sein. Heute Abend schon. Es wird alles einfacher. Mit jedem Tag. Sicher. Ganz sicher.

Er kann nichts dafür. Kann er nicht? Wie spät ist es? 8.38 Uhr. Geht die Uhr richtig? Ja, das Telefon zeigt die gleiche Zeit.

50.

Diesmal muss es ein Augenschein sein. Ein Anruf reicht nicht. Megan ist auf dem Weg nach Gstaad. Sie ist mit Kateryna einig, wenn man irgendwo nach Jelena suchen sollte, dann bei Bruce Jones. Während Megan auf den Durchsuchungsbefehl wartet, wird sie versuchen, sich bereits Zutritt zu verschaffen. Wenn sie Glück hat, trifft sie im Haus jemanden an, der kooperiert und sie einlässt, und wenn nicht, wird sie im schlimmsten Fall auf Gefahr in Verzug plädieren. Was, wenn Jelena gefangen im Keller liegt? Das kann sie auf jeden Fall rechtfertigen.

Manchmal findet Megan die Berge auch nach sieben Jahr Schweiz noch bedrohlich. Hier, wenn sie über die Simme fährt, stehen die Felswände so nah, dass sie ständig das Gefühl hat, sie fielen ihr auf den Kopf. Natürlich geschieht das auch heute nicht, dennoch ist sie froh, als sich das enge Tal in Erlenbach öffnet und zum berühmten und lieblichen Simmental wird, wie man es von Bildern kennt. Obwohl momentan selbst hier in dieser an sich freundlichen Gegend die Schwere und Freudlosigkeit des Novembers herrscht. Es liegt kein Schnee, dafür sind die Wolken tief und die Häuser stehen nicht in üppig grünen Blumenwiesen, sondern braungrauen Flächen. Aber dafür hat Megan ohnehin kein Auge jetzt. Die Fahrt nach Gstaad wird eine Stunde dauern, eine Stunde, in welcher sie sich vorbereiten kann. Aber vorher muss sie noch ein Telefonat erledigen. Ida meldet sich beim dritten Klingelton. »Ja? Willst du dich dafür entschuldigen, dass du die Küche hinterlassen hast, als wäre eine Horde Affen drin gewesen?«

»So schlimm? Sorry, Auntie!«

»Na ja, nicht ganz so schlimm, aber die Kaffeetasse in den Geschirrspüler stellen, den Honig in den Schrank und die Butter in den Kühlschrank, ist das wirklich zu viel verlangt?«

»Nein, natürlich nicht. Tut mir leid.« Immerhin klingt Megan zerknirscht. »Aber es musste schnell gehen.«

»So schnell, dass du nicht einmal den angebissenen Toast fertigessen konntest, habe ich gesehen.«

»Ja! Eine der Ukrainerinnen hat sich auf dem Polizeiposten in Spiez gemeldet.«

»Ach?«

»Und eine Vermisstenanzeige aufgegeben.«

»Oha.«

»Kann man wohl sagen. Du weißt, dass ich diese Jelena nicht erreichen konnte. Sie ist tatsächlich verschwunden.«

»Das ist nicht gut.«

»Nein, überhaupt nicht.«

»Ich höre, du bist im Auto. Wohin fährst du?«

»Zu Jones in Gstaad.« Es bleibt ein paar Sekunden ruhig in der Leitung. »Ida? Ida, bist du noch da?«

»Ja. Bitte sei vorsichtig.«

»Klar.«

»Ich meine es ernst. Wenn er etwas mit dem Verschwinden der Frau zu tun hat und den toten Teenagern ebenfalls, ist das ein gefährlicher Mann.«

»Ich weiß.«

»Gut.«

»Mach dir keine Sorgen.« Megan ist zuversichtlich, die Situation, beziehungsweise den Mann, handhaben zu können. »Ich rufe vor allem an, um mich fürs Mittagessen abzumelden.«

»Ach. Das ist nett. Mit so viel vorausschauender Rücksichtnahme hätte ich nicht gerechnet. Nicht nach dem Küchenschlachtfeld heute morgen.«

»Ach Tantchen, ich habe mich doch entschuldigt.«

»Jaja, schon gut. Mach's jetzt gut und komm safe and sound zurück, hörst du.«

»Mache ich. Bis später.«

»Bis nachher.«

Saanen kommt schneller, als Megan lieb ist, und da muss sie ja bereits nach Gstaad abbiegen.

Knapp zehn Minuten später hat sie ihr Ziel laut Navi erreicht. Das Haus ist beeindruckend. Ein Chalet von Dimensionen, wie sie ihr bisher noch nicht begegnet sind.

Sie parkt direkt vor dem Haus, nimmt ihre Handtasche und findet es für einmal ganz beruhigend, die Ausbuchtung der Waffe unter ihrer linken Schulter zu spüren. Nicht, dass sie sie einsetzen will, aber wer weiß? Es gibt bereits zwei Tote und eine Entführte, alles deutet darauf hin, dass hier vor nichts zurückgeschreckt wird und Megan mit allem rechnen muss. Sollte sie auf die Verstärkung warten? Nein. Megan vertraut auf ihr rednerisches Geschick.

Der Mantel verdeckt ihre Waffe, und sie wird ihn nicht ablegen. Die Pistole ist ihre Lebensversicherung. Nicht mehr und nicht weniger. Und sie wird sie nur im äußersten Notfall ziehen, dann, wenn ihr Leben oder dasjenige von Jelena in Gefahr ist.

Auf ihr Klingeln tut sich erst einmal nichts. Die Tür ist zu massiv, als dass sie ein Geräusch von drinnen hören könnte. Megan atmet tief ein und aus, weiß gar nicht so recht, ob sie hofft, dass ihr jemand öffnet oder nicht. Aber da geht die Tür auf, und sie steht einer jungen Frau gegenüber. Das beginnt vielversprechend.

»Guten Morgen, mein Name ist Megan Jäger und ich arbeite bei der Kantonspolizei Bern. Wir sind auf der Suche nach einem vermissten Jungen.«

Die Frau sieht Megan an, als wäre sie eine Außerirdische. Hat sie sie nicht verstanden? Sie könnte lateinamerikanischer Abstammung sein. Spanisch kann Megan nicht, aber vielleicht versucht sie es auf Englisch? Sie wiederholt ihren vorbereiteten Text in der zweiten Sprache, aber bevor sie fertig ist, unterbricht die Frau sie: »Ich habe schon verstanden, aber was wollen Sie von mir?«

»Ah gut. Wie gesagt, wir suchen einen Jungen.« Megan wird ihr nicht auf die Nase binden, dass Silvan Schmid längst gefunden wurde. Stattdessen sucht sie auf dem Telefon das Foto, welches ihr die Mutter vor ein paar Tagen gegeben hat. »Das ist er. Haben Sie ihn vielleicht gesehen?«

Die Frau wirft kaum einen Blick aufs Display und sagt: »Nein.«

»Schade. Darf ich trotzdem kurz reinkommen?«

»Warum? Ich habe gesagt, ich hätte den Jungen nicht gesehen. Nie in meinem Leben.«

»Ja. Aber vielleicht versteckt er sich bei Ihnen?«

»Bei uns?« Die Frau schüttelt den Kopf. »Ganz sicher nicht. Wie will er sich in unserem Haus verstecken, ohne dass wir es merken?«

»Wenn Sie wüssten, was Teenager alles unternehmen und was uns bei der Polizei begegnet.« Megan nickt vielsagend. »Ist Ihre Haustür ständig abgeschlossen?«

»Nein, natürlich nicht. Ich …«

»Sehen Sie?« Megan klingt triumphierend. »Er hätte also ohne Weiteres in Ihr Haus gelangen können, ohne dass Sie etwas davon mitbekommen hätten. Nicht wahr?«

Die Frau wirkt kurz verunsichert. »Aber das ist bestimmt nicht geschehen.«

»Wie können Sie so sicher sein? Hatten Sie die Tür ständig im Blick? Und haben Sie heute Morgen nicht gelüftet? Womöglich ist er zu einem Fenster hereingeklettert?«

»Blödsinn. Ich hätte ihn gehört.«

»Selbst wenn er das nicht gewollt hätte? Können Sie mit 100-prozentiger Sicherheit sagen, dass niemand unbemerkt ins Haus gelangen konnte?« Megan sieht die Frau leicht herausfordernd an.

»Nein, das nicht.«

»Eben. Aber wissen Sie was? Das ist keine große Sache, ich werde nur kurz durch Ihr Haus gehen, mich mit eigenen Augen davon überzeugen, dass der Junge nicht da ist, und schon gehe ich wieder. Wie klingt das?«

»Ich weiß nicht.«

»Wir müssen das tun.«

»Aber der Hausbesitzer ist gar nicht hier und …«

»Den brauchen wir nicht. Es reicht, wenn Sie dabei sind.«

»Aber er wird das nicht mögen.«

»Von mir aus muss er es gar nicht wissen. Aber stellen Sie sich vor, wie es der Mutter des armen Jungen geht. Sie macht sich furchtbare Sorgen. Und jede Minute, die der Junge verschwunden bleibt, leidet sie Höllenqualen.« Etwas verändert sich im Gesicht der Frau, sie wirkt eine Spur weniger abweisend. Diesen Vorteil ausnutzend, ergänzt Megan: »Nicht dass ich glaube, dass er bei Ihnen ist, aber wir schauen uns jedes Haus an, und es wäre nicht auszudenken, wenn er sich ausgerechnet hier verstecken würde, nicht wahr?«

»Also gut, dann kommen Sie.«

»Danke.« Megan ist wieselflink durch die Tür und geht zielstrebig von Raum zu Raum. Zu ihrem Glück ist das Haus eher spartanisch eingerichtet und bietet nicht viele Verstecke. Im Wohnzimmer stehen einzig eine riesige pinkfarbene Ledercouch, eine Designerliege, ein kleiner Glastisch und zwei Kunstfiguren auf dem schwarzen Plattenboden. Der Kamin sieht unbenutzt aus. Aber vielleicht wurde er auch grad gereinigt. Der Raum ist nach oben offen, und eine Treppe führt auf die Galerie. Auch hier oben sind die Möbel ungeeignet, um einen Menschen verstecken zu können. Allerdings findet Megan zwei Wandschränke, die sie kurz öffnet, aber sofort erkennt, dass die Gestelle wiederum zu nahe beieinanderstehen und nur Kleider beinhalten. Die fünf Schlafzimmer müssen genauer angeschaut werden. Sowohl unter den Betten befinden sich Schubladen, in welchen bequem eine Frau liegen könnte, wie auch die Kommoden und Schränke groß genug sind, dass man darin ohne Probleme einen Menschen verstecken könnte. Megan bleibt aber erfolglos. Nebst den Schlafzimmern sind die zwei Badezimmer ebenfalls geräumig, das eine mit Whirlpool-Badewanne, das andere mit einer riesigen Regendusche. Aber hier jemanden verstecken? Unmöglich. Zu viel Glas und Offenheit. Die Frau begleitet Megan auf Schritt und Tritt, und mit jeder Schublade und jeder Schranktür, die Megan aufzieht, wird sie ungeduldiger.

»Wo ist die Küche?«

»Unten, neben dem Wohnzimmer. Aber hören Sie, in

der Küche habe ich mich den ganzen Morgen aufgehalten, da ist niemand.«

»Es tut mir leid, aber davon muss ich mich selbst überzeugen.« Zielbewusst geht Megan an der Frau vorbei, die Treppe wieder hinunter. »Hier?« Sie deutet auf eine Tür, und die Frau nickt. Die Küche ist in Lachs gehalten und topmodern. Ein riesiger Kühlschrank, die Kochinsel mit Induktionsherd, versenkbare Küchenmaschinen, von denen Megan nicht einmal ahnt, wofür sie zu gebrauchen sind. Auch hier ein Kamin, das Holz bereits aufgeschichtet. In der Mitte ein großer Tisch, Lederstühle drumherum. Sie öffnet diverse Küchenschranktüren, aber erwartungsgemäß keine Jelena. »Was ist im unteren Stock?«

»Gym, Billard, Schwimmbad, Sauna.«

»Darf ich?« Ohne eine Antwort abzuwarten, geht Megan die nächste Treppe runter und findet sich vor einer Glastür wieder, die tatsächlich zu einem Indoor-Swimmingpool führt, der vermutlich ungefähr so groß ist wie das Becken der Schule, in welchem Megan schwimmen gelernt hat. Sie ist beeindruckt. Der Pool wird von einem Wasserfall aus der Mauer gespeist, und liegt man im Wasser, wird man mit einer fantastischen Aussicht durch die riesige Fensterfront in Richtung Saanen belohnt. Fünf Liegen, zwei große Körbe, in die Megan rasch schaut, die aber außer Frottee-Wäsche nichts enthalten. Ebenso erfolglos bleiben Besuche im Billardzimmer, der Sauna und dem Kraftraum. Megan versucht, sich ihre Enttäuschung nicht anmerken zu lassen. »Was ist das für ein Häuschen da draußen?«

»Eine weitere Sauna.«

»Ich werde sie mir ebenfalls anschauen. Kann ich hier raus?«

Widerwillig gibt die Frau einen Code ein, und die Tür direkt in den Garten kann geöffnet werden. Vorsichtig geht Megan auf ihren hohen Schuhen über den schmalen Steinweg und versucht dann, das Minichalet zu betreten. Es ist abgeschlossen. Auffordernd dreht sie sich zu der Frau um. »Können Sie mir bitte öffnen?«

»Ich weiß nicht, wo der Schlüssel ist.«

»Nein? Schade. Ist hier immer abgeschlossen?«

»Wenn die Sauna nicht benutzt wird, immer.«

Wenigstens ist die Tür aus Glas. Megan hält Hände und Gesicht nah an die Scheibe. Sie erkennt einen Raum, ganz in Holz gehalten mit einem Ofen und auf den Seiten je zweistufige Bänke. Es sieht auch hier nicht so aus, als würde jemand gefangen gehalten. Allmählich schwimmen Megan alle Felle davon. »Gibt's einen Keller und eine Garage?«

»Ja, natürlich.«

»Dann lassen Sie uns die noch anschauen.«

Sie sind noch nicht zurück beim Haus, als Megan hört, wie ein Auto in die Einfahrt einbiegt. Die Frau hat es ebenfalls gehört. »Das ist Bruce.« Die Frau klingt leicht ängstlich. »Mir wäre lieber, wenn er Sie nicht anträfe. Können Sie jetzt nicht gehen? Sie haben doch alles gesehen.«

»Außer Keller und Garage.«

»Ich sage Ihnen, da ist niemand.«

»Tut mir leid.« Wieder geht Megan resolut an der Frau vorbei und betritt erneut das Haus. Oben hört sie die Haustür und gleich darauf den Ruf: »Hello!«

Diesmal überholt die Frau Megan, und halb rennt sie die Treppe hoch in den Eingangsbereich. Megan versteht kein Wort davon, was die beiden besprechen, zu leise.

Der Mann schaut sie misstrauisch an und fragt: »Wer sind Sie?«

»Hallo, Megan Jäger. Ihre Freundin war so freundlich, mich in Ihrem Haus herumzuführen. Ich bin von der Polizei und auf der Suche nach einem verschwundenen Jungen.«

»Megan Jäger. Wir haben telefoniert. Sie haben mich nach Jelena gefragt.«

Dumm ist der Mann nicht. Und sein Gedächtnis funktioniert auch.

51.

Jelenas Handgelenke sind völlig wund. Trotzdem gibt sie nicht auf. Irgendwann muss ihre Fessel durchgescheuert sein. Es fällt ihr schwer, das Ding zu halten, manchmal hat sie in den Fingern kaum noch Gefühl. Ähnlich geht es ihr mit den Füßen, sind sie überhaupt noch dran? Ihre Glieder schmerzen, und sie ist erschöpft. Lange wird sie nicht mehr durchhalten.

Aber sie macht weiter. Es gibt nichts anderes. Sie muss sich selbst retten. Wird es nicht lockerer?

Noch einmal nimmt sie all ihre Energie zusammen. Die Wut darüber, wie tölpelhaft naiv sie sich angestellt hat, um in diese Situation zu geraten, gibt ihr Kraft.

Da hört sie ein Geräusch. Schritte. Jemand kommt. Freund oder Feind? Egal, sie muss sich bemerkbar machen. Ist es der Entführer, hat sie nichts zu verlieren, ist es ein möglicher Retter, alles zu gewinnen. Jelena schreit hinter ihrem Knebel. Es klingt jämmerlich wie zuvor, aber ist besser, als gar kein Geräusch von sich zu geben.

Die Schritte kommen näher, eine Tür öffnet sich. Jelena legt alle Kraft in ihr »Hilfe!«. Einen Moment bleiben die Schritte stehen. Hat man sie gehört? »Hilfe!« Die Person nähert sich. Öffnet den Deckel über ihr. Wird sie gerettet?

Nein, der Deckel wird zugeschlagen. Tränen der Enttäuschung brennen in Jelenas Augen. Sie fühlt sich absolut hoffnungslos.

Jetzt wird ein Motor gestartet. Sie ist in einem Autokofferraum. Klar, das hätte sie sich längst denken können. Wohin geht es? Sie wird unsanft herumgeworfen. Was geschieht mit ihr? Wird sie irgendwo freigelassen? Oder will man sie entsorgen? Der Gedanke macht ihr Angst. Sie wird sich nicht entsorgen lassen. Sie wird bis zum Ende kämpfen. Aber was wird das für ein Ende sein? Wird man sie hier drin verrecken lassen? Wie lange hat man überhaupt genug Luft in einem Kofferraum? Ist er luftdicht? Wird sie ersticken? Ihr Atem wird schnell. Aber genau das darf nicht sein. Keine Panik. Keine Hyperventilation, sonst ist es schneller vorbei, als sie denken kann. Jelena zwingt sich, ganz ruhig und langsam zu atmen. Kann sie sich irgendwo festhalten oder dagegenstemmen, damit sie nicht so hilflos überall anstößt? Sie versucht, sich zusammenzuziehen, erhofft sich damit einen bisschen Schutz. Die Straße wird holpriger. Wohin bringt man sie? Autsch. Das war der Kopf. Die Beule, die ohnehin schmerzt.

Fährt man irgendwo in ein abgelegenes Stück Wald, um sie rauszuwerfen und erfrieren zu lassen? Oder noch schlimmer an irgendeine Felswand, um sie in die Tiefe zu werfen?

Er ist gleich da. Die Hängebrücke ist ab 9 Uhr offen. Jetzt ist es schon beinahe 9.30 Uhr. 38 Meter über der Engstlige. Das überlebt niemand. Er ist zufrieden.

Soll er zuerst bei Familie Walter einkehren? Ist das unverdächtiger, als wenn er nur den Eintritt für die Brücke bezahlt?

Einfach wird es ohnehin nicht werden. Die Frau ist schwer. Plötzlich fällt ihm ein, wie unmöglich das Vorhaben ist. Er kann nicht bei Tageslicht auf die Brücke marschieren und da unbemerkt eine Frau runterwerfen. Was hat er sich nur gedacht? Scheiße. Natürlich geht das nicht. Was ist er für ein Idiot. Und jetzt?

Da ist sie, die 153 Meter lange Brücke. Die Idee war so gut. Aber unbrauchbar. Frustriert fährt er daran vorbei. Scheiße, Scheiße, Scheiße. Aber in diesem verdammten Berner Oberland muss es doch Möglichkeiten geben, jemanden in den Tod zu stoßen? Halt. Gab es da nicht kürzlich sogar eine Verurteilung? Hat er nicht gelesen, dass ein Typ angeklagt wurde, weil er seine Ex-Partner im Kiental runterwarf? Einer ist gestorben, der andere hat überlebt. Da muss es gute Felswände geben. Kiental, das ist nicht weit. In 20 Minuten kann er da sein. Aber er wird mit der Frau keine Wanderung machen können. Untauglich.

Sie irgendwo aussetzen? Und dann wird sie womöglich gleich von so einem Köter gefunden wie der Junge? In der Schweiz gibt es keine einsamen Plätze mehr. Und ein möglicher Ort muss mit dem Auto erreichbar sein. Alles andere geht nicht. Verdammte Scheiße. Was macht er mit der Frau? Zu Tode schlagen wie diese Ravichandra? Oder auch überfahren? Eigentlich hat er sich doch bisher ganz geschickt aus der Affäre gezogen. Ravichandra hält man zweifellos für den Selbstmord einer Teenagerin mit psychischen Problemen. Der Junge war ein Unfall. Wieso hat sich der blöde Kerl so auf die Straße gelehnt? Den hat er voll getroffen. Da hätte auch ein Sanitäter nichts mehr retten können. Aber das kann man ihm nicht nachweisen. Jetzt muss nur noch eine elegante Lösung für das Weibsstück im Kofferraum her. Sobald sie tot ist, wird es immerhin ein wenig einfacher.

Und wenn er zurück zu Plan eins kehrt? Warten, bis es dunkel ist? Die Brücke ist bis 18 Uhr offen. Da ist es mindestens dämmerig. Und wer geht im November schon freiwillig so spät wandern. Da wäre er unbeobachtet. Er wird sich eine Mütze in die Stirn ziehen, den Schal über den Mund, die Jacke auspolstern, als wäre er feist, so wird ihn niemand nachher richtig beschreiben können. Das ist eine Möglichkeit. Wahrscheinlich sogar die beste. Aber was macht er solange mit der Frau? Ob sie überhaupt noch lebt? Kriegt sie Luft im Kofferraum? Wenn er sich nicht irrt, reicht der Sauerstoff für ungefähr zwei Stunden bei einem normalen Erwachsenen. Soll er einfach warten? Sie wird ohnmächtig werden und dann sterben. Eigentlich ganz praktisch. Wie hätte er sie überhaupt lebend tragen wollen. Die hätte sich gewehrt.

Das Allerbeste wird sein, auch diesen Tod wie einen Selbstmord aussehen zu lassen. Wenn sie tot ist, kann er sie ohne Fesseln und Knebel über das Geländer schieben. November, der Monat der Depressiven. Niemand wird daran zweifeln, dass sich hier eine weitere Lebensmüde verabschiedet hat.

Gut, dass ihm das eingefallen ist.

52.

Zwar hat Sibylle das Gefühl, getan zu haben, was sie kann. Trotzdem geht es ihr nicht besonders gut. Sie hat Kopfschmerzen und ist müde. So müde. Vielleicht wird sie krank. Daniel geht's auch nicht gut. Hat er wirklich Migräne oder nicht vielmehr Grippe und sie womöglich angesteckt?

Nachdem sie das Wichtigste erledigt hat, beschließt sie am Mittag, nach Hause zu gehen. Für gewöhnlich geht sie zu Fuß zur Arbeit. Schätzt die frische Luft und die Bewegung, die ihr der Arbeitsweg ermöglichen. Ein paar Minuten, um den Kopf freizubekommen, Abstand zu gewinnen. Auf dem Hinweg bereitet sie sich auf die

Arbeit vor, auf dem Heimweg lässt sie sie langsam zurück. Heute wäre sie froh um das Auto. Es ist kalt und der Wind schneidend. Nach zehn Minuten ist sie daheim. Ein Blick durchs Garagenfenster zeigt, dass das Auto weg ist. Dann ging es Daniel heute Morgen doch besser, und er ist zur Arbeit gefahren. Als sie gestern von der Chorprobe heimkam, lag ein Zettel auf dem Küchentisch:

Bin im Gästezimmer. Migräne. Bitte nicht wecken.
Schlaf gut.
Ich liebe dich. D.

Solche Nachrichten kennt sie. Eine ganz ähnliche hat sie am letzten Donnerstag gelesen. Nachdem sie so einen guten Start des Abends verlebt hatten, hatte ihn die Migräne heimtückisch ganz plötzlich angefallen, und er war früher als sie nach Hause gegangen. Sie hatte ihren Mann auch an jenem Abend im Gästezimmer in Ruhe gelassen und erst am nächsten Tag geschaut, wie's ihm ging. Er hatte schlecht ausgesehen, sich aber bald erholt. Am Wochenende war er schon wieder ganz der Alte gewesen. Aber womöglich hätte er sich am Samstag und Sonntag etwas schonen sollen, dann wäre er gestern vielleicht nicht schon wieder krank geworden. Und dass er jetzt doch ins Büro gegangen ist, kann sie auch nicht gutheißen. Natürlich ist es schön, dass ihr Mann so pflichtbewusst ist, aber er müsste erst mal wieder ganz zu Kräften kommen, bevor er sich immer gleich wieder zur Arbeit schleppt oder zu Hause Vollgas gibt. Soll sie ihn anrufen und ihm sagen, dass er besser noch ein Weilchen ruhen sollte? Er schätzt es nicht, wenn sie sich zu viele Sorgen macht oder sich zu sehr einmischt. Aber ein Anruf und sich erkundigen, wie es ihm geht, das wird wohl drin liegen.

Sibylle geht ins Haus, legt ihren Mantel und die Schuhe ab. Es ist ruhig im Haus. Sie haben es gemeinsam gefunden und beide vom ersten Moment an geliebt. Dass es außerdem in Gehdistanz zu ihrem Arbeitsplatz liegt, ist ein Pluspunkt, der ihnen damals wie ein Zeichen erschien. Daniel nahm den weiteren Arbeitsweg in Kauf, wie er alles in Kauf nimmt, um Sibylles Leben einfacher zu machen. Natürlich ist es so, dass sie immer mehr verdient hat als er und sie sich daher von Anfang an nach ihr richteten. Es kann nicht immer leicht sein für Daniel, eine so erfolgreiche Frau zu haben. Und doch sagt er nie etwas. Er ist eines der raren Exemplare von Männern, die es ihren Frauen gönnen, dass sie es weiterbringen als sie selbst. Was für ein großzügiger Charakter. Und selbstbewusst. Hat es nicht nötig, seine Frau klein zu machen.

Liebevoll denkt Sibylle an ihren Mann und ist dankbar.

Sie geht zuerst ins Bad und nimmt ein *Ibuprofen* aus der Packung. Ein Schluck Wasser hilft, es hinunterzuspülen. Danach geht sie in den unteren Stock. Leise klopft sie an die Tür des Gästezimmers, das Daniel zugleich als Büro dient. Nicht, dass sie erwartet, dass Daniel da ist, sonst wäre ja das Auto hier. Wie abzusehen war, meldet er sich nicht. Sibylle öffnet die Tür und tritt ein. Dicke Luft im Zimmer. Und diese Kleider überall. Sie lächelt, nein, perfekt ist ihr Ehemann nicht. Auf dem Weg zum Fenster hebt sie eine Hose und einen Pullover auf. Was sind denn das für Flecken auf der Hose? Warum hat er die nicht gleich in die Wäsche getan? Jetzt ist Sibylle etwas ärgerlich. Braunrote Flecken, groß, die gehen doch nie mehr raus. Die hätte man sofort auswaschen sollen. Sie geht zum Fenster und öffnet es. Dabei stößt sie an einen Stapel Papier auf dem Tisch. Er fällt zu Boden und reißt ein Kuvert mit. Als Sibylle sich bückt, um alles wieder zusammenraffen und an seinen Platz zurückzulegen, fühlt sich das Kuvert eigenartig an. Aus reiner Neugier öffnet sie es. Und glaubt, ihren Augen nicht trauen zu können. Das Kuvert enthält zehn Tausendfrankenscheine.

Was ist das für Geld? Woher kommt es und was macht es auf Daniels Schreibtisch?

53.

»Und, was hältst du von unserer Mitbewohnerin?« Tizian begleitet Ida in die Küche und miaut unzufrieden. »Ja, ich weiß. Blöde Frage, sie passt dir nicht. Zu unordentlich. Aber für hier hat sie sich immerhin entschuldigt.« Wieder maunzt der Kater. »Hab schon verstanden, du hast auch Hunger.« Ida öffnet ein Säckchen Katzenfutter und leert es ins Geschirrchen. »Heute mal Scholle. Die magst du doch.« Der Kater macht sich augenblicklich gierig schmatzend an den Verzehr. Ida kümmert sich um einen Kaffee, und während er zieht, räumt sie die Küche auf. Dazu unterhält sie sich weiterhin mit Tizian. »Sie macht tatsächlich mehr Arbeit. Du hättest das Badezimmer sehen sollen.« Ida seufzt. »Ich weiß nicht, warum sie überhaupt dieses Make-up aufträgt. Sie hat doch eine wunderschöne Haut. Die Tücher sind ständig mit braunen Flecken übersät. Und dann ihre Sachen überall.« Diesmal schüttelt Ida den Kopf. »Dabei war doch abgemacht, dass sie sich Mühe gibt und zumindest ihre Kleider nur in ihrem Zimmer liegen lässt. Einen Tag hat sie sich dran gehalten. Dann war schon wieder alles vergessen. Und trotzdem, manchmal finde ich es ganz nett, Gesellschaft zu haben.« Nach einem Blick auf Tizian, beeilt sich Ida zu präzisieren: »Menschliche Gesellschaft, meine ich natürlich. Sonst werde ich allmählich ganz zu dieser schrulligen Alten, die mit ihrem Kater redet. Was ich offensichtlich schon bin.«

Das Geschirr ist im Geschirrspüler verstaut, Butter, Honig, Konfitüre und Brot am richtigen Ort versorgt, der Tisch abgewischt und der Kaffee trinkbereit. Gleichzeitig leckt auch der Kater noch den letzten Rest aus seinem Schälchen.

»Lass uns ins Wohnzimmer gehen. Ich muss nachdenken.« Ida geht mit Kanne und Tasse voraus, der Kater folgt ihr.

Sie dreht ihren Lesesessel so, dass sie über Spiez, die Bucht, das Schloss und den See blicken kann. Die Spitzen von Niederhorn und Sigriswiler Rothorn sind vom Hochnebel verdeckt. Kaum sitzt Ida, springt der Kater bereits auf ihren Schoß. Mechanisch beginnt sie, ihn zu streicheln, und er schnurrt wohlig. Bevor er sich hinsetzt, reibt er sein Gesicht an Idas Nase. »Ja, du bist mein Liebster. Allerdings riechst du nach Fisch.« Ida schiebt das Tier etwas zur Seite. Dann fällt es ihr wie Schuppen von den Augen. »Mensch, Tizian, das ist es. Natürlich, Fisch!«

Jetzt weiß sie, wobei Ravichandra die Person beim Aquarium überrascht hat! »Ernst hat mir die Lösung ja direkt präsentiert!« Ida lacht Tizian an. Tizian, der die Begeisterung seiner Meisterin nicht ganz nachvollziehen kann, sich aber freut, wenn es Ida gut geht, rollt sich zu einer Kugel auf ihren Beinen zusammen. Ida streicht ihm übers Fell und kann dabei ausgezeichnet nachdenken.

»Du bist mit mir einig, nicht wahr, Tizian? Es muss ein Mann sein, das steht eindeutig fest. Eine Frau hätte es genauso wenig geschafft, das Mädchen ins Aquarium zu wuchten, wie den Jungen über den Sicherheitszaun der Schnellstraße in den abschüssigen Wald. Denn, dass es dieselbe Person sein muss, ist für mich ebenfalls sicher. Ravi muss den Mann bei seinem unerlaubten Tun überrascht haben. Was ich nicht weiß, ist, ob Ravis Tod ein Unfall war oder kaltblütig ausgeführt wurde. Immerhin hat man so besonnen gehandelt, dass man das arme Mädchen noch ins Wasser warf, um einen allfälligen Verdacht auf Selbstmord zu schüren. Also völlig kopflos und nur im Affekt hat der Täter nicht gehandelt. Nach dieser Tat und sobald der Täter seine Ware hatte, schnappte er sich den *Tropenhaus*-Lieferwagen und fuhr nach Gstaad, zu ›meinen‹ Amerikanern. Abgemacht war sicherlich gewesen, dass die Amerikaner im *Tropenhaus*-Restaurant essen würden, die Ware in dieser Zeit bereitgestellt würde und sie sie anschließend mitnehmen konnten. Aber das Restaurant war von einer geschlossenen Gesellschaft besetzt, die Amerikaner mussten umdisponieren, daher der unzufriedene Jones. Man fand eine neue Lösung. Die Ware kam nach Hause, wo die Amerikaner bereit für die Party waren. Aber auf dem Heimweg hat der Lieferant den armen Silvan überfahren. Die Nerven lagen gewiss vorher schon blank, jetzt erst recht, und ich gestehe dem Täter ein gewisses Maß an Hysterie zu, in welcher er Silvan in den Wald im Tobel warf. Vermutlich in der Hoffnung, sich damit ein paar Stunden – im besten Fall Tage – herauszuholen. Zeit, das Auto zurückzubringen, zu reinigen und sich unbemerkt davonzustehlen. Und so weit ist der Plan tatsächlich aufgegangen.« Nachdenklich blickt Ida zum Fenster hinaus. Gleichzeitig gleiten ihre Hände automatisch über das Fellknäuel in ihrem Schoß. »Diese Jelena muss an der Party bei den Amerikanern mitbekommen haben, wer was geliefert hat. Sie hat ganz richtig angenommen, dass illegale Dinge am Laufen waren und sich ausgerechnet, dass sie dieses Wissen nützen und etwas für sie dabei herausspringen könnte. Sie hat den Lieferanten erpresst. Dabei hat sie ihn unterschätzt. Ihm, der schon zwei Menschenleben auf dem Gewissen hat, kommt es auf ein weiteres nicht an. Er bestellt sie zu sich nach Hause und schlägt erneut zu. Jetzt muss er auch Jelena verschwinden lassen. Ja, so passt alles zusammen. Einzig ein Teilchen fehlt uns noch. Wer ist der Täter? Tizian, wer ist der böse Mann, der das alles getan hat? Hilf mir noch einmal. Bitte.« Als keine Unterstützung von Tizian kommt, sagt Ida: »Also gut, weißt du was, dann werde ich jetzt Sibylle anrufen, um herauszufinden, ob meine Idee stimmt.« Ida streicht ein letztes Mal über Tizians warmes Fell, bevor sie sich erhebt und der Kater mit einem eleganten Satz auf den Boden springt.

Sibylle meldet sich sofort. »Hallo, Ida, alles gut bei dir?«

»Danke, ja, alles bestens. Störe ich dich gerade?«

»Nein, im Gegenteil, ich glaube, ich brauche jemanden zum Reden.«

»Ja? Worum geht es?«

»Um Daniel.«

»Deinen Mann? Was ist mit ihm?«

»Ich kann ihn nicht erreichen.«

»Warum besorgt dich das? Er wird gerade beschäftigt sein. Versuch es eine halbe Stunde später noch einmal.«

»Das allein ist es nicht.«

»Nein?«

»Nein, ich habe außerdem soeben Geld auf seinem Schreibtisch gefunden.«

»Ist das so ungewöhnlich?«

»Es ist viel Geld.« Nach einer Sekunde verdeutlicht Sibylle: »10.000 Franken.«

»Aha.« Ida stellt es trocken fest. 10.000 Franken, das ist ein Betrag. Selbst für Leute wie Sibylle und Daniel. Und mit einem Schlag ist alles klar. Daniel. Daniel! Das fehlende Teil des Puzzles. Daniel, immer im Schatten seiner Frau. War er nicht schon öfter in halbseidene Geschäfte verwickelt? Doch. Ida erinnert sich, dass er mal einen Hanfladen betrieb, den er schließen musste, weil nicht alle Ware so harmlos war wie angegeben. Und dann hatte er mal ein halbes Jahr keinen Führerschein, Fahren unter Alkoholeinfluss? Oder zu schnell? Ida kann sich nicht genau erinnern. Aber jedenfalls ist Daniel ein Deal mit den Amerikanern zuzutrauen. Zudem war er am Donnerstagabend anwesend. Er hat mit Sibylles Schlüssel Zutritt zu allen Räumlichkeiten sowie dem Hinterausgang des Gartens. Sicherlich weiß er, wo er den Schlüssel für den Lieferwagen findet und alles Material, das er zur Bereitstellung der Endware brauchte. Ja, Daniel ist der »böse« Mann. Einen Moment tut es Ida für Sibylle leid. Aber eigentlich hat sie dafür jetzt keine Zeit. Und im Grunde hat sie sich immer gefragt, was Sibylle an diesem Kerl findet. »Sibylle, hör zu, ich glaube, ich weiß, woher das Geld kommt. Aber ich kann es dir im Moment nicht sagen.«

»Ja? Warum nicht.«

»Es ist eine größere Geschichte. Aber etwas musst du mir noch bestätigen: Waren die beiden Fische, die aus dem Aquarium verschwanden, zwei Albino-Störe?«

»Ja, warum weißt du das?«

»Heureka. Dann stimmt alles. Dann kenne ich jetzt die Lösung. Es tut mir sehr leid, Sibylle. Ich muss unser Gespräch beenden. Ich muss meine Nichte anrufen. Aber ich komme zu dir. Bleib daheim. Wir sind gleich bei dir. Bis dann!« Ida wartet nicht einmal Sibylles Abschiedsworte ab, sondern unterbricht die Verbindung vorher. Fieberhaft sucht sie nach Megans Nummer und drückt den Kontakt. »Megan! Wo bist du? Du musst sofort zurückkommen. Ich weiß alles. Himmel, ist das laut bei dir! Warum fährst du mit Sirene?«

»Ich bin auf dem Rückweg! Ich weiß auch alles. Wir müssen uns beeilen. Eine Streife ist schon unterwegs an die Mänimattestraße.«

»Okay, dann bin ich also zu spät.« Fast ist Ida ein bisschen enttäuscht.

»Auntie, ich muss rasen. Wir reden später. In Ordnung?«

»Natürlich! Fahr gut.« Ida hängt auf. Da ist sie und hat geglaubt, sie könne ihrer Nichte helfen, und dabei ist die bereits selbst auf die Lösung gekommen. Hat sie also die Amerikaner zum Reden gebracht. Eigentlich ja auch gut.

»Und jetzt? Tizian? Bleibe ich hier untätig sitzen und warte auf Nachricht?« Die Aussicht gefällt Ida gar nicht. Nein. Und hat sie nicht Sibylle versprochen vorbeizukommen? Sibylle kann jetzt moralische Unterstützung brauchen. Das wird alles ein furchtbarer Schock für sie sein. Kurzentschlossen zieht Ida Mantel und Stiefel an. Den Showdown wird sie sich nicht entgehen lassen.

Kurz bevor Ida von der Schnellstraße in Richtung Frutigen Nord abbiegt, überlegt sie es sich anders. Hat Sibylle nicht gesagt, Daniel sei nicht daheim? Sie könne ihn nicht erreichen? Was bringt es da, wenn sie an die Mänimattestraße fährt? Nichts, gar nichts. Daniel ist irgendwo anders. Irgendwo, wo er diese Jelena entsorgen will. Was würde Ida tun, wenn sie einen menschlichen Körper loswerden müsste?

Einer plötzlichen Eingebung folgend, schlägt sie den Weg Richtung Hohstalden ein. Es dauert keine zehn Minuten und sie erreicht den Parkplatz. Ein einziges Auto steht darauf. Der schwarze Mercedes von Sibylle und Daniel. Idas Herz macht einen Sprung. Einerseits vor Freude, andererseits hat sie aber auch gehörig Respekt davor, was sie jetzt erwartet. Sie parkt ihren Wagen ein Stück entfernt, wartet einen Moment und beobachtet das Auto. Es scheint niemand drinzusitzen. Sie steigt aus und geht langsam zum anderen Wagen. Dabei lässt sie die Fahrertür nicht aus den Augen. Kurz vor dem Auto erkennt sie mit Sicherheit, dass keine Personen drin sind. Rasch schaut sie sich um, niemand da. Vermutlich sitzt Daniel an der Wärme bei Familie Walter. Ida geht zum Kofferraum des Wagens und klopft daran. Sie hört nichts. »Hallo, hallo Jelena, sind Sie da drin?«

War da was? Ida ist sich nicht sicher. Sie versucht, den Kofferraum zu öffnen. Abgeschlossen. Natürlich. Sie muss ins Restaurant. Den Schlüssel finden.

Dafür muss sie allerdings erst über die Brücke. Das alles dauert. Vielleicht liegt die Frau im Sterben? Ringt mit dem letzten Sauerstoff? Beinahe rennt Ida über die 153 Meter lange Brücke. Wie gut, dass sie schwindelfrei ist! Trotzdem ist es wacklig, und nachdem sie ausrutscht, verlangsamt Ida ihren Schritt. Es bringt niemandem etwas, wenn sie sich verletzt. Kaum ist sie von der Brücke, legt Ida die letzten Meter wieder an Tempo zu. Sie kennt das Restaurant nicht, aber hofft darauf, dass sie von der Garderobe in Empfang genommen wird. Wenn sie Glück hat, hängt da Daniels Mantel und mit noch mehr Glück ist der Autoschlüssel in der Manteltasche. Leider ist die Situation ganz anders, als erwartet. Links steht ein kleines Häuschen, welches offenbar als Küche und Verkaufsladen dient. Ein paar Meter entfernt ein weiteres Häuschen, angeschrieben als Fonduestube, offensichtlich die Gaststube. Davor führt eine Treppe nach unten zur Toilette. Zwischen den zwei Holzhäusern stehen Tische und Bänke. Zurzeit sind sie unbesetzt, es ist zu kalt. Ob Daniel im Fonduestübli sitzt? Ida braucht den Autoschlüssel. Beherzt öffnet sie die Tür zur Gaststube. Sie ist leer. Aber für einmal ist das Schicksal auf Idas Seite. An einem der Stühle hängt ein Mantel. Daniels? Ist er auf der Toilette? Ohne lange zu überlegen, beginnt Ida hastig die Taschen zu durchsuchen. Und da ist ein Schlüssel! Sofort nimmt sie ihn an sich und verlässt augenblicklich die Stube, sie darf nicht ertappt werden. Daniel soll sie nicht sehen.

Bevor Ida zurück zum Auto geht, wirft sie einen Blick hinter die Tür, die sie für die Küche hält. Da steht eine Frau. Erstaunt blickt sie auf, als Ida durch die Tür tritt und sie hinter sich ins Schloss zieht. »Das Restaurant ist geradeaus«, stellt sie freundlich fest.

»Ich möchte nicht ins Restaurant, ich muss zu Ihnen.«

»Ja? Wir servieren.«

»Danke, aber ich brauche nichts zu essen. Ich habe einen Notfall.«

»Ein Notfall?« Die Frau ist hellwach jetzt. Wischt sich die Hände an der Schürze trocken. »Worum geht's?«

»Eine bewusstlose Frau, ich muss sie unbedingt warm kriegen und wir brauchen die Sanität.«

»Ich kann Ihnen Decken geben und eine Thermoskanne mit heißem Tee.«

»Das wäre super. Und vielleicht haben Sie auch ein Messer? Es geht um das Auto auf der anderen Flussseite auf dem Parkplatz. Kann ich schon vorgehen, und Sie bringen alles nach und rufen die Sanität?«

»Natürlich.«

»Danke.« Für einmal ist Ida dankbar für die »Berglermentalität«. Die Frau braucht keine überflüssigen Erklärungen. Sie weiß, wann gehandelt und nicht palavert werden muss. Ida eilt aus der Küche und so schnell sie kann über die Brücke zurück auf den Parkplatz. Hier ist alles, wie sie es vor wenigen Minuten verlassen hat. Nur hat sie jetzt einen Schlüssel dabei. Sie drückt auf die Fernbedienung, die Blinker begrüßen sie freundlich, die Seitenspiegel klappen nach außen, und Ida kann den Kofferraum ohne Probleme öffnen. Sofort sieht sie die Frau. Ein zusammengeschnürtes Paket. Lebt sie noch? Ida entfernt vorsichtig den Knebel. »Jelena, Jelena! Hören Sie mich?« Sie reagiert nicht. Rasch hält Ida ihren Handrücken vor die Nase der Frau, doch, da ist noch ein schwacher Atem, oder? Jetzt kommt die Wirtin. Sie trägt dicke Decken und eine Thermoskanne. Ida geht ihr entgegen, nimmt ihr eine der Decken ab.

»Vielen, vielen Dank! Die Frau hier drin ist völlig unterkühlt und ohnmächtig.«

Wenn sich die Wirtin wundert, warum Jelena gefesselt ist und eine Binde über die Augen hat, so lässt sie sich nichts anmerken. Sie sagt: »Die Sanität sollte gleich hier sein.«

»Gut.« Ida hat inzwischen auch die Augenbinde entfernt und die Fesseln mit dem mitgebrachten Messer aufgeschnitten. Die Wirtin legt vorsichtig die Decken über Jelena. »Das ist alles sehr seltsam, ich weiß, aber ich habe keine Zeit, es Ihnen zu erklären. Können Sie hier die Stellung halten, bis die Sanität kommt? Ich muss dringend noch etwas anderes erledigen. Bitte vertrauen Sie mir.« Offenbar sieht Ida tatsächlich vertrauenserweckend genug aus, jedenfalls nickt die Frau nur, und Ida hastet bereits wieder zurück über die Brücke. Während sie erneut die Engstlige überquert, ruft sie Megan an: »Megan, ich habe ihn. Und Jelena auch. Wir sind an der Hängebrücke Hohstalden. Weißt du, wo das ist? Das Navi wird es finden. Bitte schick das Verhaftungsteam hierher. Ich werde versuchen, Daniel solange festzuhalten. Und sag ihnen, sie sollen ohne Blaulicht und Sirene anfahren. Sie müssen erst zu Fuß über die Brücke, um ins Restaurant zu kommen, wo wir sein werden. Geht das?«

»Natürlich geht das! Ida, du bist eine Bombe.«

»Hoffen wir's. Ich muss jetzt Schluss machen, bin gleich bei Daniel.«

»Lebt Jelena noch?«

»Knapp ja, glaube ich.«

»Pass auf dich auf! Kein weiteres Opfer auf Daniels Konto!«

»Nein.«

Ida beendet das Gespräch. Hier ist das Fonduestübli. Ida holt tief Atem. Dann drückt sie die Klinke. Der Raum ist so klein, dass ihr Türöffnen diesmal sofort bemerkt wird. Daniel, der gut aussehende Endvierziger, hebt seinen Kopf. Nickt ihr zu, wendet sich aber sofort wieder seiner Zeitung zu. Neben der Zeitung steht ein Kaffee. Offensichtlich hat er sie nicht erkannt.

Wie kann er nur so seelenruhig hier sitzen, während in seinem Auto eine Frau stirbt? Ida macht zwei Schritte auf Daniel zu und versucht, erstaunt zu klingen, obwohl sie eine Mordswut auf diesen Mann spürt: »Daniel, bist du das? Was für ein Zufall.«

Er schaut erneut von der Zeitung auf, erkennt sie noch immer nicht, runzelt die Stirn. Ida hilft ihm: »Ich bin Ida Jäger. Eine der Besucherführenden im *Tropenhaus*. Wir haben uns schon gesehen.«

»Ah ja, richtig.« Seine Begeisterung hält sich in Grenzen. Ida lässt sich davon nicht verunsichern. »Ich darf doch?« Ohne eine Antwort abzuwarten, setzt sie sich an seinen Tisch. »Lustig, dass wir uns hier begegnen. Was machst du? Eine Tour?«

»Äh, nein, nicht direkt. Das heißt doch, ich wollte ein Stück der Engstlige entlangwandern.« In diesen Kleidern? Lächerlich. Alles gelogen, Ida weiß es ja, lässt sich aber nichts anmerken. »Schön hier oben, nicht wahr? Ich liebe es.« Sie klingt überschwänglich, hört es selbst. Besser sie zügelt sich ein bisschen. Vergraulen darf sie Daniel auf keinen Fall. »Aber kalt. Jetzt bin ich sehr froh, hier drin etwas Warmes zu bekommen.«

»Das kriegst du. Ich hatte meinen Kaffee bereits.« Daniel macht Anstalten, sich zu erheben. Das kommt nicht infrage. »Aber du nimmst doch noch einen, oder?

Ich spendiere ihn dir.« Daniel wirft einen Blick auf seine Uhr. »Ich fürchte …«

»Nein, bitte, ich wollte dich nämlich schon lange etwas fragen.«

»Ja?« Daniel schaut Ida erstaunt an. Und sie überlegt angestrengt, was sie Daniel schon lange hätte fragen wollen. »Wenn ich dich schon einmal so allein erwische, muss ich die Gelegenheit nützen. Sonst ist Sibylle ja immer dabei, wenn wir uns sehen. Ich zermartere mir den Kopf, was ich ihr zu Weihnachten schenken könnte.«

»Weihnachten? Das ist noch ein Weilchen hin.«

»Ja schon, aber ich bin gern früh mit dem Geschenkeinkauf, ich hasse den Weihnachtsrummel und die Hektik der letzten Tage vor dem Fest. Also, hast du eine Idee? Du weißt, dass Sibylle und ich befreundet sind?«

»Ja, ich glaube, sie hat dich schon erwähnt.« Aber es hat dich nicht interessiert, interpretiert Ida die Antwort. Erwartungsvoll schaut sie ihn an. »Du als ihr Ehemann kennst sie natürlich am besten. Worüber würde sich Sibylle freuen?«

»Ach du, das ist immer sehr schwierig.« Daniel versucht, sich herauszuwinden. Aber Ida lässt nicht locker. »Ein Buch? Kinogutschein? Habt ihr ein Lieblingslokal? Trinkt sie Whisky?«

»Sie nicht, aber ich.« Jetzt grinst er. Innerlich zählt Ida die Sekunden, wie lange kann es dauern, bis die Polizei endlich kommt? Jetzt hört sie Sirenen. Hat sie Megan nicht gesagt, sie sollen ohne Martinshorn kommen? Daniel hört sie natürlich auch. Er schreckt auf. Geistesgegenwärtig sagt Ida: »Bestimmt ein Unfall. Hier oben vergeht doch kein Tag, an welchem nicht so ein ungeübter Tourist eine Kurve zu schnell nimmt.«

»Stimmt.« Daniel lässt sich beruhigen. Ida überlegt, dass es wohl tatsächlich die Sanität und nicht die Polizei ist, die für Jelena angekommen ist. »Zurück zum Geschenk. Was meinst du, in welche Richtung soll es gehen?«

»Nun, wir trinken beide gern Wein. Damit kannst du nicht falschliegen.«

»Weiß oder Rot?«

»Sibylle mag lieber Weiß, ich Rot.« Dann ist das auch klar. Niemals würde Ida einen Wein für Daniel kaufen.

Jetzt hört sie polternde Schritte auf dem Holzboden vor der Hütte. Die Tür geht auf. Und dann geht alles schnell. Die zwei Uniformierten kommen auf Daniel zu und sagen: »Sie sind verhaftet. Gegen Sie besteht der dringende Verdacht des Freiheitsentzugs und versuchten Totschlags. Sie haben das Recht zu schweigen. Alles, was Sie sagen, kann und wird vor Gericht gegen Sie verwendet werden.«

Happige Vorwürfe. Und da wird sogar noch mehr dazu kommen. Aber das geht Ida nichts mehr an. Sie kann sich zurückziehen und das weitere Vorgehen getrost den Profis überlassen.

54.

»Hilfst du mir mit dem Gemüse? Tomaten und Gurken bitte in feine Scheiben schneiden.«

»Alles klar. Was gibt's?«

»Deine Lieblingspastete.«

»Irènes?«

»Natürlich.«

»Oh Auntie, du bist ein Schatz!« Megan gibt Ida eine Umarmung.

»Achtung, das Messer ist scharf!« Ida klingt ungehaltener, als sie ist.

»Das ist genau das, was ich brauche.«

»Und verdient hast. Der Wein ist offen, nimm dir ein Glas und dann erzähl.«

Megan schenkt sich ein, probiert und ist zufrieden. »Mmh, schmeckt gut.«

»Ein südafrikanischer Chardonnay. Ich mag ihn auch.«

»Passt das so?«

»Perfekt. Wenn sie geschnitten sind, leg sie bitte auf die Schinkentranchen.«

Megan nickt und schneidet konzentriert feine Tomatenscheiben. Dann beginnt sie zu erzählen: »Erst mal muss ich dir noch einmal danken. Du hast das wirklich fantastisch gemacht. Obwohl es mir lieber gewesen wäre, wenn du von Anfang an die Polizei gerufen und uns unsere Arbeit überlassen hättest.«

»Ich war mir nicht sicher, ob er da sein würde.«

»Trotzdem.«

»Wie geht es Jelena?«

»Sie ist über dem Berg. Mindestens eine Nacht muss sie noch im Spital zur Überwachung bleiben. Aber sie hat sowohl die Unterkühlung wie auch den Mangel an Sauerstoff bestens gemeistert. Mit bleibenden Schäden ist nicht zu rechnen.«

»Das sind prima Neuigkeiten. Ich bin sehr froh.«

»Ich auch. Und das hat sie dir zu verdanken.«

»Die Sanität ist sehr schnell gekommen, und Frau Walter war eine kompetente Hilfe.«

»Ja. Deine Bescheidenheit in allen Ehren, aber du hast ihr das Leben gerettet.«

»Ist jetzt gut. Erzähl lieber, wie Daniel reagiert hat.«

»Auch da sind wir dir außerordentlich dankbar. Du hast ihn abgelenkt, und der Zugriff konnte deinetwegen so problemlos ablaufen.«

»Mein Ego wird ja unerträglich groß, wenn du so weitermachst.«

»Gut, dann höre ich jetzt auf mit der Lobhudelei. Also, du hast ja noch gesehen, wie wir Daniel mitgenommen haben. Zuerst hat er noch kurz große Töne gespuckt, von wegen, was uns einfalle, er habe nichts getan, das sei alles eine Verwechslung, er verlange sofort, dass man ihn freilasse. Aber schon auf der anderen Seite der Brücke wurde er ganz ruhig und kleinlaut. Der Kofferraum seines Wagens stand offen, die Sanität war zwar schon weg, aber ihm war klar, dass wir Jelena gefunden hatten und er im Schlamassel steckt. Er ist dann auch sofort eingeknickt und war gleich geständig. Vermutlich erhofft er sich durch seine Kooperation eine Strafmilderung. Denn da kommt viel zusammen.«

»Wir hatten also recht? Er hat sowohl Ravichandra als auch Silvan auf dem Gewissen?«

»Ja. Und es war, wie ich fast zu Beginn schon gedacht hatte. Nur war der Täter nicht Pasquale, sondern eben Daniel. Ravichandras Neugier war ihr Verderben. Sie muss gesehen haben, dass sich jemand auf dem Gelände des *Tropenhauses* herumtrieb, und wollte dem auf den Grund gehen. Beherzt hat sie die Tür mit dem Exit-Hebel geöffnet und fatalerweise Daniel in flagranti ertappt, wie er einen der Störe aus dem Aquarium fischte. Er selbst ist mithilfe des Badges seiner Frau aus dem Garten rausgekommen. Da Daniel nicht zum Team des Hauses gehört, kam er in Erklärungsnotstand. Ravichandra hat ihm nicht geglaubt, dass Ernst ihn gebeten hatte, den Fisch aus gesundheitlichen Gründen aus dem Wasser zu nehmen. Eine fadenscheinige Geschichte, die er sich spontan aus den Fingern gesogen hatte. Jedenfalls drohte Ravichandra damit, den Diebstahl zu melden. Als zweite Idee hat ihr Daniel den Vorschlag gemacht, sie am Gewinn des Kaviarverkaufs zu beteiligen. Sie ging auch darauf nicht ein. Er wurde mordswütend und war außerdem in Eile. Die Amerikaner warteten auf ihre Ware. Auf keinen Fall hatte er Zeit, sich jetzt mit einer aufsässigen Teenagerin auseinanderzusetzen. Er gab ihr einen kräftigen Stoß, sie fiel unglücklich auf die Betonkante des Simses vor dem Aquarium und war sofort tot. Ein Schädelhirntrauma. Daniel erschrak, er hatte sie nur einschüchtern und nicht ernsthaft verletzen wollen. Als er sie nicht mehr wachkriegte, geriet er nach eigener Aussage in Panik. Und war dumm genug anzunehmen, dass wir auf einen Selbstmord reinfallen könnten. Jedenfalls war das die Idee dahinter, als er Ravichandra ins Aquarium warf. Dass sie nicht ertrunken ist, hat die IRM-Ärztin natürlich festgestellt.«

»Einfältiger Kerl.«

»Ja, eine Leuchte ist Daniel wirklich nicht. Aber weiter. Er hat den Stör getötet und in den Lieferwagen gewuchtet.«

»Dann war das geplant? Er musste ja den Schlüssel für das Auto haben.«

»Jones hat darauf bestanden, dass er ihm den Kaviar nach Hause liefert, nachdem er mit seinen Freunden nicht im *Tropenhaus* essen konnte.«

»Und Daniel ging darauf ein.«

»Er ging darauf ein. Zum entsprechenden Preis natürlich. Jedenfalls hat Jones Daniel am Donnerstagabend telefonisch über die Planänderung informiert. Und ja, Daniel wusste, wo der Schlüssel für den Lieferwagen hing. Er fuhr mit seiner Fracht nach Gstaad. Allerdings erst nachdem er kontrolliert hat, dass der Stör auch tatsächlich Eier enthielt.«

»Was er am gerundeten Bauch annehmen konnte.«

»Genau. Er hat ihn geöffnet und hatte Glück. Die Eier sahen sehr gut aus. Rasch gewann er den Rogen aus den Gonaden und fuhr gleich danach los. Den Fisch nahm er mit, um ihn später zu entsorgen. Möglichst wenig Zeit im *Tropenhaus*, damit er nicht entdeckt wurde.«

»Was ohnehin schon geschehen war.«

»Natürlich, aber für Ravi hatte er ja eine ›Lösung‹ gefunden.«

»Richtig.«

»In Gstaad findet der Deal mit Jones in der Garage statt. Als Jones sein Geld im Tausch mit dem Kaviar loswird, entdeckt sie eine der Ukrainerinnen. Kateryna war auf der Suche nach einer Toilette und ist aus Versehen in der Garage gelandet. Es ist ein riesiges Haus, und man kann sich darin verlaufen, ich habe es mit eigenen Augen gesehen. Wie auch immer. Daniel glaubt natürlich, Kateryna gehöre zu Jones und sei über alles informiert, er macht sich weiter keine Gedanken über ihr Auftauchen. Sie aber ist entsetzt, als sie den toten Fisch sieht. Und reimt sich sofort zusammen, dass da etwas Illegales läuft. Ihr ist unwohl, sie will so rasch wie möglich weg, was unauffällig aber erst am nächsten Morgen gelingt. Ich bin hier fertig mit dem Gemüse. Kann ich sonst noch etwas helfen?«

»Setz dich und erzähl weiter. Bitte zuerst mit Daniel. Kateryna und Jelena kommen nachher dran, okay?«

»Verstanden. Daniel liefert den goldigen Kaviar also gegen ein entsprechendes Entgelt ab und fährt zurück nach Frutigen. Die Fahrt ist weit, er hat alles erledigt, will nur noch ins Bett, der Adrenalinspiegel sinkt, er wird müde.«

»Und unaufmerksam.«

»Sehr unaufmerksam. So unaufmerksam, dass er den autostoppenden Jungen zu spät sieht und mit Wucht trifft. Wieder gerät er in Panik.«

»Verständlicherweise.«

»Ja natürlich. Er hält den Lieferwagen an, rennt zum Jungen und muss auch hier erkennen, dass er ganze Arbeit geleistet hat. Der Junge war sofort tot. Die Straßen sind leer, niemand hat Daniel gesehen. Seine Lösung: Er nimmt den Jungen ein paar Meter mit und wirft ihn an einer geeigneten Stelle ins Tobel runter. Dabei hofft er, dass man den toten Körper noch lange nicht findet. Damit er Zeit genug hat, das Auto zu reinigen, und vielleicht kann es sogar repariert werden, ohne dass jemand auf die Idee kommt, dass es im Zusammenhang mit diesem Unfall beschädigt wurde.«

»Aber auch das geht nicht auf.«

»Nein. Aber zurück zu Daniel. Er fährt vor das *Tropenhaus*, putzt das Fahrzeug und versucht, so gut es geht, alle Spuren zu beseitigen. In der Eile und dem Stress ist er nicht gründlich genug. Wir finden später eindeutige Spuren der Kleiderfasern von Silvan sowie sein Blut im Kofferraum. Auch im Autotunnel hat man inzwischen die Stelle des Unfalls gefunden. Die Winterkleider haben verhindert, dass sofort Blut auf die Straße gelaufen ist. Trotzdem hat man auf dem Asphalt eindeutige Spuren des Zusammenpralls entdeckt. Wieder zurück zu Daniel: Er geht vom *Tropenhaus*-Parkplatz zu Fuß nach Hause, schleicht sich ins Haus und legt sich im Gästezimmer ins Bett. Seine Frau schläft süß und selig und hat keine blasse Ahnung von den verbrecherischen Abenteuern ihres Mannes. Sie ist gut erzogen und weiß, dass sie ihren Mann nicht stören soll, wenn er Migräne hat. Was er vortäuschte und was ihm die Ausrede bot, am Donnerstag so plötzlich vom Bankett zu verschwinden. Diese Migräne-Anfälle kommen oft völlig unangekündigt, und Sibylle hat keine weiteren Fragen gestellt.«

»Okay, es wird Freitag, und Ernst sieht sofort, dass der Lieferwagen beschädigt ist.«

»Richtig, du hörst das und informierst mich darüber, weswegen wir unsere Beweismittel durch meine Spurensicherung haben. Ausgezeichnet.«

»Jetzt zu den Ukrainerinnen.«

»Genau. Diese Kateryna fühlt sich bei den Amerikanern nicht mehr wohl, und am Freitag früh verlassen die Cousinen das Jones'sche Chalet. Kateryna erzählt Jelena zudem, dass sie diesen toten Fisch sah und sie sich sicher ist, dass da etwas Verbotenes lief. Jelena gefällt das viel besser als der Freundin, und sie beschließt, Nutzen aus diesem Wissen zu ziehen. Mutig und etwas naiv fährt sie am Samstag zu Jones, stellt ihn zur Rede und erhofft sich ein paar Franken für ihr Stillschweigen. Jones lacht sie aus. Er hat nichts getan, was man nicht dürfte – was natürlich nicht ganz stimmt, immerhin war er der Anstifter – aber Jelena glaubt ihm, entlockt ihm aber zumindest den Namen des Stör-Diebs. Sie lässt sich denn auch nicht entmutigen, sondern beschließt, ihr Glück bei Daniel zu versuchen. Diesmal meldet sie sich für Montag telefonisch an. Für Daniel, der sich bereits in Sicherheit wähnte, geht damit der Albtraum weiter. Er will sie nicht bezahlen. Jeder weiß, wenn man Erpressern erst einmal nachgibt, wird man sie nie wieder los. Besser, er entledigt sich der Frau sofort. Allerdings weiß er noch nicht genau, wie er das tun soll, nur, dass er sie unschädlich machen muss. Sobald Jelena an der Tür erscheint, bittet er sie in die Garage, schlägt sie sofort nieder, verschnürt sie zu einem soliden Paket und legt sie in den Kofferraum, den er einen Spalt offen lässt. Sybille ist in der Chorprobe und bekommt wiederum nichts davon mit. Daniel spielt sein altes Spiel, tut als hätte er Migräne und legt sich erneut ins Gästezimmer. In der Nacht überlegt er, wie er Jelena loswerden kann und entscheidet sich für einen Wurf von der Hängebrücke Hohstalden.«

»Womit wir wieder am Anfang wären.«

»Nun ja, der eigentliche Anfang beginnt ja viel früher.«

»Du meinst, lange bevor Ravichandra sterben musste?«

»Ja. Denn alles hat natürlich eine Vorgeschichte.«

»Richtig, lass mich teilhaben.«

»Gut. Es war einmal ein glückliches Paar.«

»Megan, Märchen will ich keine hören. Komm zum Punkt.«

»Wie du willst. Also: Daniel hat Sibylle oft an Events begleitet, war bei Degustationen dabei und hat sich offensichtlich wohl gefühlt.«

»Ja, Sibylle hat immer gesagt, er sei der geborene Unterhalter und beste Verkäufer.«

»Das wird so sein. Jedenfalls hat Daniel Jones in Gstaad an einem Event, an welchem das *Tropenhaus* mit seinem Kaviar anwesend war, kennengelernt. Sie haben sich gut verstanden, Daniel hat vom Haus erzählt und man kam wohl darauf, dass das *Tropenhaus* nicht nur sibirische und russische Störe hat, sondern eben auch ein Aquarium mit diversen Sorten.«

»Daniel hat die Albinos erwähnt.«

»Klar, hat er. Jones ist sofort darauf angesprungen und hat – vielleicht zuerst halb im Spaß – einen Fantasiepreis für den goldigen Kaviar vorgeschlagen. Daniel ist sofort darauf eingegangen, und die beiden haben das Geschäft besiegelt. Offenbar haben sie die Geschichte schon einmal durchgezogen. Vor ein paar Wochen lief alles reibungslos ab. Daniel hat natürlich gedacht, diesmal ginge es genau gleich einfach, aber wie wir wissen, war dem nicht so. Die Aktion geriet außer Kontrolle.«

»Und zwar zünftig.«

»Das kann man wohl sagen. Zwei Menschen mussten ihr Leben lassen und einer fast. Und das alles nur wegen ein paar Fischeiern. Wahnsinn. Es doch völlig absurd, dass man für Fischeier 40.000 Schweizer Franken bezahlen kann!«

»Du musst wissen, die Eier des Albino-Störs sind das teuerste Lebensmittel, das momentan überhaupt gekauft werden kann. Man nennt sie goldigen oder weißen Kaviar. Schon wenn du sie legal kaufen willst, kostet das Kilo zwischen 15.000 und 35.0000 Schweizer Franken. Und dass die Amerikaner noch fürstlicher bezahlt haben, ist klar. Immerhin ging Daniel ein ziemliches Risiko ein, und die Heimlieferung kam dazu.«

»Aber warum um Himmels willen sind die Eier so wertvoll?«

»Dass der weiße Kaviar so sündhaft teuer ist, liegt an der Seltenheit der Albino-Störe. Nur bei jedem 20.000. Ei zeigt sich die Laune der Natur, die einen pigmentlosen Stör hervorbringt. Für Züchter ist das normalerweise keine Basis, mit der man ein kontinuierliches Geschäft aufziehen kann. Und Albinismus ist ein Gendefekt, etwas zu züchten mit einem Fehler, ist extrem schwierig. Trotzdem ist es einer Familie in der Nähe von Salzburg gelungen. Wie, ist allerdings ihr gut gehütetes Geheimnis.«

»I see. Und eure Exemplare sind aus der Zucht?«

»Klar.«

»Ich verstehe. Damit wären wir wohl am Ende der Geschichte angekommen. Ich habe dir alles erzählt.«

»Traurig.«

»Ja. Und so furchtbar unnötig.«

Ida nickt. »Zwei so junge Menschen. Warum hat Daniel das getan?«

»Geldgier? Minderwertigkeitskomplex seiner erfolgreichen Frau gegenüber? Er sagt, er liebt Sibylle und fand es schwierig, von ihr abhängig zu sein. Ab und zu brauchte er das Gefühl, ihr etwas bieten zu können, das er selbst bezahlt hat und das nicht von ihrem Geld kam.«

»Erbärmlicher Wicht.«

»Du sagst es. Ein Leben ohne Männer ist so viel angenehmer.«

»Manchmal schon. Auf jeden Fall, well done Megan.« Ida hebt ihr Glas. »Die Pastete braucht jetzt 20 Minuten im Ofen. In dieser Zeit spendiere ich uns zur Feier des Tages ein Döschen Kaviar.«

»Goldigen? Der kann mir buchstäblich gestohlen bleiben. Alles andere? Immer her damit!«

ENDE

Alle Bücher von Irène Mürner:

Andrea Bernardi ermittelt:

1. Fall: Herzversagen
ISBN 978-3-8392-1400-8

2. Fall: Altweiberfrühling
ISBN 978-3-8392-1531-9

3. Fall: Schussbereit
ISBN 978-3-8392-1828-0

4. Fall: Todessturz
ISBN 978-3-8392-2144-0

5. Fall: Stock, Stein, Tod
ISBN 978-3-8392-2406-9

6. Fall: Lügen am Zürichberg
ISBN 978-3-8392-2581-3

Detektivin Megan Jäger ermittelt:

1. Fall: Mord im Tropenhaus
ISBN 978-3-8392-0631-7